CANDACE CAMP
Secretos familiares

Editado por Harlequin Ibérica.
Una división de HarperCollins Ibérica, S.A.
Núñez de Balboa, 56
28001 Madrid

© 2008 Candace Camp. Todos los derechos reservados.
SECRETOS FAMILIARES, Nº 64 - 1.6.08
Título original: The Bridal Quest
Publicada originalmente por HQN Books.
Traducido por María Perea Peña

Todos los derechos están reservados incluidos los de reproducción, total o parcial. Esta edición ha sido publicada con permiso de Harlequin Enterprises II BV.
Todos los personajes de este libro son ficticios. Cualquier parecido con alguna persona, viva o muerta, es pura coincidencia.
™TOP NOVEL es marca registrada por Harlequin Enterprises Ltd.

® y ™ son marcas registradas por Harlequin Enterprises Limited y sus filiales, utilizadas con licencia. Las marcas que lleven ® están registradas en la Oficina Española de Patentes y Marcas y en otros países.

I.S.B.N.: 978-84-671-6223-3
Depósito legal: B-21281-2008

PRÓLOGO

Londres, 1807

Lady Irene Wyngate se sobresaltó al oír un portazo. El libro que tenía entre las manos se le cayó al suelo.

Eran más de las doce de la noche, y todo el mundo, aparte de ella, estaba durmiendo. De hecho, Irene se había acostado una hora antes, pero como no podía conciliar el sueño, había decidido ir a la biblioteca en busca de un buen libro. No debería haber nadie haciendo ruido en la casa, y mucho menos dando portazos.

Irene permaneció inmóvil, y el silencio de la noche se vio alterado de nuevo por un golpe, seguido en aquella ocasión de un juramento. Irene se relajó e hizo un gesto de alivio. Al menos, ya sabía quién estaba haciendo ruido en el piso de abajo. Sin duda su padre, lord Wyngate, había llegado a casa y avanzaba por ella tambaleándose en su habitual estado de embriaguez.

Rápidamente, Irene se agachó y tomó el libro del suelo. Después tomó su palmatoria y salió de la biblioteca. Aunque sólo tenía dieciséis años, era la única que hacía frente a los abusos de su padre. A menudo había tenido que interponerse entre él y su madre o su hermano, las personas en las que era más probable que él intentara descargar su ira. Sin embargo, Irene no era tonta; como todos los demás, hacía lo posible por mantenerse alejada de su padre, sobre todo cuando estaba borracho.

Recorrió sigilosamente el pasillo con la esperanza de poder llegar a su habitación antes de que su padre consiguiera subir las escaleras. Desde el piso de abajo le llegó el sonido de una voz enfadada, grave, que fue seguida de una respuesta. Irene se detuvo y frunció el ceño, preguntándose quién estaría hablando con su padre. Hubo un fuerte golpe, como de carne golpeando contra carne, y otro ruido.

Irene corrió hacia la barandilla de las escaleras y miró al vestíbulo. Su padre estaba tendido en el suelo, sobre la alfombra, boca arriba y rodeado por los añicos de un jarrón. La peluca blanca que se empeñaba en llevar, pese a que ya estaba pasada de moda, se le había desplazado a un lado de la cabeza; parecía un animal peludo que le colgaba de la calva. Además, lord Wyngate estaba sangrando por la nariz.

Mientras Irene observaba con estupor la escena, inmóvil, un hombre entró en su campo de visión, avanzando a grandes zancadas hacia su padre. El extraño estaba de espaldas a ella. Llevaba un traje negro y el pelo, también muy oscuro, largo y sin recoger.

Ante los ojos de Irene, el intruso se agachó y agarró a lord Wyngate de las solapas del traje para obligarlo a que se pusiera en pie.

—Maldito cachorro —gruñó lord Wyngate, arrastrando las palabras—. ¿Cómo te atreves?

—¡Me atrevo a mucho más! —respondió el interpelado, y le lanzó un golpe.

Irene no se quedó a ver el impacto. Se dio la vuelta y

corrió hacia el despacho de su padre. Allí abrió una de las vitrinas, sacó un estuche y lo abrió. Dentro, descansando sobre terciopelo rojo, estaban las dos pistolas de duelo de su padre. Ella sabía que las guardaba cargadas, pero de todos modos lo comprobó rápidamente antes de salir de nuevo hacia el pasillo con un arma en cada mano.

Irene comenzó a bajar rápidamente y, al llegar al primer descansillo, comprobó que los dos hombres estaban junto al último peldaño, enzarzados en una lucha cada vez más intensa. El joven le hundió el puño a lord Wyngate en el estómago, y cuando el noble se inclinó hacia delante a causa del dolor, le propinó un puñetazo en la barbilla. Lord Wyngate se tambaleó hacia atrás y cayó al suelo.

—¡Basta! —gritó Irene—. ¡Basta ya!

Ninguno de los dos le prestó atención. Ni siquiera la miraron. El extraño dio una zancada hacia su padre y le obligó a levantarse.

—¡Alto! —gritó Irene una vez más.

Sin embargo, al verse ignorada nuevamente, alzó una de las pistolas y disparó al aire. Oyó el tintineo de las lágrimas de cristal de la lámpara, y algunas de ellas cayeron al suelo.

Ambos contendientes quedaron petrificados. El extraño se irguió y miró hacia arriba, y su padre hizo lo mismo. Irene apenas notó la mirada de lord Wyngate. Sus ojos estaban fijos en el otro hombre.

Era alto y ancho de espaldas. Tenía el pelo tan negro como el carbón, y lo llevaba un poco más largo de lo que imponía la moda en aquellos momentos. Tenía los rasgos faciales afilados, angulosos. Era guapo, pero tenía una expresión dura e impenetrable. Las únicas señales de su estado de ánimo eran un cierto rubor en los pómulos y el brillo de la ira en los ojos.

Irene había visto a hombres más guapos que él; aquel

hombre tenía algo más duro y tosco que el resto de los caballeros con los que ella estaba acostumbrada a tratar. Sin embargo, la atraía mucho más que cualquier otro. Al mirarlo, sintió un tirón extraño y visceral, una especie de estremecimiento en lo más profundo de su ser, y no pudo apartar la vista de él.

—¿Irene? —dijo quejumbrosamente lord Wyngate, y se puso en pie con dificultad.

—Sí, soy yo —respondió ella con irritación. No estaba segura de si estaba más molesta con su padre por llevar el caos a su casa o con aquel hombre desconocido por provocarle una reacción tan extraña—. ¿Quién iba a ser?

—Ésa es mi chica —dijo Wyngate, tambaleándose—. Contaba contigo.

Irene apretó los dientes. Le molestaba profundamente tener que ayudar a su padre.

Desde que ella tenía uso de razón, su padre había sido la mayor causa de tristeza y malestar de la vida de todos aquéllos que lo rodeaban. Los sirvientes, su madre, su hermano y ella misma lo habían temido siempre. Tenía un humor endiablado, una insaciable sed de alcohol y una gran tendencia a meterse en problemas.

Cuando Irene era niña, sólo sabía que hacía llorar a su madre y temblar a los criados. Había aprendido a mantenerse apartada de su camino, sobre todo cuando estaba embriagado. Durante los últimos años, había comprendido los muchos pecados que cometía, el juego, las prostitutas, la bebida, los gastos... Lord Wyngate era un libertino; y además, era un hombre cruel que disfrutaba de la inquietud que les hacía sentir a los demás.

Sin embargo, a Irene se le había enseñado que debía quererlo y respetarlo simplemente porque era su padre. No era una lección que ella pudiera poner en práctica con facilidad. Irene sabía que no era lo suficientemente buena como para quererlo pese a sus defectos, como parecía que podía hacer su madre. Ni tampoco era como Humphrey, su hermano, tan cumplidor de todo lo establecido que era capaz de mostrar lealtad y respeto a su padre sólo porque lo requería la tradición.

Irene tenía la opinión de que, si alguien había atacado a su padre, era porque se lo merecía. De todos modos, era su padre, y no podía permitir que aquel extraño lo matara.

–¿No crees que es un poco tarde para estar de pelea en el vestíbulo? –le preguntó en el tono frío y autoritario que, según tenía comprobado, era mejor usar con su padre.

Lord Wyngate se tiró de la chaqueta y se la sacudió con la actitud de cuidadosa dignidad que adoptaban los borrachos a menudo. Se pasó la mano por la cara y, con sorpresa, descubrió que tenía sangre en la palma.

–Maldita sea... ¡me has roto la nariz, tramposo! –le dijo lord Wyngate al otro hombre.

Sin embargo, su enemigo no le prestó ni la más mínima atención. Siguió mirando a Irene.

Ella recordó, de repente, el aspecto que debía de tener. No se había molestado en ponerse la bata cuando había salido de su dormitorio en busca de un libro. Iba descalza y llevaba el pelo, rubio y ondulado, suelto por la espalda y los hombros.

Pensó que los apliques de la pared debían de iluminarla desde detrás, y que seguramente revelaban la silueta de su cuerpo desnudo bajo el camisón. Irene enrojeció hasta la raíz del cabello. ¿Por qué no apartaba la mirada aquel hombre? Claramente, era un rufián sin modales.

Ella alzó la barbilla y le devolvió la mirada. Se negó a permitir que aquel patán supiera que se avergonzaba. Sin embargo, vio por el rabillo del ojo que su padre daba unos sigilosos pasos hacia atrás y que tomaba una pequeña figura que descansaba en un pedestal, junto a la pared. Lord Wyngate elevó la estatuilla en el aire para estampársela al extraño en la cabeza.

—¡No! —gritó Irene, y apunto a su padre con la pistola de la mano izquierda—. ¡Deja eso inmediatamente!

Lord Wyngate le lanzó una mirada fulminante, pero obedeció.

El intruso miró a lord Wyngate con una mueca de desprecio. Después se giró y le hizo una reverencia a Irene.

—Gracias, milady —dijo. Su voz era grave y áspera. No tenía el acento de un caballero.

—No quiero que caiga más sangre en la alfombra persa. Es difícil de limpiar —respondió Irene secamente.

Su padre se apoyó contra la pared, malhumorado, sin querer mirar a Irene. Sorprendentemente, el extraño soltó una carcajada con el rostro iluminado por una diversión que le suavizó los rasgos. Ella no pudo evitar sonreír también.

—No entiendo cómo este viejo asno puede tener una hija tan bella —dijo el hombre.

Irene sonrió, aunque se sentía tan molesta consigo misma como con él. Debía de tener mucha frescura para reírse de aquel modo. ¿Y cómo podía ella devolverle la sonrisa a aquel rufián?

—Creo que debéis marcharos —le dijo—. De lo contrario, me veré obligada a llamar a los sirvientes para que os expulsen.

Él arqueó una ceja para darle a entender lo poco que le afectaba aquella amenaza, pero dijo:

—De acuerdo. No deseo alterar vuestra paz.

Después se acercó a lord Wyngate, que se echó hacia

atrás con nerviosismo. El hombre lo agarró por las solapas y se inclinó ligeramente hacia él.

–Si me entero de que vuelves a molestar a Dora, volveré y te romperé todos los huesos del cuerpo, ¿entendido?

Lord Wyngate enrojeció de furia, pero asintió.

–Y no vuelvas por mi local nunca más.

Después de clavarle una larga mirada de advertencia, aquel hombre soltó a lord Wyngate y se encaminó hacia la puerta. La abrió y se volvió hacia Irene antes de salir, con una sonrisa sardónica.

–Buenas noches, milady. Ha sido un placer conoceros.

Después, con una reverencia, se marchó.

Irene se relajó. Al darse cuenta de que todo había terminado, se dio cuenta de lo tensa que había estado. Notó que le temblaban las rodillas.

–¿Quién era? –preguntó.

–Nadie –respondió su padre, y comenzó a andar hacia las escaleras con paso vacilante–. Sucio patán... se cree que puede hablarme de ese modo, debería enseñarle... –miró a Irene con una expresión calculadora y astuta–. Dame esa pistola, niña.

–Oh, cállate –le dijo ella, que de repente se sentía muy cansada–. No hagas que me arrepienta de haberle impedido que te matara.

Después, Irene se dio la vuelta y comenzó a subir las escaleras. Sólo para sentirse tranquila, se llevaría las pistolas a su dormitorio, donde su padre no pudiera encontrarlas.

–Ése no es modo de hablarle a tu padre –le gritó lord Wyngate–. Tienes que respetarme.

Irene se giró hacia él.

–Te respetaré cuando te lo merezcas.

–Eres una mala hija –replicó el noble, mirándola con

los ojos entrecerrados–. Y ningún hombre querrá casarse contigo con los aires que te das. Qué harás entonces, ¿eh?

–Me alegraré –respondió ella–. Por lo que veo, la vida sin un marido debe de ser bastante agradable. Yo, señor, nunca me casaré.

Con la satisfacción de comprobar que aquellas palabras dejaban perplejo a su padre, Irene siguió su camino hasta el dormitorio.

CAPÍTULO 1

Londres, 1816

Irene se tapó la boca para disimular un bostezo mientras su cuñada continuaba su detallada descripción del vestido que se había comprado la tarde anterior. A Irene no le desagradaba la moda, pero oír a Maura hablar de ropa la aburría muchísimo, porque todo aquello de lo que hablaba Maura tenía que ver más consigo misma y con sus gustos y su belleza que con el tema de la conversación.

Maura era el sol alrededor del cual giraban todos los demás, al menos, en su opinión. Era una egocéntrica rematada. A Irene no le habría importado demasiado aquel detalle si además no fuera aburrida y prosaica.

Irene miró las caras de las demás mujeres. Ninguna de sus tres visitantes parecía tan indiferente ni aburrida como ella. Irene se preguntó si la expresión de su propia cara transmitía tan poco de su sensación interior. Era difícil saberlo, porque todas las mujeres de buena educación, como ella, debían mostrar un interés amable hacia las conversaciones de los demás, por muy tediosas que fueran.

La madre de Irene, lady Claire, era una de las mujeres que estaba escuchando en aquel momento a Maura, con una agradable expresión de interés. Por supuesto, a ella le habría parecido mal dejar que otro tipo de expresión le hubiera afeado el rostro, pero Irene era consciente de lo que ocurría: su madre tenía miedo de expresar disgusto o desinterés por cualquier cosa que pudiera decir su nuera.

Durante el año que había pasado desde que Humphrey se había casado con Maura y la había llevado a vivir con ellos, lady Claire había caminado con pies de plomo, sabiendo que Maura era la verdaderamente poderosa de toda la casa, y que podría convertir su vida y la de Irene en una pesadilla.

Por supuesto, en opinión de Irene, el hecho de tener que ceder a todos los caprichos de Maura ya era suficiente desgracia, así que le parecía una tontería esforzarse tanto en evitar la ira de su cuñada. Además, no pensaba que su hermano Humphrey tuviera un carácter tan débil como para echar de casa a su madre y a su hermana si Maura se lo pedía.

No obstante, Irene sabía que él podía hacerlo, y sabía también que Maura era tan egoísta como para exigírselo. Desafortunadamente, a su muerte, lord Wyngate había dejado sin un penique a lady Claire y a Irene, que habían pasado a depender de la generosidad de Humphrey.

Lord Wyngate había muerto tres años antes, a causa de una caída del caballo después de haber bebido profusamente. Irene se había quedado sorprendida al sentir pena. Después de todos aquellos años de lucha con su padre, y pese a todo el desprecio que había sentido por él, parecía que Irene tenía una reserva de amor que ni siquiera el corrompido comportamiento de su padre había conseguido agotar. Sin embargo, no podía negar que la muerte de lord

Wyngate también había significado un gran alivio para ella.

Ya no habría más acreedores acechando cerca de la puerta de su casa; aquello había cesado después de que Humphrey se sentara con ellos y trazara un plan para pagar todas las deudas de su padre. Tampoco aparecerían sujetos turbios preguntando por lord Wyngate. Irene y los demás ya no tendrían que temer que sometiera el nombre de la familia a algún escándalo. Y sobre todo, su presencia ya no se cerniría sobre la casa como una nube negra, obligando a todos a hacer lo posible por evitarlo y a no hacer nada que pudiera enfurecerlo.

Después de la muerte de lord Wyngate, al oír canturrear a una de las criadas mientras abrillantaba los muebles, Irene se dio cuenta de lo silenciosa que había estado la casa hasta aquel momento. De repente, pese a la guirnalda negra que colgaba de la puerta principal y el paño negro que cubría el retrato de lord Wyngate, la casa era un lugar más ligero y más luminoso.

Su hermano menor, un joven tímido y bastante serio, había heredado el título y las posesiones de su padre. Aparte de las tierras pertenecientes al título y la casa de Londres, lord Wyngate le había dejado poco aparte de las deudas; para su hija y su esposa no había quedado nada.

Sin embargo, Humphrey era un hermano y un hijo bueno y cariñoso, y estaba feliz de poder mantener a Irene y a Claire. Era dos años menor que Irene, y siempre había confiado en ella. Cuando eran niños, había sido Irene la que lo había protegido de las imprecaciones y los golpes de su padre.

Humphrey se había ocupado de saldar las deudas de su padre y de reorganizar el patrimonio, y había dejado en manos de su hermana el funcionamiento de la casa, tal y como Irene había hecho para su madre cuando vivía lord Wyngate. La vida había transcurrido suavemente hasta que habían salido del período de luto y habían retomado sus actividades sociales.

Una vez que habían liquidado las deudas, aunque las tierras estaban hipotecadas, la situación financiera se había aliviado lo suficiente como para poder comprar algunos vestidos y trajes nuevos, para asistir a fiestas y para celebrarlas también.

Irene sabía que algunos le tenían lástima, porque al tener cerca de veinticinco años y no haberse casado todavía, se enfrentaba a una vida de solterona. Sin embargo, a ella no le importaba; era feliz y se sentía útil, y no era una de aquellas mujeres que encontraba vacía su vida si no estaba vinculada a la de un hombre. De hecho, después de haber sido testigo de una tormentosa relación matrimonial, estaba segura de que era preferible permanecer soltera a casarse.

Entonces, Humphrey había hecho un viaje de caza al norte de Inglaterra con un amigo. Su visita se había extendido una semana, después dos, y después, al final de la tercera semana, Humphrey había vuelto a casa y había anunciado con una felicidad radiante que se había comprometido y que iba a casarse.

Maura Ponsonby, la hija de un noble rural, había capturado su corazón. Era una joya, según les había dicho Humphrey, y se sentía como el hombre más afortunado del mundo. Ellas querrían a Maura tanto como él en cuanto la conocieran.

Y cuando la conocieron, a ambas les resultó fácil darse cuenta de por qué se había enamorado de ella. Era muy guapa, y le dedicaba muchas atenciones y muestras de afecto. Sin embargo, tampoco pasó mucho tiempo antes de que vieran que también lo controlaba con sus bonitos mohines, y con un coqueteo que se transformaba en una actitud férrea cuando no se salía con la suya.

Antes de casarse con Humphrey, todo eran sonrisas para lady Claire, pero después de la boda, Maura entró en la casa llena de suficiencia. Como la nueva lady Wyngate, dejó bien claro para su suegra y su cuñada que ella estaba a cargo de todo. Aunque Irene había intentado cederle la dirección de Wyngate Hall a Maura, ella no le dio la oportunidad de hacerlo; se limitó a informar al ama de llaves y al mayordomo que desde aquel momento en adelante, ella tomaría las decisiones.

Maura aprovechaba todas las oportunidades para demostrar que ella era la personalidad más importante de la casa: se involucraba en todas las conversaciones, le decía al mayordomo a quién iban a recibir y a quién no, y cuándo se encontraban en casa para esas visitas, y aceptaba o declinaba atrevidamente invitaciones en nombre de todos, incluidas Claire e Irene.

Lady Claire se había sometido dócilmente a semejante comportamiento, pero Irene se había negado a ceder y, como resultado, su cuñada y ella habían tenido varios desencuentros.

En aquel momento, Maura, quizá notando el desinterés de Irene, se interrumpió en mitad de la detallada descripción que estaba haciendo sobre los volantes que adornaban el bajo de su vestido y se dirigió a ella con los ojos muy abiertos y una sonrisa de malicia.

—Pero, parece que estamos aburriendo a la pobre Irene con nuestra charla de moda, ¿no es así, querida? —dijo. Después se volvió hacia las demás mujeres y añadió—: Me temo que Irene tiene poco interés en la ropa. Por mucho que yo lo haya intentado, nunca he conseguido convencerla para que me permita comprarle algo nuevo que ponerse.

Maura sacudió la cabeza con un aire de resignación cariñosa, que hizo que sus rizos oscuros se balancearan.

—Sois tan generosa, mi querida lady Wyngate —murmuró la señora Littlebridge.

—Estoy satisfecha con mi ropa —respondió Irene con frialdad.

Como siempre, lady Claire intervino rápidamente en la conversación para evitar un posible conflicto.

—Señorita Cantwell, podría contarnos cómo fue la boda de Redfields. Estoy convencida de que a todas nos gustaría saberlo.

La madre de Irene había elegido bien el tema. El matrimonio del vizconde Leighton con Constance Woodley, que se había celebrado una semana antes, había sido lo más destacado de la temporada social, y todos habían esperado la invitación para asistir al evento. Aquellos que habían podido estar presentes eran muy solicitados en todas partes, debido a que podían proporcionar una narración de la boda.

—Sí, desde luego —convino la señora Littlebridge—. ¿Estaba guapa la novia?

—Es guapa, a su modo —admitió la señorita Cantwell—. Pero no tiene un apellido importante. No se puede evitar pensar que el vizconde no ha hecho un matrimonio ventajoso.

—Claro que no —dijo la señora Littlebridge—. Es una completa desconocida que siempre ha vivido en el campo.

—Exactamente —dijo la señorita Cantwell—. Pero bueno, Leighton siempre ha sido un poco... bueno, nada convencional.

Irene, que estaba segura de que aquella opinión de la

señorita Cantwell estaba basada en el completo desinterés que el vizconde siempre le había demostrado, dijo:

—Pues a mí me agrada mucho la señorita Woodley... o debería decir lady Leighton. Me parece una persona sencilla y encantadora.

Maura soltó una risita.

—Claro que a ti te parece admirable, Irene. Nadie admira como tú la falta de refinamiento.

—Tengo entendido que lady Leighton era buena amiga de la hermana del vizconde, ¿no? —dijo rápidamente lady Claire.

—Oh, sí, lady Haughston hizo de ella uno de sus proyectos —afirmó la señora Littlebridge—. Le presentó la chica a su hermano.

—Y antes de eso, la transformó por completo —intervino la señora Cantwell—. Constance Woodley era del montón antes de que lady Haughston la convirtiera en un cisne.

—Tiene ese don —comentó lady Claire—. La temporada pasada ayudó a la hija de los Bainborough, y antes, a la señorita Everhart. Ambas hicieron excelentes matrimonios.

—Pues sí, pues sí —dijo la señora Cantwell, asintiendo—. Lady Haughston tiene muy buena mano. Todo el mundo sabe que si ayuda a una chica, esa chica hace un buen matrimonio.

—Vaya, Irene —dijo Maura—. Quizá debiéramos pedirle a lady Haughston que te ayude a encontrar marido.

—Gracias, Maura, pero no estoy buscando —respondió secamente Irene, mirando a los ojos a su cuñada.

—¿No? —dijo la señora Littlebridge, y se rió—. De verdad, lady Irene, ¿qué chica joven no está buscando marido?

—Yo, por ejemplo —respondió Irene.

La señora Littlebridge arqueó las cejas con incredulidad.

—Lo dice por orgullo —indicó Maura a sus interlocutoras con una sonrisa de petulancia—. Pero aquí estás entre amigas, Irene. Todas sabemos que la meta de toda mujer es casarse. De lo contrario, ¿qué puede hacer? ¿Vivir en casa de otra mujer durante toda su vida? Claro que a lord Wyngate y a mí nos gustaría tenerte como compañía para siempre, pero yo estoy pensando en ti y en tu felicidad. Deberías hablar con lady Haughston sobre ello. Es amiga tuya, ¿no?

Irene percibió la amargura que había bajo el tono dulce de su cuñada. Maura siempre había tenido una espina clavada: era el hecho de provenir de una familia provinciana, de buena cuna, pero de apellido sin importancia. Y también el hecho de no haber pasado su vida, como había hecho Irene, entre el círculo social más importante de Londres, conocida y recibida por todo aquél de trascendencia.

—Por supuesto que conozco a lady Haughston —respondió Irene—, pero superficialmente. No diría que es mi amiga.

—Ah, pero en realidad, hay muy pocas personas a las que tú podrías llamar amigos —replicó Maura.

Hubo un momento de silencio embarazoso tras aquel punzante comentario, pero después, Maura adoptó una expresión de azoramiento y se llevó las manos a las mejillas.

—Oh, vaya, ¡cómo ha sonado eso! Por supuesto, no quería decir que no tienes amigas, querida hermana. Tienes varias. ¿Verdad, lady Claire? —dijo, y le lanzó una mirada suplicante a la madre de Irene.

—Sí, claro —dijo Claire, que tenía las mejillas enrojecidas—. La señorita Livermore.

—¡Claro! —exclamó Maura, aliviada por el hecho de que su suegra hubiera dado con un ejemplo—. Y la mujer del párroco del pueblo te tiene mucho cariño —prosiguió.

Después hizo una pausa, se encogió de hombros y miró a Irene fijamente–. Sabes que lo único que quiero es lo mejor para ti, ¿verdad, querida? Lo que todas queremos es que seas feliz, ¿verdad, lady Claire?

–Sí, por supuesto –convino Claire, mirando a su hija con tristeza.

–Pero si soy feliz, mamá –mintió Irene, y después se volvió hacia Maura–. ¿Cómo no iba a ser feliz, después de todo, viviendo aquí contigo, querida hermana?

Maura no hizo caso de sus palabras y continuó hablando en el mismo tono.

–Yo sólo quiero ayudarte, Irene. Mejorar tu vida. Por desgracia, no todo el mundo te conoce tan bien como yo. Sólo ven tu conducta. Tu afilada lengua mantiene a la gente a raya. Por mucho que quieran conocerte mejor tu... bueno, tu ingenio y tu franqueza asustan a la gente. Por esa razón tienes tan pocos amigos, tan pocos pretendientes. Tu comportamiento no es atractivo para los hombres.

Maura miró a sus amigas, buscando su confirmación.

–Ningún hombre quiere tener una mujer que lo corrija, ni que lo reprenda cuando ha hecho algo mal. ¿No es así, señoras?

Irene dijo con tirantez:

–Tu información, aunque sin duda bienintencionada, tiene poca utilidad para mí. Como ya te he dicho, no me interesa conseguir marido.

–Vamos, vamos, lady Irene –dijo la señora Cantwell, con una sonrisa de condescendencia que irritó a Irene.

Irene se volvió hacia ella, y el brillo de sus ojos hizo que la señora se tragara lo que tuviera pensado decir.

–No deseo casarme. Me niego a casarme. No tengo intención de darle a ningún hombre la capacidad de controlarme. No me convertiré en la esposa dócil de ningún hombre, ni permitiré que un hombre con menos inteligencia que yo me diga lo que debo pensar ni lo que debo hacer.

De repente se quedó callada y apretó los labios. Se arrepentía de haber permitido que Maura la empujara a revelar hasta aquel punto sus pensamientos.

Su cuñada se rió y miró irónicamente a las demás mujeres.

–Una mujer no tiene por qué estar bajo el mandato de un hombre, querida. Sólo tiene que hacerle pensar que él es quien tiene la sartén por el mango. Tiene que aprender a guiar a un hombre para que haga exactamente lo que ella quiere. El truco, por supuesto, está en conseguir que él piense que todo ha sido idea suya.

Las visitantes se unieron al coro de risas, y la señora Littlebridge añadió:

–Verdaderamente, lady Wyngate, así son las cosas.

–A mí no me interesan todos esos trucos y engaños –dijo Irene–. Prefiero seguir soltera que tener que engatusar y mentir a los demás para hacer lo que tengo derecho a hacer por mí misma.

Maura chasqueó la lengua, mirándola condescendientemente.

–Irene, querida, no estamos diciendo que tengas que engañar a nadie. Sólo estoy hablando de que saques el mejor partido de tu aspecto y de que disimules ciertos rasgos de carácter. Te vistes con demasiada sencillez. Por ejemplo, ese vestido que llevas, ¿por qué tiene que ser de ese tono marrón tan insípido? Y tampoco tienes necesidad de llevar un escote tan alto. ¿Por qué no enseñas un poco el cuello y los hombros? Incluso tus vestidos de noche son demasiado recatados... ¡no me extraña que ningún hombre quiera sacarte a bailar! ¿No es suficiente que seas tan alta? ¿Es que tienes que caminar tan erguida y esconder tu silueta?

Irene notaba la frustración que sentía Maura, y sabía que estaba realmente consternada por la falta de pretendientes de Irene. A su cuñada le encantaría librarse de ella, y el matrimonio de Irene era la única oportunidad que tenía de conseguirlo, aparte del asesinato; y ni siquiera Irene acusaría a Maura de ser capaz de aquello.

—¡Y tu pelo! —continuó su cuñada, temerariamente—. Dios sabe que es... rebelde —dijo, mirando con el ceño fruncido la melena rizada, de color dorado oscuro, que Irene se había recogido sin piedad en un moño—. Sin embargo, el color es bonito. Y tienes las pestañas largas y castañas, no claras, así que no parece que no tengas pestañas, como les sucede a algunas rubias.

—Vaya, gracias, Maura —murmuró Irene con ironía—. Tus cumplidos me abruman.

Maura se encogió de hombros.

—Sólo digo que podrías ser mucho más atractiva si te esforzaras un poco. Parece que quieres espantar a los hombres en vez de atraerlos.

—Quizá sea cierto.

Hubo un momento de silencio. Después, la señorita Cantwell dijo con nerviosismo:

—¡Lady Irene! Casi parece que habláis en serio.

Irene no se molestó en responder al comentario de la muchacha. La señorita Cantwell nunca la entendería, porque en aquel momento estaba enzarzada en la lucha vital de encontrar un buen marido, con la ayuda de su madre. Seguramente, pensarían que las protestas de Irene eran debidas a que ella había perdido la batalla, porque era una solterona de veinticinco años sin más expectativas en la vida que vivir con su familia durante el resto de su vida.

Irene suspiró. Ella no envidiaba a la señorita Cantwell por el matrimonio que la esperaba, pero sí deseaba poder tener serenidad para enfrentarse al futuro que viviría sin casarse.

Maura se inclinó ligeramente hacia ella y le posó la mano en el brazo, sonriendo dulcemente.

—Vamos, cariño, no suspires. No es tan malo. Te encontraremos un marido. Quizá debiéramos hacerle una visita a lady Haughston.

Irene hizo una mueca de desagrado, irritada por el hecho de haber dejado que Maura percibiera su descontento.

—No seas absurda —le dijo—. Ya te he dicho que no estoy buscando marido. Y si así fuera, no le pediría ayuda a una persona tan superficial como Francesca Haughston.

Dicho aquello, se puso en pie; se sentía demasiado molesta como para preocuparse de las buenas maneras.

—Disculpadme, por favor. Tengo dolor de cabeza.

Después salió de la habitación sin dignarse a esperar respuesta.

A unas cuantas manzanas, sin saber que era el tema de conversación de lady Wyngate y sus amigas, Francesca Haughston estaba sentada en la sala de estar de su casa, su estancia favorita. Era más pequeña e íntima que el salón, y estaba pintada de un alegre color amarillo que atrapaba todos los rayos de sol que entraban por las ventanas, orientadas al oeste.

Era un lugar agradable. Estaba amueblada con piezas que, aunque un poco gastadas, era cómodas y muy queridas para ella. Era la habitación que más usaba Francesca, sobre todo en el otoño y el invierno, porque era más cálida que las demás estancias, y resultaba más barato mantener el fuego encendido allí que en el salón grande. En realidad, el fuego no tenía importancia en aquel momento, porque estaban en agosto, pero de todos modos era su sala preferida.

Como la temporada social había terminado y la mayor parte de los miembros de su círculo habían vuelto a sus fincas del campo, Francesca tenía pocas visitas; sólo sus mejores amigos y amigas.

En aquel momento, estaba sentada ante un pequeño escritorio, junto a la ventana, con el libro de cuentas abierto frente a sí. Su problema era, como siempre, el dinero. Más bien, la falta de dinero. Su difunto marido había sido un derrochador y un inversor poco inteligente, y cuando murió, la dejó sólo con su guardarropa y sus joyas. El patrimonio, por supuesto, estaba vinculado al título nobiliario, y había pasado a manos del primo de lord Haughston.

Así pues, ella ya no tenía residencia, salvo en Londres. Aquella casa la había comprado Andrew y también se la había dejado en herencia a Francesca. Ella había cerrado gran parte de las habitaciones para economizar, y con tristeza, había tenido que dejar marchar a gran parte de los sirvientes; sólo tenía algunos de mucha confianza. También había reducido drásticamente sus gastos.

Pese a todo, Francesca apenas conseguía arreglárselas para sobrevivir. La forma más fácil por la que podría volver a ser rica, el matrimonio, no entraba en sus planes. Tendría que verse en una situación mucho más acuciante para recorrer aquel camino nuevamente.

Oyó que alguien llamaba a la puerta y volvió a la cabeza. Su doncella, Maisie, estaba allí con una expresión dubitativa. Francesca sonrió y le indicó que pasara.

—Milady, no quisiera molestarla, pero el carnicero ha venido otra vez, y es muy insistente. La cocinera dice que se niega a venderle más carne hasta que pague la cuenta.

—Sí, claro —respondió Francesca. Abrió uno de los cajones del escritorio y sacó una moneda de oro. Se la tendió a Maisie y dijo—: Supongo que esto será suficiente para contentarlo.

Maisie tomó la moneda, pero siguió allí, mirando con preocupación a su señora.

—Podría llevar algo a vender, si quiere. Quizá esa pulsera...

Durante los años que habían transcurrido desde la muerte de su marido, para sobrevivir, Francesca había vendido la mayor parte de sus joyas y otros artículos de valor. Maisie los había llevado a empeñar. Su doncella era la persona en quien más confiaba en el mundo.

Maisie sólo tenía unos años más que Francesca, y había estado con Francesca desde que se había casado con lord Haughston. Maisie la había acompañado en todas las situaciones, las buenas y las malas. Era Maisie la única que nunca le había sugerido que resolviera su difícil situación económica aceptando la proposición de alguno de sus muchos pretendientes.

En aquellos años, Francesca se había mantenido ingeniosamente, ayudando a algunas jóvenes a presentarse en sociedad y a encontrar un marido adecuado. Cuando había tenido que enfrentarse al hecho de que no tenía más joyas que empeñar, y que no le quedaba más remedio que volver a casarse o que vender su virtud, había tomado una determinación: utilizar su habilidad más grande, la de atraer admiradores, para ganarse la vida.

Ella tenía ventajas naturales: era elegante y esbelta, tenía el pelo dorado y los ojos grandes de un azul oscuro y brillante. Además, su familia era de un linaje antiguo y respetado; y por último, Francesca tenía algo muy importante: estilo y personalidad. Era inteligente y tenía un ingenio rápido, y podía mantener una conversación agradable sobre casi cualquier tema y hacer sonreír a sus interlocutores; sabía cómo vestirse para cualquier ocasión y se encontraba como pez en el agua en las reuniones sociales. Daba fiestas memorables, y como invitada, era capaz de animar hasta la más aburrida de las celebraciones.

Durante toda su vida había ayudado a sus amigas en las cuestiones del buen gusto y del estilo, y cuando había guiado con éxito a la hija de uno de los parientes de su difunto marido por entre las aguas traicioneras de la temporada social de Londres, había recibido un generoso regalo de los padres de la muchacha: un gran centro de mesa de plata.

Francesca había encontrado en aquel suceso un modo de mantener su estilo de vida sin tener que rebajarse a aceptar la circunstancia más terrorífica para los aristócratas ingleses: el empleo remunerado.

Había empeñado el centro de mesa y con el dinero había pagado a los sirvientes y había cancelado muchas de las deudas de la casa. Después se había insinuado a algunas de las madres de hijas casaderas; una sugerencia por allá, un ofrecimiento por allí, y pronto se había encontrado con numerosas muchachas que acudían a ella para encontrar un buen marido.

Su proyecto más reciente había sido resultado de una apuesta con el duque de Rochford. El duque le había prometido que le regalaría una pulsera si ganaba aquella apuesta, y ella había prometido, de perderla, que acompañaría al duque a visitar a su tía abuela Odelia, que era una mujer bastante terrorífica. Había sido una apuesta absurda, y ella había aceptado solamente porque Rochford la había provocado.

Sin embargo, y para sorpresa de Francesca, como resultado de aquella apuesta su propio hermano se había enamorado de la señorita Constante Woodley y se había casado con ella. No era lo que Francesca había previsto, pero todo había terminado mucho mejor de lo que ella hubiera podido pensar.

Además, el duque le había regalado la pulsera, un brazalete de zafiros y diamantes. Aquella joya estaba guardada en su dormitorio del piso de arriba, en un compartimento secreto de su joyero, junto a un par de pendientes de zafiros que le habían regalado mucho tiempo atrás y que nunca había empeñado.

Francesca miró a su doncella, que la estaba observando con expectación. Después negó con la cabeza.

—No, no la venderé todavía. Después de todo, debemos tener una reserva.

Maisie asintió con poco convencimiento mientras se guardaba la moneda en el bolsillo y se daba la vuelta para salir de la estancia. En la puerta, la muchacha se detuvo y volvió a mirar a su señora pensativamente antes de marcharse definitivamente.

Francesca vio aquella mirada. Sabía que su doncella tenía curiosidad, pero Maisie no era de las que fisgoneaban, y de todos modos, Francesca no tenía una respuesta que darle. Tanto aquella pulsera como Rochford eran temas que no debían abordarse.

Lo que sí debía pensar Francesca era cómo iba a arreglárselas hasta que comenzara la siguiente temporada. Tenía pocas probabilidades de recibir otro encargo de unos padres deseosos de casar bien a su hija hasta que diera comienzo la próxima temporada social de Londres, en abril del año siguiente. Quizá diera con alguna bandeja de plata o algo parecido que vender por la casa. Debía ir a buscar en la buhardilla, entre todos los baúles. Sin embargo, no creía que encontrara más que una o dos piezas de plata, y con aquello no podría mantenerse durante casi un año.

Por supuesto, podía cerrar la casa e ir a pasar aquellos meses a Redfields, la casa de su familia, donde había crecido; sabía que su hermano Dominic y su cuñada Constance la recibirían con cariño; pero no quería molestar a los recién casados. Dominic y Constance acababan de volver de su luna de miel, y ya era suficientemente malo que tuvieran a sus padres viviendo en la casa de campo que había en la finca, frente a la casa principal. Sería injusto que también tuvieran que vivir con su hermana.

No. Francesca pasaría solamente un mes en Redfields, por Navidad, como de costumbre.

Quizá fuera agradable visitar a alguna de sus tías, o escribir a sus amigos y mencionar lo aburrido que estaba Londres desde que todo el mundo se había marchado...

Estaba distraída con aquellos pensamientos cuando una de las doncellas la avisó.

—Milady, tiene visita —dijo la muchacha, mirando con nerviosismo hacia atrás—. Les pedí que me dejaran comprobar si estaba en casa...

—¡Tonterías! —exclamó una mujer de voz potente—. Lady Francesca siempre está en casa para mí.

Francesca abrió unos ojos como platos. La voz le resultaba familiar. Se levantó, impelida por la aprensión. Aquella voz...

Una mujer alta y fuerte, vestida de morado, entró en la habitación como un ciclón. El estilo de su atuendo era de la moda de diez años atrás. Lo extraño de aquel detalle era que no se debía a la falta de fondos, porque estaba claro que el terciopelo con el que estaba confeccionado su traje era de la mejor calidad, y que estaba cortado y cosido por unas manos expertas. Más bien, era una prueba fehaciente de que lady Odelia Pencully había pasado por encima de las indicaciones de alguna modista, como hacía con todos aquellos que se interponían en su camino.

—Lady Odelia —dijo Francesca con un hilillo de voz, mientras daba un paso adelante—. Yo... qué placer más inesperado.

La matrona resopló.

—No tienes por qué mentir, muchacha. Sé que me tienes miedo —dijo, y por su tono de voz quedó claro que no lo lamentaba.

Francesca miró más allá de lady Odelia, hacia el hombre que la había seguido por el pasillo. Era muy alto y de porte aristocrático, elegante y guapísimo desde su pelo negro como el ala de un cuervo hasta sus botas brillantes y negras también. Ni uno solo de sus cabellos estaba fuera de lugar, y su semblante era inexpresivo. Sin embargo, Francesca detectó el brillo de una perversa diversión en sus ojos oscuros.

—Lord Rochford —dijo. El saludo fue más bien frío, con un matiz de irritación—. Qué amable sois por traer a vuestra tía a visitarme.

Él frunció los labios al oírla, pero su expresión permaneció imperturbable mientras hacía una perfecta reverencia.

—Lady Haughston. Es un placer veros, como siempre.

Francesca hizo un delicado gesto a la criada.

—Gracias, Emily. Tráenos un poco de té, por favor...

La muchacha se marchó con cara de alivio. Lady Odelia pasó por delante de Francesca hacia el sofá.

Mientras el duque la seguía, Francesca se inclinó ligeramente hacia él y le susurró:

—¿Cómo has podido?

Rochford sonrió durante un instante, y respondió en voz baja:

—Te aseguro que no me ha quedado más remedio.

—No culpes a Rochford —dijo lady Odelia, con su voz resonante, desde su sitio en el sofá—. Le dije que vendría a verte con o sin él. Sospecho que ha venido a intentar imponerme restricciones, más que nada.

—Querida tía —respondió el duque—. Yo nunca sería tan atrevido como para imponerte restricciones de ningún tipo.

Lady Odelia resopló nuevamente.

—He dicho que has venido a intentarlo —replicó la dama.

—Claro —Rochford inclinó respetuosamente la cabeza.

—Bueno, siéntate, niña —le dijo lady Odelia a Francesca, señalándole una butaca con un gesto de la cabeza—. No tengas de pie al muchacho.

—Oh. Sí, por supuesto —respondió Francesca, y rápidamente se dejó caer en el asiento más cercano.

El duque se colocó junto a su tía, en el sofá, y Francesca se obligó a sonreír a la dama.

—Debo admitir que me sorprende mucho vuestra visita. Tenía entendido que ya no venís nunca a Londres —le dijo a lady Odelia.

—No, si puedo evitarlo. Seré franca contigo, hija mía. Nunca pensé que vendría a pedirte ayuda. Siempre he pensado que eras una muchacha frívola.

Francesca siguió sonriendo con tirantez.

—Ya.

El duque se movió con incomodidad en su sitio.

—Tía...

—Oh, cálmate —le cortó lady Odelia—. No quiero decir

que no le tenga aprecio. Siempre le he tenido cariño, no sé por qué.

Rochford apretó los labios con fuerza para contener la sonrisa, y evitó mirar la expresión de Francesca.

—Francesca lo sabe —continuó lady Odelia, asintiendo—. Lo cierto es que necesito tu ayuda. He venido a rogarte que me hagas un favor.

—Claro que sí —murmuró Francesca, preguntándose con ansiedad cuál sería la tarea, sin duda desagradable, que iba a encomendarle aquella mujer.

—La razón por la que he venido... bueno, lo diré sin rodeos. He venido para buscarle esposa a mi sobrino nieto.

CAPÍTULO 2

Hubo un momento de silencio en la habitación después del anuncio de aquella mujer imponente. Francesca se quedó mirando con perplejidad a la dama, y movió los ojos involuntariamente hacia Rochford.

—Yo... eh... —tartamudeó, y notó que enrojecía de pies a cabeza.

—¡No, él no! —exclamó lady Odelia, y soltó una carcajada—. He estado intentándolo con éste durante más de quince años. Incluso yo he abandonado toda esperanza. No, el linaje de los Lilles tendrá que continuar con ese tonto de Bertrand, si es que continúa —dijo, y suspiró.

—Lo siento —dijo Francesca, con las mejillas encendidas—. No quería... no estoy segura de si entiendo lo que queréis...

—Estoy hablando del nieto de mi hermana.

—¡Ah! Ya entiendo. Creo que... eh... no conozco a vuestra hermana, milady.

—Pansy —dijo lady Odelia, y suspiró otra vez—. Éramos cuatro. Yo era la mayor, y después iba mi hermano, que lógicamente se convirtió en el duque. Era el abuelo de Rochford. Después de él iba nuestra hermana Mary, y después, la pequeña, Pansy. Pansy se casó con lord Radbourne, Gladius. Un nombre muy tonto. Su madre lo eligió, y yo nunca he conocido a una mujer más boba. Pero no es ésa la cuestión. El problema es el nieto de Pansy, Gideon. El hijo de lord Cecil.

–Oh –dijo Francesca, que reconocía el nombre–. Lord Radbourne.

Lady Odelia asintió.

–Veo que ahora me entiendes. Has oído las murmuraciones.

–Bueno...

–No tiene sentido que intentes negarlo. No se ha hablado de otra cosa en los últimos meses.

Lady Odelia estaba en lo cierto. Francesca había oído aquella historia. Gideon Bankes, el heredero del título Radbourne y de su patrimonio, había sido secuestrado junto a su madre mucho tiempo antes, cuando sólo tenía cuatro años. Nunca se había vuelto a saber nada de la madre ni del hijo. Entonces, cuando todo el mundo lo daba por muerto desde años atrás, Gideon Bankes había aparecido de nuevo.

Aquella reaparición y el hecho de que hubiera heredado el título y el patrimonio habían sido la comidilla de la ciudad durante muchas semanas. Todos aquellos a quienes Francesca conocía tenían opinión propia sobre el asunto: hablaban sobre cómo era el heredero, sobre dónde había estado durante todos aquellos años y sobre si era o no un impostor. Todo eran conjeturas más que hechos, porque muy pocos habían conocido al nuevo conde, y de aquellos, muy pocos más habían contado detalles.

Francesca miró de nuevo al duque. Lo había visto en varias fiestas durante los meses anteriores, pero él nunca le había dicho ni una sola palabra sobre el heredero perdido y su vuelta a la familia. De hecho, ella ni siquiera se había dado cuenta de que Rochford tuviera parentesco con la familia Bankes. Aquel hecho no servía más que para confirmar su opinión de que el duque de Rochford era el hombre más reservado que ella conocía. Típico de él, pensó Francesca con irritación.

—Estoy segura de que lo que has oído es mentira —dijo lady Odelia—. Yo puedo contarte la verdad.

—Oh, no, no es necesario —dijo Francesca; se sentía dividida entre la curiosidad y un fuerte deseo de verse libre de lady Odelia.

—Tonterías. Tienes que saber las cosas como son.

—Será mejor que dejes que te lo cuente —le aconsejó Rochford a Francesca—. Sabes que será más fácil.

—No seas impertinente, Sinclair —le reprendió su tía abuela.

Francesca se dio cuenta, con cierto malhumor, de que Rochford no le tenía demasiado miedo a la formidable mujer.

—Bien —dijo lady Odelia—. Estoy segura de que no lo recuerdas, porque tú también eras una niña entonces, pero la esposa y el hijo de mi sobrino Cecil fueron secuestrados hace veintisiete años. Fue algo horrible. La familia recibió una carta en la que se les exigía el pago de un rescate: un collar de rubíes y diamantes que era horroroso, pero que valía una fortuna. La familia lo poseía desde hacía varias generaciones. La leyenda decía que se lo había dado la reina Isabel cuando fue entronizada. Cecil les dio a los secuestradores lo que pedían, pero ellos no le devolvieron a su mujer y a su niño. Todos pensamos que los asesinaron a ambos. Cecil se quedó destrozado y hundido, pero nunca perdió la esperanza de que un día volverían. Pasó mucho tiempo antes de que volviera a casarse. Por supuesto, cuando lo hizo tuvo que llevar el proceso legal para declarar muerta a Selene, que llevaba desaparecida más de veinte años. Sin embargo, no hizo nada en cuanto al niño. Supongo que no fue capaz de admitir que su hijo estaba muerto.

La dama se encogió de hombros y continuó:

—Pero entonces, hace un año, cuando murió Cecil, yo pensé que había que hacer algo. Si Gideon estaba vivo en algún lugar, entonces él sería el heredero. Sin embargo, la segunda esposa de Cecil, Teresa, le había dado un hijo, así que si Gideon estaba verdaderamente muerto, Timothy sería el heredero. Antes de que comenzáramos el procedimiento legal, yo le pedí a Rochford que averiguara lo que pudiera sobre Gideon.

Francesca miró al duque.

—Entonces, ¿sois vos quien lo encontró?

Rochford se encogió de hombros.

—El mérito no es mío. Lo único que hice fue contratar a un detective para que llevara a cabo la investigación. Encontró a Gideon en Londres. Había tomado el nombre de Gideon Cooper, y había reunido una fortuna por sí mismo. No tenía ni idea de quién era en realidad.

—¿No recordaba nada? —preguntó Francesca, sorprendida.

—Parece que no. Sólo recordaba su nombre de pila. Sólo tenía cuatro años cuando se lo llevaron. No recuerda nada de lo que ocurrió antes de ser un pilluelo que vivía en la calle.

—Pero alguien tuvo que acogerlo, que cuidar de él —protestó Francesca—. ¿No saben nada de cómo llegó hasta ellos aquel niño? ¿De dónde provenía?

—Nada —intervino lady Odelia con disgusto—. Él dice

que nunca tuvo padres, que creció con una banda de niños en el este de Londres –explicó, sacudiendo la cabeza de modo que las plumas de su tocado se balancearon violentamente.

–Pero, ¿cómo se sabe que es Gideon? –preguntó Francesca–. Si él no recuerda nada, y nadie lo crió...

–Oh, es él –respondió lady Odelia–. Tiene una marca de nacimiento, una mancha como una fresa junto al omóplato izquierdo. Gideon tenía la misma marca cuando nació. Pansy y yo lo recordamos perfectamente. Es inconfundible. Y, por supuesto, se parece mucho a los Bankes. Y tiene la mandíbula y el cabello de los Lilles.

–Entiendo –dijo Francesca, aunque no con total sinceridad. La verdad era que, aunque la historia de lady Odelia era muy interesante, Francesca no entendía por qué se la había contado. Titubeó y dijo–: Estoy segura de que os sentís muy feliz por haberlo recuperado después de tanto tiempo. Sin embargo, no estoy segura de por qué... bueno, de por qué necesitáis mi ayuda, o la de cualquier otra persona, para encontrarle una esposa adecuada a lord Radbourne. Vos conocéis a todo el mundo, y mejor que yo.

–No es cuestión de encontrar una esposa adecuada. Hemos de encontrar una joven que esté dispuesta a ser su esposa –respondió lady Pencully.

Francesca se quedó mirándola con desconcierto.

–Pero, con su título y sus propiedades...

–Lord Radbourne no ha tenido mucho contacto con nuestro círculo social. Sin duda, te lo habrán comentado –dijo lady Odelia, con su penetrante mirada clavada en Francesca.

–Bueno, eh... –Francesca intentó encontrar una contestación apropiada.

La verdad era que los cotilleos habían sido profusos con

respecto a la ausencia del conde de los eventos sociales. Corrían rumores de que sufría una espantosa deformidad, de que era un criminal y de que estaba completamente loco.

—No tienes que estrujarte tanto la cabeza para saber cómo decírmelo —dijo lady Odelia con brusquedad—. Créeme, yo también he oído todas esas historietas. Gideon no es un jorobado, ni está raquítico, ni está cubierto de forúnculos. Tampoco está loco. Sin embargo, la verdad es que... bueno, él es... bastante común.

Lady Odelia pronunció aquellas palabras en un susurro, como si estuviera admitiendo el más oscuro de los secretos, e irguió los hombros mientras miraba a Francesca, esperando su respuesta.

—Tía Odelia, ¿no te parece que eres un poco dura con él? —protestó Rochford—. A mí me parece que Radbourne se las ha arreglado muy bien por sí mismo, sobre todo, teniendo en cuenta sus circunstancias.

—Sí, si estás hablando de ganar dinero —replicó lady Odelia con desdén—. Ha ganado mucho, desde luego. Sin embargo, ésa no es la marca de un caballero. Tiene un pasado... bueno, desagradable. No estoy al tanto de los detalles, y francamente, no me interesan. Vivió con la peor clase de gente, alejado de su familia y de sus iguales, y el resultado es que carece de las cualidades que definen a un caballero. Su habla y sus modales carecen de refinamiento, y su educación es escasa.

—Gideon ha leído mucho, tía —insistió Rochford, defendiendo a su primo.

Sin embargo, su tía descartó aquel argumento con un desdeñoso gesto de la mano.

—¡Bah! —exclamó—. No estoy hablando de libros, Sinclair. Estoy hablando de su educación en las cosas importantes. Por ejemplo, no sabe bailar. No sabe montar a caballo. Es demasiado familiar con los sirvientes y los arrendatarios de la finca, y apenas habla con su propia familia ni con los miembros de su círculo. Afortunadamente, nos las hemos arreglado para que se quede en la casa familiar la mayor parte del tiempo, pero ahora insiste en volver a Londres.

–Tiene aquí sus negocios –señaló suavemente el duque.

–¿Y si alguien conocido lo ve dirigiendo sus... negocios? –inquirió lady Odelia con un estremecimiento.

–Tía Odelia, no creo que nadie tenga nada que decir si ve a un hombre entrar en un banco o encontrarse con sus empleados –protestó Rochford, con un ligero tono de irritación en la voz–. Vamos, vas a conseguir que lady Haughston piense que Gideon debería estar encerrado en la buhardilla.

–Yo podría encerrarlo en la buhardilla –replicó lady Odelia.

El duque arqueó las cejas y tomó aire antes de responder. Francesca pensó que los dos iban a discutir allí mismo, en su salón.

–Pero, lady Odelia –intervino ella rápidamente–. Me temo que aún no entiendo qué tengo yo que ver en todo esto. ¿Cómo voy a presentarle a alguien si no tiene interés en alternar en sociedad?

–Quiere que la ayudéis a organizarle la vida al pobre hombre –respondió Rochford.

–No es que yo le tenga manía al chico –siguió explicando lady Odelia, haciendo caso omiso del comentario del duque–. Después de todo, es mi sobrino, y yo nunca jamás he dicho nada que pudiera denigrar a mi propia sangre, aunque Dios sabe que Bertrand ha puesto mi paciencia a prueba muchas veces. Sin embargo, Gideon es un Lilles, al menos en parte, y no es culpa suya el hecho de no saber cómo actuar. Así que yo me puse a pensar para resolver el problema, y di con la solución –dijo. Miró a Francesca y anunció–: Gideon debe casarse. Y tú eres justamente la mujer que necesitamos.

–Oh.

¿Se refería la dama a que ella misma se casara con lord Radbourne?, se preguntó Francesca con horror.

–Debemos emparejarlo con una muchacha completamente respetable. Una de linaje y gusto incuestionables. Es de esperar que su esposa pueda ejercer una influencia beneficiosa en mi sobrino, que lime sus asperezas y disimule sus defectos. Y si no puede hacerlo, bueno, al menos se asegurará de que sus hijos reciban la educación adecuada.

Lady Odelia hizo una pausa, y después continuó didácticamente:

–Con un buen matrimonio, conseguirá superar el matiz de escándalo. Si una mujer de buena familia está dispuesta a casarse con él, entonces todo el mundo se verá inclinado a pasar por alto sus diversos... problemas.

–Bien –dijo Francesca cautelosamente–. Como ya he dicho, creo que vos no tendréis problema para encontrar a una candidata apropiada. Debe de haber muchas mujeres de buen nombre que se sentirían felices de poder casarse con un hombre que pertenece a las familias Bankes y Lilles.

–Claro que las hay –dijo lady Odelia con impaciencia–. Yo he llevado al menos a cinco muchachas a Radbourne Hall y se las he presentado. El problema es que la mitad de ellas han huido después de conocerlo, y el resto han sido rechazadas por Gideon. Imagínate... jóvenes a las que yo misma he seleccionado, y él las desaprueba.

–Oh. Lo siento –murmuró Francesca.

—La muchacha Bennington tiene una pronunciada bizquera —intervino Rochford—. La señorita Farnley es una gansa, y lady Helen es muy aburrida.

—Bueno, ¿y qué importa? —preguntó lady Odelia—. Gideon no tiene que hablar con ellas.

Rochford torció el gesto, pero se limitó a responder:

—Sí. Bueno, supongo que tendría que hacerlo en algún momento.

—Debería haberme esperado algo así de Gideon —dijo su tía abuela, sin prestar atención a su comentario—. Sólo el Señor sabrá cuál es su tipo de mujer. Ésa es otra de las razones por las que es tan importante que le encontremos una esposa rápidamente. Cuando pienso en quién podría traernos a casa si dejamos que elija por sí mismo... —lady Odelia sacudió la cabeza—. Claro que no podemos obligarle a que se case con nadie —continuó, molesta por aquel obstáculo—. Así que hemos decidido acudir a ti.

Y miró a Francesca.

—Todo el mundo dice que tú tienes mucho éxito en esto. Bueno, sólo tienes que pensar en cómo has emparejado a esa muchacha Woodley con tu hermano, aunque yo no entiendo por qué no has buscado a alguien con más dinero.

—¿Queréis que le encuentre una esposa a lord Radbourne? —preguntó Francesca con un gran alivio al darse cuenta de que lady Odelia no estaba intentando convencerla de que se casara con su sobrino.

—Claro, niña. ¿De qué llevamos hablando más de media hora? De verdad, Francesca, tienes que prestar más atención.

—Sí, lo siento —respondió Francesca rápidamente.

—Aunque no sé cómo vas a conseguir casarlo tú, cuando todos nuestros esfuerzos han fracasado —continuó lady

Odelia–. Sin embargo, Rochford me ha asegurado que tú eras la mejor persona para llevar a cabo esta empresa –añadió la dama.

–¿De veras? –preguntó Francesca con sorpresa, mirando al duque.

–Sí –respondió él, y se inclinó hacia delante con el semblante grave–. Espero que podáis encontrar a la persona más adecuada para Gideon. Ese hombre ya ha sufrido lo suficiente en su vida. Se merece algo de felicidad.

Tenía los ojos negros clavados en el rostro de Francesca. Ella se había preguntado cómo había podido conseguir lady Odelia involucrar a Rochford en aquel asunto, pero en aquel momento se había dado cuenta de que el duque tenía una preocupación verdadera por lord Radbourne. Él también esperaba que Francesca encontrara a una esposa para Gideon, pero al contrario que su tía abuela, era para ayudar a su primo, no para satisfacer a la familia.

–Si pudierais venir a Radbourne Hall y conocer a Gideon, ver cómo es en realidad, creo que podríais dar con la mujer adecuada para él –continuó el duque.

–Ya veo –dijo Francesca. Se sentía extrañamente conmovida; antes de aquella reunión, ella habría pensado que él veía sus esfuerzos de emparejar a los demás como una estupidez.

–Exacto –convino lady Odelia–. Debes venir a Radbourne Hall y conocerlo. Así lo entenderás todo. Y quizá puedas pulirlo un poco antes de que conozca a las muchachas que tú elijas. Digan lo que digan sobre ti, tus modales son impecables.

–Vaya, gracias –respondió Francesca irónicamente–. Pero no estoy segura de si debería hacerlo, ni de si seré capaz...

Miró a lady Odelia, con su vestido de satén morado,

pasado de moda, y aquel peinado tan exagerado, y pensó en cómo sería tener que tratar con ella todos los días. No dudaba que aquella mujer metería la nariz en todo lo que ella hiciera, y que lo cuestionaría todo. Además, no parecía que lord Radbourne fuera una persona muy agradable. ¿Y si además tenía que tratar también con el duque?

Francesca lo miró de reojo. Las cosas nunca fluían con suavidad con Rochford.

El instinto le decía que no accediera a la pretensión de lady Odelia. Por otra parte, Francesca se daba cuenta de que sería una tontería no aceptar el encargo. Después de todo, un rato antes se estaba preguntando cómo iba a conseguir sobrevivir hasta la primavera siguiente. Parecía que aquélla era la respuesta a todos sus problemas. Sabía que lady Odelia le haría un buen regalo si cumplía su tarea, y además, si pasaba unas semanas en Radbourne Hall, sus gastos de aquel invierno se reducirían considerablemente.

Además, pensaba en la forma en que el duque le había rogado que ayudara a encontrar una buena esposa para Gideon. ¿Cómo iba a negarse?

—Muy bien —dijo—. Haré lo que pueda.

—¡Excelente! —exclamó lady Odelia, asintiendo con vehemencia—. Rochford dijo que podríamos contar contigo.

—¿De veras? —preguntó Francesca, mirando al duque con sorpresa.

—Claro que sí —respondió él con aquella sonrisa lenta y socarrona que siempre irritaba a Francesca—. Sabía que no podrías resistirte a algo tan claramente destinado al fracaso.

—Vamos —dijo lady Odelia, zanjando la conversación entre ellos dos—. Vamos a los detalles.

Rápidamente, comenzó a enumerar las muchas cualidades que quería encontrar en la esposa de su sobrino nieto, muchas de las cuales eran contradictorias. Mientras,

Francesca sonreía educadamente. Cuando terminó de enumerar las cualidades, comenzó a recitar una lista de posibles candidatas; no obstante, la doncella apareció de nuevo para anunciar una nueva visita.

—El conde de Radbourne, milady —dijo.

Incluso lady Odelia se quedó en silencio al oírlo. Los tres ocupantes de la habitación se volvieron hacia la puerta, y un hombre entró por la puerta.

—¡Gideon! —exclamó lady Odelia con asombro.

Francesca observó al visitante con interés. Era un hombre alto y fuerte, y llevaba un traje bien cortado, sencillo, de color negro. Tenía un aura de riqueza y de fortaleza.

Sin embargo, pese a la ropa de buena calidad y de su aire de confianza en sí mismo, tenía algo indefinible que insinuaba que no era un caballero. Quizá fuera su espeso pelo negro, que llevaba ligeramente más largo de lo convencional, o quizá fuera la dureza de su bello rostro, que estaba más bronceado de lo normal en un aristócrata. Pero no. Francesca se dio cuenta de que la diferencia estaba en sus ojos. Tenía una mirada fría y ligeramente desconfiada, de una dureza que hablaba de una vida difícil en la calle, no entre algodones.

Cuando abrió la boca, se confirmó la impresión de que no se había criado entre nobles. Su gramática era correcta, y su acento del este de Londres era muy ligero, pero su habla tenía algo que hubiera indicado a cualquier interlocutor astuto que no se había educado en una familia aristocrática.

—Lady Odelia —dijo Gideon, y saludó brevemente a su tía abuela. Después asintió hacia el duque—. Rochford.

—Radbourne —respondió Rochford con una ligera sonrisa—. Qué sorpresa más inesperada.

—Sin duda —respondió Gideon. Finalmente, se volvió hacia Francesca y le hizo una reverencia—. Milady.

Francesca se levantó y le tendió la mano.

—Milord. Por favor, sentaos con nosotros.

Él asintió y caminó por la habitación para sentarse junto a lady Odelia.

—Bien, tía —dijo—. Me parece que una vez más estás intentando organizarme la existencia.

Lady Odelia elevó la barbilla y miró a Gideon con cierto desafío. Francesca se dio cuenta, con cierta perplejidad, de que aquella mujer intimidante tenía un poco de miedo de su sobrino.

—Quiero encontrarte una esposa adecuada —respondió lady Odelia—. Espero que te des cuenta de que tu posición lo requiere.

—Sé muy bien lo que requiere mi posición —dijo Gideon. Después se giró hacia Francesca.

—Sé que mi abuela y mi tía abuela están buscándome una prometida para intentar domesticarme. Para hacerme más presentable... porque no puedo imaginar que alguna vez llegue a ser aceptable.

Odelia emitió un sonido de protesta, pero cuando él la miró, se quedó en silencio.

Gideon se dirigió nuevamente a Francesca.

—Yo, por supuesto, me doy cuenta de que necesito casarme. Estoy dispuesto a hacerlo. Confío en que vos consigáis encontrar una esposa idónea para mí, ya que el duque me ha asegurado que sabéis lo que hacéis.

—¿Tú le has dicho a Gideon que íbamos a venir aquí? —preguntó lady Odelia mirando a Rochford con estupefacción.

—Me pareció justo, ya que es algo que le concierne —respondió Rochford con calma.

—Por favor, lady Haughston, comenzad con vuestra búsqueda —le pidió lord Radbourne—. Sin embargo, debo señalar que la mujer en cuestión debe contar con mi aprobación, no con la de lady Pencully –dijo, y después de una pausa, añadió–: Veréis, preferiría no verme atado a una boba.

–Por supuesto –dijo Francesca–. Lo entiendo.

–Muy bien. Y ahora, si me disculpáis, debo marcharme –dijo Gideon, y se puso en pie–. Tengo que atender algunas cuestiones relativas a mi negocio, algo que mi familia desaprueba tanto.

–Por supuesto, milord. Sin duda, volveremos a hablar.

Él asintió brevemente a modo de despedida y después caminó hacia la puerta. Sin embargo, antes de salir se dio la vuelta y miró a Francesca.

–Lady Haughston... ¿puedo sugerir el nombre de una mujer a la que me gustaría que tomara en consideración?

Francesca vio por el rabillo del ojo la expresión de completo asombro de lady Odelia, pero mantuvo la vista fija en Gideon y se limitó a decir:

–Por supuesto, milord. ¿A quién queréis sugerir?

–A lady Irene Wyngate –respondió él.

CAPÍTULO 3

Irene observaba a su madre mientras lady Claire ejecutaba con elegancia los pasos de una danza con su primo Harville. Sir Harville, el anfitrión de la fiesta, era una de las pocas personas con las que lady Claire pensaba que era apropiado bailar, teniendo en cuenta su estatus de viuda, y también era una de las pocas personas que siempre conseguía hacer sonreír a su madre.

Por aquellos motivos, Irene siempre esperaba con impaciencia a que llegara el baile de cumpleaños de lady Spence. La casa tenía una preciosa decoración y ofrecía una deliciosa cena a medianoche.

–Qué danza más bonita –dijo la cuñada de Irene, que estaba a su lado, paseando la mirada por la habitación con una expresión a la vez de condescendencia y de aprobación–. La fiesta no es tan magnífica como la que dimos en Wyngate House, pero aquí se las han arreglado muy bien.

Irene contuvo un suspiro. Maura era la campeona del insulto envuelto en un cumplido. Sin embargo, Irene le había prometido a su madre que aquella noche no se pelearía con su cuñada, así que no hizo ningún comentario.

—Lady Claire está muy guapa esta noche —prosiguió Maura—. ¿No crees, querido Humphrey?

Maura se volvió con una sonrisa melosa hacia su marido. Humphrey le devolvió la sonrisa, agradado por el comentario de su esposa.

—Sí, está encantadora. Y tú también, por haberlo comentado.

Irene no dejaba de asombrarse por el hecho de que su hermano, que era tan inteligente en muchas otras cosas, nunca distinguiera la dulzura fingida de Maura de sus afiladas garras.

—Pese a lo que digan los demás, yo creo que es maravilloso que baile.

Humphrey frunció ligeramente el ceño.

—¿Que digan qué? ¿Qué es lo que dicen?

—Nada —aseguró Irene con firmeza, clavándole a Maura una mirada fulminante.

—Por supuesto que no —convino Maura con suavidad—. No tiene nada de malo que una mujer de su edad baile con su primo, aunque sea una danza tan animada. Y aunque una no estaría equivocada si supusiera que algunas mujeres lo hicieran para llamar la atención, por descontado tu madre nunca haría nada parecido.

—No —dijo Humphrey, mirando a su mujer con cierta preocupación—. ¿Dice eso la gente?

—No —respondió Irene con rotundidad—. No lo dicen. Que mamá baile no tiene nada de malo, incluso aunque no bailara con su primo. Y nadie de importancia lo diría —sentenció, mirando a Maura fijamente.

—Claro que no —dijo Maura—. Y eso le diré yo a cualquiera que tenga el atrevimiento de comentármelo.

—Sí, muy bien —dijo Humphrey, aunque siguió observando a su esposa con cierta preocupación. Después se volvió a mirar a su madre de nuevo.

—Y te ruego que no le digas nada a mamá acerca de esto —prosiguió Irene—. Sería muy poco considerado hacer que se preocupe por hacer algo con lo que disfruta tanto.

—Oh, por supuesto —contestó Maura, asintiendo—. Aunque una no puede dejar de preguntarse si lady Claire, con sus sensibilidades, no preferiría ponerse en pie para bailar alguna melodía más tranquila.

—Cierto —dijo Humphrey, mirando con amor a su esposa—. Siempre eres tan atenta con mamá.

—¡Humphrey! —exclamó Irene—. Si Maura o tú decís algo que destroce la felicidad de mamá por hacer algo tan inocente como bailar con su primo...

—¡Irene! —respondió Maura, con una expresión dolida. De repente, se le llenaron los ojos de lágrimas—. Yo nunca le haría daño a lady Claire. Le tengo tanto cariño como a mi propia madre.

—Irene, de verdad —dijo Humphrey, exasperado—. ¿Cómo puedes decir algo tan cruel? Sabes lo que Maura siente por mamá.

—Sí —respondió Irene secamente—. Lo sé.

—Algunas veces tienes la lengua demasiado afilada. Ya sabes lo sensible que es Maura.

—Vamos, Humphrey, querido —intervino Maura antes de que Irene pudiera hablar—. Estoy segura de que Irene no quería hacerme daño. Ella es mucho más fuerte que otras mujeres. No entiende cómo las palabras pueden herir a una naturaleza más frágil.

Irene apretó los puños a ambos lados del cuerpo para contenerse y no responder a Maura como se merecía. Aquello habría sido seguirle el juego. Para ser tan tonta, su cuñada era asombrosamente lista a la hora de manipular una situación en su provecho.

Mientras Irene se tragaba las palabras, Maura le lanzó una maliciosa mirada de triunfo. Después volvió la cabeza.

—Oh, mira, Irene, lady Haughston viene hacia nosotros. Tienes una buena oportunidad para hablar con ella, como te sugerimos el otro día.

—¿Hablar de qué? —preguntó Humphrey—. No sabía que Francesca Haughston y tú fuerais amigas.

—No lo somos —respondió Irene.

—No importa, querido —dijo Maura, sonriéndole a su marido—. Eran sólo cosas de mujeres.

—Ah —asintió él, satisfecho con la idea de que su mujer y su hermana compartieran confidencias—. Entonces no te presionaré.

Humphrey le hizo una reverencia a Francesca cuando ella se acercó.

—Lady Haughston. Me alegro mucho de veros.

—Lord Wyngate, lady Wyngate. Lady Irene —dijo Francesca con una sonrisa—. Qué baile más bonito, ¿verdad?

Pasaron unos minutos con las sutilezas y cumplidos de rigor y después, en una pausa de la conversación, Francesca se giró hacia Irene y le dijo:

—Estaba a punto de dar un paseo por el salón. Quizá os apeteciera acompañarme.

Irene se quedó sorprendida y la miró durante un instante. Después respondió:

—Eh... sí, claro.

Francesca sonrió y se alejó, e Irene la siguió, lanzándole una mirada de sospecha a Maura. ¿Había arreglado su cuñada aquella reunión con lady Haughston? Maura también estaba muy sorprendida, a juzgar por la expresión de su cara, pero...

Francesca e Irene caminaron hasta el extremo opuesto del salón de baile, donde las puertas dobles estaban abiertas para permitir que entrara aire fresco de la noche. Mientras paseaban, intercambiaron algunos comentarios intrascendentes, y la curiosidad de Irene creció a cada paso que daban. Le parecía una coincidencia muy extraña que Francesca Haughston hiciera un esfuerzo por conocerla sólo dos días después de que Maura hubiera intentado persuadir a Irene de que hablara con aquella mujer.

Irene se ruborizó al pensar en la vergonzosa posibilidad de que Maura hubiera hablado con Francesca Haughston de su incapacidad de encontrar prometido. Se imaginaba a Maura sonriendo dulcemente al tiempo que explicaba lo triste que estaba por la pobre y desdeñada Irene.

Sin embargo, no podía imaginarse que lady Haughston simpatizara con alguien como Maura. Era una anfitriona sofisticada, uno de los miembros más importantes del círculo social aristocrático de Londres, y además tenía un gran conocimiento sobre la gente y el mundo. Francesca no se habría dejado engañar por el comportamiento de Maura.

Además, Irene no podía olvidar la expresión de sorpresa del rostro de Maura cuando Francesca le había pedido que fuera a pasear con ella. No creía que su cuñada hubiera sido capaz de fingir tan bien.

Así pues, ¿por qué le había pedido Francesca que la acompañara? Irene no era tan ingenua como para pensar que era simplemente por disfrutar de su presencia.

—Lady Haughston —dijo Irene de repente, interrumpiendo el divertido chisme que Francesca le estaba contando.

Francesca la miró con cierta sorpresa, e Irene se dio cuenta de que, probablemente, había vuelto a ser maleducada. Era un defecto que le echaban en cara con frecuencia.

—Os pido perdón —le dijo—. No debería haberos interrumpido. Pero me conocéis lo suficiente como para saber que prefiero las cosas claras. No puedo evitar preguntarme por qué me habéis pedido que os acompañe a pasear por el salón de baile.

Francesca suspiró.

—Sé que preferís hablar con franqueza. Y, aunque tengo la opinión de que emplear el tacto es tan fácil como ser tan directo, yo también creo que la verdad es lo más beneficioso. Os he pedido que me acompañéis porque un viejo amigo de mi familia me pidió un favor. Me pidió que os presente a alguien que desea conoceros.

—¿Qué? Pero, ¿quién? ¿Y por qué?

—Supongo que es porque os admira —respondió Francesca con una sonrisa.

Aquello sorprendió tanto a Irene que se le quedó la mente en blanco. Finalmente, consiguió responder:

—De veras, lady Haughston, no acabo de llegar del campo. ¿Esperáis que crea eso?

—No entiendo por qué no vais a creerlo. Yo no conozco sus razones, por supuesto. No me pareció adecuado preguntárselo. Sin embargo, creo que ésa es la razón más usual para que un caballero quiera conocer a cierta dama. No creo que os tengáis en tan poca estima como para pensar que ningún hombre pueda fijarse en vos.

Irene miró pensativamente a Francesca. Lady Haughston la había acorralado.

—Esto no es falsa modestia —dijo—. Sé que tengo cierta reputación entre la gente, que hace que los caballeros no sientan deseos de conocerme.

—¿Cierta reputación, lady Irene? No entiendo a qué se refiere.

—Ambas sabemos que se me considera una persona intratable.

Francesca se encogió de hombros.

—Ah, pero aunque vos no acabéis de llegar del campo, este caballero sí.

—¿Cómo? —preguntó Irene, asombrada.

Sin embargo, Francesca había fijado su atención en alguien que se acercaba a ellas, y sonrió. Irene se volvió para comprobar quién era.

Era un hombre. Un hombre alto, ancho de hombros, que caminaba hacia ellas resueltamente. Tenía el pelo negro y los rasgos marcados, los pómulos altos y una barbilla fuerte. Sus ojos eran de un verde intenso.

Ella no lo reconoció, y sin embargo, tenía algo que le resultaba familiar. Irene se dio cuenta de que estaba sintiendo algo extraño, una emoción que no conocía, mezclada con una sensación caliente e inquietante en su abdomen.

¿Quién era aquel hombre?

—Ah, lord Radbourne —dijo Francesca, ofreciéndole la mano a modo de saludo.

—Lady Haughston —respondió él, y le hizo una ligera reverencia.

Después, su mirada recayó en Irene.

—Por favor —dijo Francesca—, permitidme que os presente a lady Irene Wyngate. Lady Irene, me gustaría presentaros a Gideon, el conde de Radbourne. Lord Radbourne es el sobrino nieto de lady Pencully.

Irene comprendió al instante quién era aquel hombre: el heredero perdido de los Bankes, sobre quien tanto se había hablado durante aquellos últimos meses. Aunque ella no conocía a nadie que pudiera decir que hubiera hablado con lord Radbourne, había oído decir muchas cosas sobre él. Se rumoreaba que era un criminal, que estaba loco o que era discapacitado, y también que era deforme, horroroso.

Era evidente que los que afirmaban aquello último se equivocaban, pensó Irene. Extendió la mano y procuró disimular con una expresión vacua el interés que sentía por él.

—¿Cómo estáis, lord Radbourne?

—Lady Wyngate —dijo él. Le tomó la mano y le dedicó la misma reverencia que a lady Haughston.

Irene sintió un cosquilleo en la mano al notar el breve roce de los dedos de Radbourne en los suyos. Aquello fue muy diferente a las otras veces en que había ofrecido su mano para saludar.

Se enfadó. Se irritó con aquel hombre y con Francesca por manipularla para presentárselo, pero, sobre todo, se enfadó consigo misma por sentir aquellas punzadas de excitación e interés. Hubo un momento de silencio durante el cual el conde miró fijamente a Irene y ella le devolvió fríamente la mirada. Se dijo que debía demostrarle su completo desinterés.

Francesca dijo:

—Un baile precioso, ¿verdad? Espero que estéis disfrutando de la fiesta, lord Radbourne.

El conde apenas la miró. No podía despejar la vista de Irene.

—¿Me concedéis este baile, milady?

—No me gusta bailar —respondió Irene sin miramientos.

Sin embargo, lord Radbourne ni se inmutó. Para asombro de Irene, en sus ojos se reflejó un brillo de diversión.

—Me alegro, porque no se me da muy bien la danza. ¿Por qué no nos limitamos a dar un paseo y a charlar?

Aquella desfachatez dejó sin palabras a Irene. Sin embargo, Francesca intervino:

—Es una buena idea. Mientras están ocupados, yo les presentaré mis respetos a los anfitriones.

Y con aquello, lady Haughston se dio la vuelta y se alejó, dejando sola a Irene con lord Radbourne. Ella no pudo hacer otra cosa que aceptar su brazo cuando él se lo ofreció, porque de haberlo rechazado, aquel gesto hubiera sido la comidilla de todo Maygair al día siguiente.

Así que asintió con altivez y posó la mano sobre su antebrazo. Al hacerlo, sintió sus músculos de hierro bajo la manga del traje, y se quedó asombrada al descubrir que le provocaba una extraña calidez.

—Lady Haughston me ha contado que queríais conocerme —comenzó Irene, con su acostumbrada franqueza.

—Cierto —respondió él.

Ella le lanzó una mirada de irritación.

— No entiendo por qué.

—¿No? —preguntó él, mirándola con una expresión divertida.

—No, no lo entiendo. Tengo veinticinco años, y llevo mucho tiempo en el papel de solterona.

—¿Habéis dado por hecho que mi interés en vos es matrimonial?

Irene enrojeció.

—Acabo de decir que no sé cuál puede ser vuestro interés en mí. Sin embargo, los hombres rara vez demuestran interés por las solteronas.

—Quizá sólo quiera renovar nuestra amistad.

—¿Qué? ¿Qué queréis decir?

—Nos conocimos hace tiempo. ¿No lo recordáis?

Ella sintió curiosidad, así que lo miró con atención, y apenas se dio cuenta de que atravesaban las puertas que conducían a la terraza.

—Dejad que os refresque la memoria —le dijo él, conduciéndola hacia la barandilla de piedra—. En aquel momento, intentasteis dispararme.

Irene apartó la mano de su brazo y se volvió hacia él.

—¿Qué decís...?

Entonces, recuperó aquel recuerdo. Hacía años... seguramente, diez años. Ella había oído un tumulto en el piso de abajo y había ido a averiguar qué podía ocurrir. Había encontrado a aquel hombre golpeando a su padre, y había zanjado la pelea disparando al aire con una de las pistolas de duelo de su padre.

—¡Vos! —exclamó.

—Sí, yo —dijo él, mirándola con calma.

—No intenté dispararos —replicó Irene—. Disparé sobre vuestra cabeza para llamaros la atención. De haber intentado dispararos realmente, estaríais muerto ahora.

Ella esperaba que él se diera la vuelta y la dejara allí plantada después de aquel comentario, pero para su sorpresa, el conde soltó una carcajada. Movió la cara y la expresión de su semblante cambió. Los ojos le brillaron al reírse, y de repente, era tan guapo que a ella se le cortó la respiración. El calor que sintió en las mejillas en aquel momento no fue de vergüenza.

—Bien, me alegro de comprobar que no me guardáis rencor —dijo con sarcasmo, para disimular la reacción que había tenido.

Después, Irene se alejó de la baranda y se alejó de él por la terraza. Él la siguió.

—Era natural que una hija defendiera a su padre, ¿no es así? Yo no podía culparos.

—Como parece que conocíais a mi padre, me imagino que sabéis que se merecía muy poco mi protección.

Radbourne se encogió de hombros.

—Lo que uno se merezca tiene muy poco que ver con la relación entre padres e hijos, creo.

—Mi padre os habría dicho que yo era una hija desnaturalizada.

—Pero me impedisteis que le hiciera daño aquella noche, ¿no es así?

—Sí —respondió ella sin mirarlo. Volvió la cabeza hacia el jardín. No tenía ganas de hablar de su padre ni de lo que había sentido por él—. De todos modos, no entiendo por qué deseáis conocer a alguien que os apuntó con una pistola en el pasado.

—Yo ya había terminado con lord Wyngate de todos modos. Se lo había dicho ya —respondió Gideon—. Pero vos me parecisteis... interesante.

—¿Os disparé con una pistola y os parecí interesante?

Él esbozó una ligera sonrisa.

—Fue por encima de mi cabeza, ¿no recordáis?

Ella frunció el ceño.

—No entiendo adónde queréis llegar.

—Milady, teníais razón en vuestra primera suposición. Lo que me ha traído hacia vos es un interés matrimonial.

—¿Cómo?

—Mi familia quiere casarme con una joven educada. Veréis, yo soy una vergüenza para ellos. Parece que mi vida es una especie de escándalo para ellos, y les afecta negativamente. Un conde que no sabe montar a caballo, y cuyas vocales no son claras y lo suficientemente distinguidas es una desgracia. En cuanto a mis negocios... bueno, ni siquiera se puede hablar de ellos.

Pese a su tono ligero, sus palabras eran cáusticas y sus ojos tenían una mirada dura. A Irene le pareció que a aquel hombre no le gustaba demasiado su familia recién descubierta, o quizá fuera un desdén general por la nobleza. No pudo evitar sentir cierta comprensión; después de todo, ella misma había sido observada por sus iguales y algunos miembros de su familia con desaprobación a causa de su franqueza y su rotundidad al hablar.

Radbourne continuó:

—Han ideado un plan para disimular mis defectos casándome con una mujer de buena familia. Creo que quieren que ella me guíe hacia un comportamiento más adecuado, o al menos, que oculte algo de mi falta de propiedad.

–Sois un hombre adulto. Nadie puede obligaros a contraer matrimonio.

Él hizo una mueca de cansancio.

–No. Sólo hablarme de ello hasta el hartazgo.

Irene contuvo una sonrisa. Conocía muy bien el poder de una perorata incesante. Gideon se encogió de hombros nuevamente.

–Pero sé que debo casarme y tener un heredero. Si me niego a hacerlo ahora, sólo estaré retrasando lo inevitable. Por lo tanto, estoy de acuerdo en que debo casarme con una mujer adecuada. Vos, según tengo entendido, no estáis casada ni comprometida, y de acuerdo con mi tía abuela, vuestra familia cumple todos los requisitos. Lady Haughston ha accedido a ayudar a lady Pencully en esta tarea, así que yo le sugerí que os tuviera en cuenta como candidata.

Irene se quedó mirándolo boquiabierta.

–¿Estáis pensando en casaros conmigo porque os amenacé una vez con una pistola?

–Pensé que podríais ser menos aburrida que las señoritas que ya me han presentado –respondió él, sonriendo un poco.

Ella le clavó una mirada asesina.

–¿Estáis loco? Vuestras palabras son insultantes en tantos sentidos que apenas sé por dónde empezar.

Él se puso un poco rígido y su expresión se volvió de dureza. En un tono frío, dijo:

–¿Acaso la idea de casaros conmigo es insultante para vos?

–¿Y acaso esperáis que me sienta halagada porque habéis decidido tenerme en cuenta en vuestro desfile de posibles novias? ¿Tengo que sentirme honrada porque me hayáis elegido entre otras mujeres, como si fuera una yegua en venta? ¿Y todo porque habéis decidido que quizá soy menos aburrida y más digna de vos que las demás mujeres solteras de la alta sociedad?

Él apretó los dientes.

—No es tal y como lo habéis dicho. No estoy comprando una esposa. Sería un acuerdo práctico, algo ventajoso para vos también. Yo pensé que habíais pasado la edad de albergar esperanzas sobre el amor.

—Creedme, nunca fui tan joven como para pensar en esas fantasías —replicó Irene, presa de la ira—. ¿De veras pensabais que estaba tan desesperada por casarme como para aceptar tal ofrecimiento?

—Pensé que seríais lo suficientemente madura y lógica como para ver las ventajas que tendría un arreglo semejante para los dos. Es evidente que estaba equivocado.

—Sí. Evidente. Quizá vos me encontréis adecuada, pero os aseguro que vos no tenéis nada de adecuado para mí.

A él le salían chispas de los ojos mientras escuchaba sus palabras.

—¿De veras? —murmuró en un tono peligroso—. Creo, milady, que quizá averigüéis algo distinto.

Y con aquello, inclinó la cabeza hacia ella y la besó.

CAPÍTULO 4

Irene se quedó inmóvil, estupefacta. Ningún hombre había tenido el atrevimiento de besarla. Los labios de Gideon eran ardientes, firmes, suaves, y despertaron en ella unas sensaciones que nunca había experimentado. Ella se sintió al tiempo acalorada y fría, y comenzó a temblar.

Él apretó la boca con más fuerza contra la de ella, e Irene abrió los labios instintivamente. Entonces, Gideon deslizó la lengua dentro y la abrazó, la aprisionó con fuerza, de modo que ella sintiera los duros contornos de su cuerpo. Quedó rodeada por su fuerza y su calor, y sus senos oprimidos contra la fuerza del torso masculino de Gideon. Más tarde, pensaría que debía de haberse sentido atemorizada por la facilidad con la que él la sujetaba, pero en aquel momento no sentía miedo, sólo la excitación y el placer recorriéndole el cuerpo.

Gideon deslizó las manos por su espalda y las curvó bajo sus nalgas. Le hundió los dedos en la carne y la presionó contra sí, de modo que Irene sintiera la dureza de su deseo en la carne, y al mismo tiempo, se hundió más en su boca, tomándola con la lengua.

Irene le clavó los dedos en los hombros, aferrándose a él mientras el deseo la atravesaba implacablemente. Gideon la abrazó de nuevo, con tanta fuerza que parecía que quería que se fundiera con él. Irene le rodeó el cuello con los brazos, perdida en aquella oleada de sensaciones, hambrienta de un modo que nunca hubiera imaginado, ansiosa por conseguir algo que ni siquiera podía nombrar.

De repente se oyeron unas voces mientras alguien salía a la terraza, y el sonido de unos pies caminando por la piedra del suelo. Mientras los ruidos penetraban en la mente de Irene, Radbourne bajó los brazos bruscamente y dio un paso atrás, tomando aire. Tenía los ojos muy brillantes. Se miraron el uno al otro; Irene tenía la mente en blanco, sólo era consciente de las sensaciones que le anegaban el cuerpo.

Durante un instante, él estuvo tan anonadado como ella, pero después parpadeó y se volvió hacia el otro extremo de la terraza, donde había aparecido una pareja que estaba charlando tranquilamente. La risa de la mujer flotó por el aire nocturno hasta llegar a ellos, y la pareja comenzó a caminar en dirección opuesta a ellos.

Como si el movimiento de los otros la hubiera sacado del trance, Irene cayó de golpe a la Tierra. El cuerpo seguía vibrándole de pasión, pero su mente volvía a estar en alerta. Se dio cuenta, con horror, de que había estado en brazos de Radbourne, besándolo ardientemente, y de que podría haberlos visto cualquiera. Su reputación habría quedado destrozada.

Además, se dio cuenta de que se había abandonado a la pasión completamente, y eso era algo que nunca hubiera querido. Irene siempre se había enorgullecido de su capacidad de control, de su intelecto y su razón. Se había convencido de que no se parecía en nada a su padre, que se había dejado guiar por necesidades primitivas y emociones básicas. Ella pensaba antes de actuar. Quería llevar una vida racional, libre del caos de las emociones.

Y a pesar de todo, se había dejado llevar por sus instintos más bajos. No había pensado ni querido otra cosa que satisfacer su deseo físico. Como su padre, se había dejado dominar por un apetito primitivo. Cuando lord Radbourne la había abrazado y besado, ella debería haberlo abofeteado. Y sin embargo, se había derretido entre sus brazos.

Irene estaba enfadada y disgustada consigo misma, y también con el hombre que la había llevado a aquel estado. Encolerizada, miró al conde; Gideon le devolvió la mirada.

—Parece que después de todo no soy tan rechazable, ¿no? —le preguntó él en voz baja—. Al menos en un sentido.

La rabia se adueñó de ella y, sin pensarlo, le propinó una fuerte bofetada. Gideon apretó la mandíbula, y aunque durante un instante sus ojos desprendían rayos de furia, no dijo nada.

—Yo no me casaré con nadie —dijo Irene, al borde de las lágrimas—. ¡Pero si por algún extraño motivo, llegara a hacerlo, nunca sería con vos!

Después, se dio la vuelta y regresó al salón de baile sin mirar atrás.

Francesca había encontrado un lugar de observación muy ventajoso, desde el que podía mirar a los que bailaban y vigilar las puertas que conducían a la terraza. Se había apartado ligeramente de los demás invitados y se había escondido un poco detrás de una enorme palmera que crecía en un macetón; había podido pasar los últimos quince minutos sin que nadie reclamara su conversación. Había encontrado aquel sitio poco después de que lord Radbourne e Irene Wyngate comenzaran a pasear.

Se había quedado muy sorprendida cuando el conde se las había arreglado para guiar a Irene hacia la terraza. El conde debía de ser mucho más decidido o listo que los demás hombres, porque Irene nunca permitía que ningún hombre la convenciera para hacer nada. Por supuesto, había muy pocos caballeros lo suficientemente valientes como para intentarlo. Su lengua afilada y su desagrado por el coqueteo eran de sobra conocidos en su círculo social. Ningún hombre intentaba cortejarla.

Francesca había sentido una gran curiosidad cuando lord Radbourne le había pedido que la incluyera en la lista de candidatas a convertirse en su prometida. Para empezar, se preguntaba cómo la conocía. Hasta que Rochford había encontrado a Gideon y él había regresado al seno de su familia, lord Radbourne no se había movido en la misma esfera social que Irene, y después de que volviera a casa, había estado recluido en la finca familiar. ¿Dónde y cuándo había visto a Irene?

Y más que eso, Francesca se preguntaba por qué estaba interesado en ella. En opinión de Francesca, Irene era una de las mujeres más atractivas de Londres. Sin embargo, siempre intentaba disipar cualquier posible interés en su aspecto: llevaba el pelo recogido en un moño tirante, y siempre vestía con ropa de colores oscuros y apagados.

–¿Escondiéndote? –preguntó una voz masculina llena de ironía desde detrás de Francesca. Ella se volvió, sobresaltada.

Entonces sonrió. Sir Lucien Talbot estaba allí. Tenía su

habitual gesto irónico en el rostro, con las cejas arqueadas inquisitivamente.

—¿O estamos espiando? —continuó él, acercándose a su lado para observar el salón desde el punto de observación de Francesca—. ¿Puedo unirme a ti?

—Por supuesto —respondió ella, sonriendo.

Sir Lucien era uno de sus más antiguos amigos, y el único que conocía sus dificultades económicas. Él también pasaba apuros financieros, y hacía mucho tiempo que había deducido que Francesca vivía al borde del desastre monetario. Durante los primeros días después de la muerte de su marido, él había ido a empeñar joyas y algunos objetos de valor en su lugar, puesto que era impensable que una mujer fuera vista en semejantes escarceos.

Aunque Francesca nunca le había contado a Lucien que los proyectos que había llevado a cabo durante aquellos años tenían una contraprestación económica de un modo u otro, pensaba que su amigo sospechaba que ella no conducía a las muchachas difíciles hacia un buen matrimonio sólo por diversión.

—Estoy esperando a que Irene Wyngate vuelva al salón. Salió hace unos minutos con el conde de Radbourne.

—¿Irene Wyngate? —preguntó sir Lucien, verdaderamente sorprendido—. ¿La has propuesto como candidata a condesa?

Francesca le había hablado el día anterior sobre el plan de lady Odelia para casar al heredero de los Radbourne, y también sobre su papel en todo el asunto.

—Fue el propio lord Radbourne quien me pidió que la incluyera en la lista —le dijo Francesca—. Yo accedí a presentarlos esta noche. En cuanto lo hice, él se la llevó.

—¿A la terraza? Vaya, vaya... nunca me lo habría imaginado de la Doncella de Hierro.

—Por favor, no uses ese estúpido apelativo. No entiendo por qué los hombres siempre adoptáis esos sobrenombres tan odiosos para los demás.

—Mi querida niña, porque es adecuado para ella, y tú lo sabes —respondió Lucien encogiéndose de hombros.

—Bueno, pues detesto pensar en cómo se me conoce a mí —replicó Francesca.

—Vaya, amor mío, como La Venus. ¿De qué otro modo? —respondió él con una sonrisa.

Ella se rió.

—Adulador.

Él se quedó un momento en silencio, mientras paseaba la mirada por la habitación al tiempo que Francesca. Después preguntó:

—¿Y por qué crees que la ha elegido a ella?

—No lo sé. Me pregunto cómo sabía él quién era Irene Wyngate. Supongo que debió de verla en algún sitio y se quedó impresionado. Irene es muy atractiva, a su manera.

—Podría ser impresionante si se tomara la más mínima molestia —convino Lucien—. Me imagino que él tendrá suficiente vista como para darse cuenta. Aunque, ¿crees que ese encaprichamiento conseguirá sobrevivir al paseo por la terraza?

—No lo sé. Por eso estoy esperando que vuelvan. Espero que él no salga espantado inmediatamente. Cuanto más lo pienso, más me doy cuenta de que Irene podría ser una magnífica pareja para él.

—¿De veras?

Francesca asintió.

—Es evidente que Radbourne, por algún motivo, ya está interesado en ella. Irene cumple con los requisitos de lady Odelia. Su linaje es excelente tanto por la rama de su madre como por la de su padre.

—El viejo lord Wyngate era un calavera —objetó sir Lucien.

—Sí, pero su comportamiento escandaloso nunca afectó negativamente a lady Irene, ni a su hermano ni a su madre —replicó Francesca—. Y verdaderamente, Irene tiene la fuerza de carácter necesaria para mejorar la conducta de ese hombre, si es que puede hacerlo alguna mujer.

—Y la inteligencia para ocultar los defectos que no pueda cambiar —añadió Lucien.

—Sí. Además, Irene será capaz de resistir los embates de lady Odelia. No permitirá que la dama pase por encima de ella.

—Como todos sabemos que intentará hacer.

—Naturalmente —convino Francesca—. Y pienso, por lo que he visto de él, que también es necesario tener un carácter firme para tratar con el conde.

—¿De veras? —le preguntó sir Lucien con curiosidad—. Pensé que estaría... bueno...

—¿Bajo el dominio de lady Odelia?

Sir Lucien asintió.

—Creo que no. Cuando él entró en mi salón, parecía... un poco irritado, supongo, pero no estaba intimidado en lo más mínimo. De hecho, cuando miré a lady Odelia, me pareció que era ella la que estaba amedrentada...

—Vaya, vaya, eso sí sería una novedad —comentó sir Lucien.

—Lo mismo pensé yo. Parecía que Radbourne seguía su plan, pero no que estuviera obedeciéndola. Oh, espera —dijo Francesca, y se irguió mientras agarraba por la manga a sir Lucien—. Allí está. Oh, Dios Santo. No parece que esté muy contenta.

Lucien miró en la misma dirección que Francesca y vio a Irene. Ella acababa de entrar por las puertas de la terraza y caminaba entre la gente, muy derecha. Tenía la mandíbula apretada, la cara enrojecida y la furia reflejada en los ojos.

—A mí no me parece que haya ido muy bien —murmuró Lucien.

Francesca suspiró.

—No, me temo que no.

Francesca miró a un lado y vio que el duque de Rochford se acercaba a ellos desde la sala de juegos.

—¿Y qué más? —preguntó ella.

Sir Lucien la miró y después miró al duque. Se rió.

—Podría ser peor. Podría ser lady Pencully.

Francesca miró al cielo con resignación.

—Controla la lengua, Lucien. Ahora va a aparecer.

Lucien contuvo una carcajada y le dijo al duque, que acababa de llegar:

—Rochford, querido amigo. Es un placer verte, como siempre.

—Lucien, Francesca. Debo decir que no pareces muy contenta.

Francesca lo miró con frialdad.

—Eso depende de si has traído a lady Pencully.

—No, me alegro de poder decir que no es así —respondió Rochford con una vaga sonrisa—. Sin embargo, creo que la he visto en la sala de cartas hace un momento.

—Por eso te has marchado de allí —replicó Francesca agriamente.

—Por supuesto —admitió Rochford sin sombra de culpabilidad—. Puede que tú no tengas ganas de verla, pero no sabes lo que es tener lazos de sangre con ella. Si tú los tuvieras, sabrías lo horripilante que puede llegar a ser.

—Qué tonterías dices. Tú no has tenido miedo de nada en toda tu vida.

Él la observó durante un instante con una expresión misteriosa. Después, dijo:

—Si tú supieras...

Francesca apartó la mirada y notó cierto calor en las mejillas, sin saber por qué. Rochford tenía la endemoniada habilidad de inquietarla.

Mientras paseaba la mirada por el salón de baile, se dio cuenta de que Radbourne había entrado desde la terraza. Tenía aspecto de estar todavía más enfadado que Irene. Francesca suspiró por dentro. Quizá no debiera haberlos presentado tan pronto. Sin embargo, él habría tenido que hablar con ella en algún momento, y todo se habría desencadenado igualmente. Era mejor haber terminado rápidamente que no perder el tiempo intentando llevar a buen puerto a aquella pareja.

—Tu lord Radbourne parece un poco fiero —le comentó a Rochford.

—No es mío —protestó Rochford—. Pero supongo que puede llegar a ser bastante... duro. Me parece que es el único modo de sobrevivir en las calles de Londres. Él creció en un mundo muy distinto al nuestro, Francesca.

—Es cierto. Pero el nuestro también era peligroso, en otros sentidos.

Francesca lo miró y Rochford le devolvió la mirada con agudeza. No respondió, y Francesca apartó los ojos rápidamente de él, consciente de que Lucien los estaba observando con curiosidad.

El duque dijo en voz baja:

—Os aviso, amigos. Lady Pencully se acerca.

Hizo una reverencia y añadió:

—Me temo que he de marcharme.

—Cobarde —susurró Francesca.

Él se limitó a sonreír y se alejó. Junto a ella, sir Lucien

inició el movimiento de huida, pero Francesca lo dejó clavado en el sitio con una mirada de advertencia. Él suspiró y esbozó una sonrisa forzada.

—Lady Pencully —dijo, haciéndole una elegante reverencia—. Qué placer más poco habitual, el verla.

—No intentéis engatusarme, Talbot —dijo lady Odelia sin miramientos—. Podéis ir a pulir vuestras habilidades con otra persona ¿de acuerdo? Necesito hablar con Francesca.

—Por supuesto, milady —respondió sir Lucien, y le lanzó una mirada divertida a Francesca, mientras hacía una reverencia y se alejaba.

—Ya he decidido lo que vamos a hacer —continuó lady Odelia—. Daremos una fiesta en Radbourne Park.

—¿Cómo?

—Para buscarle una prometida al conde —dijo la dama con aspereza, como si Francesca fuera un poco tonta—. Es ése nuestro objetivo, ¿recuerdas?

—Claro que lo recuerdo. Es sólo que yo... eh... no estaba segura de por qué una fiesta...

—Será el modo más sencillo de presentarle a las muchachas a las que elijamos. Estoy convencida de que nunca encontrará esposa en Londres. Todo es demasiado elegante y sofisticado. Él desentona aquí, entre hombres como Talbot. Para mí ése es demasiado suave, pero es el tipo de hombres que gusta a las mujeres. O Rochford. Claro que, por supuesto, las mujeres se desmayarían al verlo aunque fuera tan feo como una bota vieja, al ser duque. Pero bueno, ésa no es la cuestión ahora. El hecho es que, si separamos a esas mujeres de la civilización, sin duda encontrarán aceptable a mi sobrino.

—A mí me parece que hay bastantes mujeres que encontrarán el título y la fortuna de vuestro sobrino más que aceptable en cualquier sitio –respondió Francesca irónicamente.

–Sí, quizá sí, pero no estoy dispuesta a correr el riesgo. Así que le diré a Pansy que organice una fiesta en la casa. Nosotras haremos la lista de los invitados, e incluiremos a las muchachas que tú elijas. Entonces, tú puedes venir con anterioridad a Radbourne Park para trabajar con Gideon. Pulirle en algunos aspectos, ya sabes. Estoy segura de que aceptará tus sugerencias mucho mejor que las mías.

–No puede ser –murmuró Francesca.

Lady Pencully la miró con los ojos entrecerrados.

–No pienses que no me doy cuenta de cuándo estás siendo burlona, niña. Sé muy bien que cualquier hombre aceptará mucho mejor las instrucciones de una muchacha encantadora como tú que de una señora vieja que no endulza las verdades –dijo, y asintió con vehemencia, dando por terminado el asunto–. ¿Cuándo llegarás a Radbourne Park?

Como siempre, los mandatos de lady Odelia eran humillantes, pero Francesca tenía que admitir que la idea de la dama tenía lógica. Además, el hecho de pasar unas semanas en Radbourne Park sería un alivio para su situación económica de aquel invierno.

–No estoy segura. Seguramente necesitaré unos cuantos días para hacer las maletas y poner en orden las cosas –le dijo Francesca.

–Bien, no te entretengas, niña. Tenemos que avanzar.

–Claro, pero... –Francesca se interrumpió al ver llegar a lord Radbourne–. Ah, lord Radbourne. Me alegro de veros nuevamente.

Él asintió para saludar a su tía abuela y a Francesca.

–Lady Haughston. Lady Pencully.

–Gideon –respondió lady Odelia–. Te he visto hablando con lady Irene hace unos minutos –le dijo con una mirada de esperanza.

Él apretó los labios.

–Lady Irene Wyngate es arrogante, obstinada y esnob. No valdrá para ser mi esposa.

Francesca aprovechó el silencio que siguió a su declaración para intervenir.

–Ya veo. Bueno, razón de más para continuar con otros planes. Vuestra tía abuela y yo estábamos hablando sobre el hecho de celebrar una fiesta en Radbourne Park. Espero que os resulte una idea agradable. Es una buena manera de conocer a varias jóvenes, y para que ellas os conozcan a vos. Una o dos semanas le proporcionan a uno muchas más oportunidades que ir de baile en baile aquí en la ciudad.

Él asintió.

–Sin duda. Lo dejo todo en sus manos. Y en las de mi tía, por supuesto.

–Muy bien –dijo Francesca.

–Bien, entonces me voy. Tengo negocios que atender. ¿Me disculpan?

–Claro –respondió Francesca.

Lady Odelia había palidecido un poco y miró a su alrededor para ver si alguien había oído la mención del conde a sus negocios. Él les hizo una reverencia y se alejó.

Sin embargo, sólo había dado unos pasos cuando, bruscamente, se dio la vuelta y volvió con ellas.

–Lady Haughston –dijo–. Cuando hagáis la lista de invitados... –Gideon titubeó, y después añadió lacónicamente–: Incluid a lady Irene.

CAPÍTULO 5

A la mañana siguiente, Irene estaba mirando a su cuñada, al otro lado de la mesa del desayuno. Maura estaba inusualmente pálida, y tenía los párpados pesados y oscuros. Si se hubiera tratado de otra persona, Irene habría imaginado que había bebido mucho en el baile de la noche anterior. Quizá, pensó, Maura no se encontrara bien. Había estado muy silenciosa desde que se había sentado, y apenas había comido.

Irene miró su propio plato. Se dio cuenta de que ella tampoco había comido demasiado. Sin embargo, sabía cuál era la razón de su falta de apetito. Después del paseo fallido con lord Radbourne, había pasado el resto del baile de malhumor. Hubiera querido marcharse del baile enseguida, pero Maura se había negado a volver a casa tan pronto.

Y cuando por fin lo habían hecho, Irene había subido directamente a su dormitorio a acostarse, pero no había conseguido conciliar el sueño hasta varias horas después. Había dormido mal y había tenido sueños cálidos, lascivos, de los que se había despertado con el corazón acelerado y bañada en sudor. Como consecuencia, había bajado a desayunar tarde y sin hambre.

Irene tomó un pedacito de huevo y miró a los demás. Se dio cuenta de que Humphrey y su madre le lanzaban miradas de preocupación a Maura, e Irene se preguntó de nuevo qué le ocurriría a su cuñada.

Casi como si estuviera respondiendo al pensamiento de Irene, Maura dijo:

—No sé por qué tenías tantas ganas de marcharte del baile anoche, Irene. Estropeaste la velada.

Irene arqueó las cejas.

—Tenía jaqueca. Pero no nos marchamos, así que no veo por qué se vio afectada tu noche.

—Irene... —dijo su hermano en voz baja, con un matiz de advertencia.

Irene lo miró y sintió una punzada de dolor. ¿Acaso su hermano estaba tan subyugado por su esposa que iba a indicarle que no expresara su opinión?

—Bueno, Humphrey, es una pregunta razonable, ¿no? —le preguntó con calma.

—No es eso —dijo él. Estaba disgustado, y miró de reojo a su mujer—. ¿Es que tenemos que hablar de ello durante el desayuno?

Lady Claire intervino rápidamente.

—Fue un baile precioso, ¿verdad? Yo disfruté mucho. ¿Y tú, Humphrey?

—Sí, madre, claro que sí —dijo Humphrey, y sonrió a su madre con cariño—. Me alegré mucho de verte tan entretenida.

—Fue una velada muy divertida —convino Maura—. Y no quiero criticarte, Irene. Sólo me gustaría que hicieras un poco más de esfuerzo. Estuvo muy bien que lady Francesca te pidiera que la acompañaras a dar un paseo, y después te vi conversando con aquel hombre. ¿Quién dices que era, madre?

—Lord Radbourne —respondió lady Claire—. Sí, yo también me quedé sorprendida cuando Maura me lo señaló y me dijo que habías paseado por el salón con él. Yo no lo había visto nunca, pero la señora Shrewsbury me dijo que era el heredero de los Bankes, que fue secuestrado de niño. Qué historia más triste... —dijo lady Claire, sacudiendo la cabeza.

—Sí, pero lo más importante es que se dice que tiene una fortuna —dijo Maura—. Un buen partido. Y tú no hiciste ni el más mínimo esfuerzo por despertar su interés, estoy segura. En vez de eso, volviste queriendo venir a casa.

—No estoy interesada en lord Radbourne —dijo Irene.

—¡Claro que no! —exclamó Maura—. ¡Tú no estás interesada en ningún hombre! Eres una persona extrañísima... no te entiendo. Algunas veces pienso que lo único que quieres es frustrarme —dijo, mirando a Irene con un mohín de disgusto.

Irene se quedó asombrada con su cuñada. Incluso para Maura, aquél era un comportamiento poco corriente.

—Maura, no tiene nada que ver contigo —le dijo, intentando razonar.

—Oh, ¡no me hables de ese modo! —le soltó Maura, tomando la servilleta de su regazo y arrojándola a la mesa—. No soy una niña. Me hablas como si fuera tonta. ¡Claro que tiene algo que ver conmigo! Te niegas a casarte, cuando cualquier mujer normal estaría ansiosa por hacerlo. Pero tú preferirías quedarte aquí durante el resto de tu vida, aunque eso signifique ser una solterona sin vida propia. Prefieres interferir en la vida de Humphrey, diciéndole siempre lo que tiene que hacer y cómo actuar...

Irene se había quedado boquiabierta.

–¡Y tú! –continuó Maura, mirando a su marido con los ojos llenos de lágrimas–. Parece que no puedes pasar un solo día sin preguntarle a tu hermana qué debes hacer. Siempre preguntándole qué piensa, o qué cree ella que deberías decirle a lord tal o lord cual. Nunca me preguntas mi opinión, ¡y yo soy tu mujer!

Humphrey parpadeó con sorpresa, y se quedó sin palabras durante un momento. Después se inclinó hacia delante y le tomó la mano a Maura.

–Querida mía... ¿cómo puedes pensar eso? Por supuesto que estoy interesado en tu opinión.

–¡Ja! –dijo Maura, y se puso en pie de un salto–. ¡Yo no te importo nada en absoluto! –sentenció, y con un sollozo, se dio la vuelta y salió corriendo de la estancia.

Las otras tres personas que ocupaban la mesa se quedaron mirando a la puerta por donde ella se había marchado.

–¡Humphrey! ¡Irene! –dijo lady Claire con preocupación–. ¿Por qué...? ¿Qué...?

–Quizá yo debería marcharme, Humphrey –dijo Irene con tirantez.

Siempre había sabido que Maura no le profesaba más estima de la que ella le profesaba a Maura, pero no estaba preparada para el nivel de desagrado que había percibido en la voz de su cuñada.

–No, no –dijo su hermano rápidamente. Apartó la silla y se puso en pie, mirando desde la puerta a Irene, y después a la puerta otra vez–. Supongo que debería ir tras ella. No sé... está tan cambiante estos días... –Humphrey se volvió hacia Irene con el ceño fruncido–. Me disculpo. Estoy seguro de que Maura no quería decir lo que ha dicho. Ella te tiene cariño, por supuesto, como a mamá. Es sólo que... bueno, ella no quería decírselo a nadie todavía, pero me doy cuenta de que debo contároslo. Maura va a...

Humphrey titubeó y enrojeció ligeramente antes de terminar la frase, y sonrió casi con timidez.

Irene lo miró sin comprender, pero Claire gritó de alegría.

—¿Va a tener un bebé? ¡Oh, Humphrey! —dijo su madre con los ojos brillantes de emoción—. ¡Qué maravilla! Debes de estar muy feliz.

—¿Un bebé? —Irene miró a su madre, y después a su hermano. Sonrió y se puso en pie, y después rodeó la mesa y le dio un abrazo—. Me alegro muchísimo por ti.

—Sabía que te alegrarías. Le dije a Maura que era una tontería pensar que no sería así —dijo Humphrey con candor—. No es ella misma estos días. Ahora entenderás por qué te ha dicho todo esto. Es una tontería, por supuesto, pero yo sé que ella no quería decir nada desagradable.

—Claro que no —mintió Irene.

—Pero, Irene —le dijo Humphrey, tomándole la mano—. ¿Intentarás evitar las discusiones durante las próximas semanas? Estoy seguro de que sus emociones se calmarán. En este momento puede reír y llorar al instante siguiente. Parece que se molesta por el detalle más nimio.

—Por supuesto. Te prometo que vigilaré lo que digo —asintió Irene.

Sin embargo, notó que se le encogía el corazón ante la expectativa de tener que caminar de puntillas alrededor de Maura durante todo su embarazo. Al contrario que su hermano, ella sospechaba que Maura se aprovecharía de su estado para hacer su voluntad hasta el final. E incluso hasta después del nacimiento, sin duda exigiría todavía más consideración, al ser la madre del hijo de Humphrey.

–Gracias –le dijo Humphrey con una sonrisa–. Sabía que podía contar contigo. Ahora tengo que subir a hablar con ella. Se sentirá consternada pensando que lo que ha dicho ha podido herirte.

Irene observó a su hermano marchar sin hacer ningún comentario. Dudaba mucho que Maura sintiera ningún remordimiento por lo que había dicho, pero no iba a indicárselo a Humphrey. Sabía muy bien que el amor que su hermano sentía por su esposa lo cegaba ante todos sus defectos.

Ella se volvió hacia su madre, que estaba mirando hacia el lugar por el que había salido Humphrey con una expresión de felicidad y ternura en el rostro.

Lady Claire volvió la cara hacia Irene y ella vio cómo, lentamente, el placer se desvanecía lentamente de su cara.

–Oh, querida –le dijo lady Claire con un suspiro–. Me temo que van a ser unos meses difíciles. Maura, sin duda, estará muy... sensible.

–Sin duda –convino Irene–. Pero no te preocupes. Te prometo que haré todo lo posible por moderar la lengua con Maura.

–Sé que lo harás, querida, pero me temo que será algo muy difícil. No quiero decir nada malo de la mujer de tu hermano, pero...

–Sé que no quieres, mamá. Nadie podría tener un carácter mejor que el tuyo. La verdad es que Maura es difícil siempre.

–Creo que debe de ser muy duro para una pareja joven tener que vivir con su madre. Ojalá tu padre nos hubiera dejado un poco de dinero. ¿No sería maravilloso tener nuestra propia casita en el campo? –preguntó, sonriendo para sí misma al pensarlo.

–Sí, es cierto –dijo Irene, cuyos pensamientos eran menos dulces que los de su madre–. Papá debería haberse preocupado más por ti.

–Bueno, lo hecho, hecho está –respondió Claire.

Irene sabía que, incluso en aquellos momentos, su madre se negaba a hablar mal de su padre.

–Debemos esforzarnos todo lo posible para que todo transcurra suavemente en casa. Maura necesitará ayuda cuando su embarazo progrese. Por supuesto, ella preferiría tener a su propia madre y a su hermana, aunque la casa estaría un poco abarrotada si vinieran –prosiguió lady Claire, y después se animó nuevamente–. Bueno, cuando terminemos de desayunar debemos ir a buscar la lana y elegir algo para hacerle una manta al bebé. ¿No crees que será divertido tejer ropita para el niño?

–Oh, sí.

Su madre siguió parloteando, ajena a la ironía del tono de voz de Irene.

–Patucos, gorritos y jerseys... oh, no hay nada más dulce que la ropita de los bebés.

Irene supuso que aquélla sería una tarea agradable si ella sintiera más afecto por la madre de su sobrino. Sin embargo, era importante que su madre se ocupara de cosas agradables y no pensara demasiado en la preocupación de desagradar a su nuera, así que Irene la siguió sin protestar a su habitación para sacar la caja de ovillos de lana y las instrucciones de tejer.

Afortunadamente, Maura permaneció en su dormitorio durante toda la mañana. Sin embargo, el agradable interludio no podía durar siempre, y después de la comida, Maura se unió a lady Claire y a Irene en la sala de estar, donde su suegra ya había comenzado a tejer una mantita.

Maura estaba un poco más pálida de lo normal, y representó a la perfección el papel de inválida, enviando a los sirvientes a buscar su chal, después su abanico, después un taburete en el que pudiera apoyar los pies. Dejó que lady Claire la atendiera, la envolviera en el chal y se levantara a colocar el taburete varias veces hasta que Maura se mostró conforme. Sin embargo, Irene no hizo ningún comentario y mantuvo una agradable sonrisa en los labios mientras escuchaba a Maura hablar sin cesar sobre el evento bendito que iba a tener lugar, intercalando sus comentarios con frecuentes suspiros y quejas.

Cuando una de las doncellas entró en la sala para anunciar una visita, Irene sintió agradecimiento por la distracción. Sin embargo, se quedó asombrada cuando oyó que la doncella decía que lady Haughston había acudido a su casa. Miró a su madre, y vio que ella también estaba sorprendida. Francesca Haughston nunca las había visitado habitualmente, y desde que había llegado Maura, sus visitas habían cesado por completo. Irene no podía culparla. Ella habría evitado a Maura también, de haber podido.

Sin embargo, era muy extraño que Francesca hubiera reaparecido, sobre todo después de haber ido a saludar a Irene la noche anterior en la fiesta. Maura no encontró nada raro en la llegada de la otra mujer. Le dedicó una sonrisa resplandeciente y la saludó con efusión, y después comenzó a charlar y no dejó de hacerlo en los siguientes minutos, sin darle a Francesca la oportunidad de hablar.

A Irene no le extrañó que, al poco tiempo, Francesca comenzara a moverse con inquietud en su asiento, y sospechó que la visita se acortaría. Y acertó, porque cuando Maura hizo una pausa, Francesca aprovechó el breve silencio para decir que lo sentía, pero que no podía quedarse mucho tiempo.

—Estaba a punto de dar un paseo por el parque dijo—. Y he venido sólo a preguntarle a Lady Irene si le gustaría acompañarme.

La sonrisa de Maura se desvaneció de un modo casi cómico, e Irene se apresuró a responder antes de que su cuñada diera con un motivo por el cual no podía prescindir de su compañía aquella tarde.

—Por supuesto, lady Haughston. Eso sería muy agradable.

Irene llamó a un sirviente y le pidió el sombrero y el abrigo, y sacó a Francesca de la habitación para librarse de las insinuaciones de Maura de que, sin duda, un paseo por el parque era lo que necesitaba para mejorar su malestar.

—Oh, no, querida hermana —le dijo Irene con una sonrisa melosa—. No creo que sea lo mejor para ti. Ahora debes tener mucho cuidado, y ya sabes que hace un minuto te dolía la espalda. Me temo que un paseo en carruaje no es lo mejor en este momento —dijo, y miró significativamente a lady Claire—. ¿Verdad, mamá?

—Oh, sí. Lady Maura y yo nos quedaremos aquí tranquilamente —respondió lady Claire, dándole unos golpecitos en la mano a su nuera—. ¿Verdad, querida?

Mientras salían de la casa, Francesca no hizo ningún comentario sobre el evidente deseo de Irene de escapar de su cuñada, sino que mantuvo una conversación ligera sobre el tiempo y el estupendo baile que los Spence habían ofrecido la noche anterior. Recorrieron las calles en el coche de Francesca hasta que llegaron a Hyde Park, y allí permanecieron en silencio durante unos instantes, disfrutando de los rayos de sol suave y dorado de otoño. Irene volvió la cabeza para observar atentamente a su acompañante.

Francesca, al notar la mirada de Irene, la miró y sonrió.

—Casi puedo oír los engranajes de vuestro cerebro trabajando —le dijo—. Adelante. ¿Por qué comenzar a reprimiros ahora?

Irene se rió.

—Me tenéis sorprendida, lady Haughston.

—Preferiría que me llamarais Francesca. Nos conocemos desde vuestra puesta de largo. ¿No creéis que es hora de que comencemos a tutearnos?

—¿Por qué? ¿Vamos a convertirnos en amigas íntimas?

—Pues... no lo sé. Pero no me sorprendería que pronto nos conociéramos mejor.

—¿Y por qué? No es que quiera quejarme, porque te agradezco muchísimo que me hayas invitado a dar un paseo esta tarde, pero te confieso que no entiendo tu repentino interés en mí.

—Podría decir que tu franqueza de ayer me pareció refrescante, lo cual es cierto, y que pensé que estaría bien animar la tarde con tu compañía.

—Y no será que... ¿Lady Wyngate te pidió que me ayudaras a encontrar marido? —preguntó ella, con las mejillas enrojecidas de vergüenza.

Francesca se volvió hacia ella, sorprendida.

—¿Lady Wyngate? ¿Tu madre? ¿Por qué iba ella a...? No, no, ella nunca me ha dicho semejante cosa.

—Mi madre no. Lady Maura, la esposa de Humphrey. ¿Te ha hablado sobre mí?

—No, te lo aseguro. Apenas conozco a lady Wyngate. ¿Por qué piensas que me iba a decir algo así?

—Porque desea que yo me case para que deje la casa de Humphrey —respondió Irene con amargura—. Lo siento. Debes de pensar que soy tonta. Sé que no eres amiga de Maura, pero el otro día, ella me estuvo atacando por mi estatus de solterona, y me pidió insistentemente que hablara contigo. Me dijo que cualquier chica a la que tú amadrinaras terminaba haciendo un buen matrimonio. Ella dice que eres mano de santo. Y yo tenía miedo...

–Yo no habría hablado de ti con tu cuñada –le dijo Francesca.

Irene la miró y vio la sinceridad reflejada en el rostro de su interlocutora.

–Lo siento –dijo rápidamente–. No debería haber supuesto que tú te prestarías a llevar a cabo una de las maquinaciones de Maura. Pero me pareció tan extraño que te dirigieras a mí justo después de que Maura me dijera que debía pedirte ayuda...

Francesca asintió.

–Lo entiendo.

Irene se dio cuenta de que Francesca entendía más cosas de las que ella había expresado.

–Estoy segura de que es difícil para ti vivir con una nueva cuñada.

–Lo odio –respondió Irene con sinceridad–. Sé que en gran parte, lo que sucede es culpa mía. Estoy acostumbrada a llevar la casa, a ser mi propia señora. Y supongo que es difícil renunciar a eso.

–No creo que de todos modos lady Wyngate y tú pudierais llegar a ser muy amigas.

–Es un milagro que no nos hayamos agarrado de los pelos todavía –dijo Irene con una sonrisa de ironía.

Estaba un poco sorprendida por encontrarse hablando con Francesca de sus problemas. Irene nunca habría pensado que Francesca pudiera caerle bien, pero estaba comprobando que era muy fácil conversar con ella.

Francesca se rió.

—Bueno, entonces quizá debieras pensar en casarte. Así podrías alejarte de Maura. Serías la señora de tu propia casa.

—No, sería la señora de la casa de mi marido, y estaría bajo el control de un hombre. Prefiero sufrir las puyas de Maura y sus mezquinos intentos de regir mi vida. Al menos, en casa de Humphrey tengo un hermano que me defiende, al menos a veces, de los mandatos de su esposa. Y no estoy bajo su control legal. Con un marido, una está completamente a su merced.

Francesca la miró con perplejidad.

—Hay mujeres que reciben el amor y las atenciones de sus maridos.

—Pero siempre es una apuesta, ¿no?

Francesca se encogió de hombros.

—La mayoría de las mujeres quieren encontrar marido. Están felices en el matrimonio.

—Debería señalar que tú no has vuelto a casarte, aunque han pasado varios años desde el fallecimiento de tu marido —le dijo Irene.

Francesca parpadeó de la sorpresa, pero se recuperó enseguida.

—Quizá yo sienta que nunca podré encontrar un amor tan grande como el que tuve con Andrew.

—Perdóname, pero yo conocía a lord Haughston. Era uno de los amigos de mi padre. Sé muy bien cómo pasaba el rato, porque sé también lo que hacía mi padre.

Francesca respondió calmadamente:

—Si dijera que estás equivocada, mentiría. Sin embargo, mi estatus de viuda es mucho menos incómodo que el tuyo como dependiente de una cuñada. De todos modos, yo no soy un buen ejemplo a seguir —dijo Francesca, y volvió la cabeza. Mientras continuaba hablando, miró fijamente al otro lado de la calle–. Yo me casé tontamente. Estoy segura de que tú no harías la misma elección que yo.

–Lo siento –dijo Irene, sintiéndose un poco culpable–. No debería haberte hablado de tu marido. A veces hablo demasiado. Como sabes, tengo fama por ello. No quería hacerte daño.

–No, no te preocupes –dijo Francesca, y sonrió–. No hay nada de malo en decirme a mí la verdad... aunque te aconsejaría que no lo hagas con los demás, por lo general. A la mayor parte de la gente, tu franqueza le parecería algo raro.

Irene le devolvió la sonrisa, y después siguieron paseando en silencio durante un rato. Al cabo de unos minutos, dijo:

–Ayer, después de que me presentaras a lord Radbourne, él me informó de que está buscando esposa, y de que estaba dispuesto a considerarme como una de las candidatas.

–Vaya. Creo que el conde no es demasiado sutil.

–No. Yo respondí que no tengo ningún interés en casarme, y creía que ése sería el final del asunto. Pero hoy, tú has venido a mi casa a invitarme a dar un paseo y aquí estamos, hablando de nuevo del matrimonio. ¿Es una coincidencia?

Francesca se encogió ligeramente de hombros.

–La tía abuela de lord Radbourne es lady Pencully, y ella me pidió ayuda. Tienes razón en que yo me he ganado la fama de... ayudar a que se formen parejas. La familia del conde está ansiosa por encontrarle una esposa. Estoy segura de que conoces la tragedia de su pasado. Ellos creen que el hecho de tener una mujer adecuada a su lado le facilitaría el ocupar el lugar que le corresponde por derecho en nuestro círculo social.

—¿Y creen que yo sería una esposa adecuada para él? —preguntó Irene con incredulidad—. ¿Qué es lo que me convierte en una buena candidata para esa posición? ¿Creen que, porque soy una solterona, debo de estar tan desesperada como para casarme con cualquier hombre, incluso con uno que no conozco?

—No hay necesidad de casarse sin conocerlo primero.

Al ver que Irene despedía chispas por los ojos, Francesca alzó las manos en un gesto apaciguador, con una suave carcajada.

—No, no, no me dispares, por favor. Sólo era una broma. Nadie te está pidiendo que te cases con él. Su familia quería que yo pensara en algunas jóvenes en edad casadera que pudieran aceptar el matrimonio, y lord Radbourne me pidió que te lo presentara, así que yo lo hice. Su abuela tiene intención de celebrar una fiesta en la finca de la familia, o mejor dicho, es lady Pencully quien tiene esa intención, así que la fiesta se celebrará. A mí me parece que si quisieras ir a la fiesta, conocerías mejor a lord Radbourne.

—No necesito conocerlo mejor, ni a él ni a ningún hombre. Hace mucho que decidí no casarme. Tú conocías a mi padre, ¿verdad?

Francesca apartó la mirada.

—Sí. Sé qué tipo de hombre era.

—No estoy segura de que lo sepas —continuó Irene—. Me imagino que mucha gente sabe que era un libertino. Un mujeriego. Bebía, jugaba y se permitía todos los vicios. Convirtió la vida de mi madre en una pesadilla. Pero su tristeza no se debía únicamente a lo que él hiciera en la calle. Cuando estaba en casa, créeme, todos deseábamos que se fuera. Gritaba, tenía un humor temible y cuando había bebido, o sea, la mayor parte del tiempo, era proclive a utilizar los puños para someter a todo el mundo. Todos los habitantes de la casa, desde mi madre a los sirvientes, lo temían. Yo juré que nunca me pondría en la misma situación que tuvo que soportar mi madre. Que nunca me sujetaría a los caprichos de ningún hombre.

–Pero con este matrimonio, tú no estarías en una posición precaria –respondió Francesca–. Su familia quiere un matrimonio de conveniencia, un trato de negocios. Tú tendrías poder de negociación. Sin duda, podrías conseguir que te concedieran una asignación, o algún tipo de arreglo que te diera garantías.

–Incluso así, una vez que estuviéramos casados, yo estaría bajo su control. No tendría derechos. Estaría sujeta a las decisiones de mi marido.

Francesca no respondió, e Irene continuó:

–De todos modos, si accediera a contraer matrimonio, no sería con el conde de Radbourne –dijo, y de nuevo, sus mejillas enrojecieron y sus ojos recuperaron un intenso brillo dorado–. Es insoportablemente rudo y grosero. Es arrogante, obstinado y...

Entonces, se interrumpió y se obligó a recobrar el control. Tomó aire profundamente.

–Todo esto no tiene importancia ya, no obstante. Anoche, en el baile, lo rechacé con rotundidad. Estoy segura de que lord Radbourne ya no tendrá ningún interés en mí.

Francesca, que había estado observando a Irene con gran atención, abrió la boca para hablar, pero no dijo nada. Hizo una pausa, se quedó pensativa y prosiguió:

–Bueno, eso no lo sé. Y, por supuesto, si tú tienes tan claras las ideas, no te presionaré. No se me ocurriría pedirte nada que no quisieras hacer. Sólo pensé, cuando lady Odelia me lo dijo, que podía interesarte una proposición así. Tú siempre has sido, creo, de ese raro tipo de mujeres que piensan más con la cabeza que con el corazón.

Irene asintió.

—Efectivamente, me dejo guiar por la cabeza. Sé lo que puede resultar de un matrimonio, y por lo tanto, no permito que las esperanzas me empujen a cometer una tontería.

—Muy bien. Entonces, no hablemos más del asunto.

Francesca comenzó a conversar sobre otras cosas, e Irene se quedó sorprendida por la facilidad con la que había abandonado el tema. Irene siguió la charla, pensando en lo fácil que era congeniar con Francesca. No hablaron de nada trascendental, pero su interlocutora hacía que la conversación fluyera con naturalidad y conseguía infundirles interés a las cosas más nimias. Tenía un ingenio rápido y la risa contagiosa, e Irene se dijo que se había equivocado al no darle una oportunidad a la otra mujer y al descartarla como amiga por pensar que era frívola y tonta.

Siguieron paseando lentamente por el parque, deteniéndose frecuentemente a hablar con algún jinete o con los ocupantes de otros coches. Estaba claro que Francesca conocía a la mayor parte de su círculo social, y todo el mundo estaba entusiasmado por tener la oportunidad de hablar con ella.

Lady Fenwit-Taylor, que estaba paseando en un carruaje negro con su tímida hija, saludó a Francesca. Aparentemente, la mujer era una gran amiga de la madre de Francesca, así que iban a pasar allí un buen rato.

Irene se acomodó en el asiento. Prestó atención sólo a ratos a la conversación de la otra mujer, y dejó vagar la mente. Sin embargo, y para su irritación, sus pensamientos se dirigían con frecuencia hacia lord Radbourne, y tenía que hacer un esfuerzo por quitárselo de la cabeza. No permitiría que aquel hombre la obsesionara.

Oyó el sonido de otro carruaje tras ellas. Irene no se volvió, pero la voz de un hombre la sobresaltó.

—¡Lady Irene! Os he encontrado.

Ella sintió calor, y después, frío. Durante un instante, pensó que sus pensamientos lo habían conjurado. Se volvió hacia él con el corazón acelerado.

—Lord Radbourne.

CAPÍTULO 6

El guapo caballero saltó de su carruaje y le entregó las riendas a su mozo antes de caminar hacia el coche de Francesca.

Irene se volvió hacia su amiga, llena de sospecha.

—¿Lo has arreglado tú? —le preguntó en voz baja.

Sin embargo, Francesca estaba mirando a lord Radbourne con asombro.

—¡No! —respondió mientras sacudía la cabeza con vehemencia—. Te juro que no. No tenía ni idea de que iba a estar aquí.

Irene pensó que, si lady Haughston no estaba diciendo la verdad, era una magnífica actriz.

—Demonios —murmuró Irene—. Nunca tengo suerte.

—Lord Radbourne, es una sorpresa encontraros aquí —le dijo Francesca cuando él se aproximó—. No me imaginaba que sois de los que dan un paseo vespertino por el parque.

—No lo soy —respondió él—. Os estaba buscando.

—¿De veras? —preguntó Francesca con las cejas arqueadas, con la expresión que siempre le resultaba efectiva para ahogar pretensiones o reprender muestras de mala educación.

Sin embargo, aquella expresión no tuvo ningún efecto en el conde. Él se limitó a saludar a las mujeres del otro carruaje con un breve gesto y después siguió hablando con Irene y Francesca.

—He acompañado a lady Pencully a casa de lord Wyngate hace unos minutos —le dijo a Irene sin rodeos—. Lady Pencully iba a entregaros una invitación para que asistierais a una fiesta en Radbourne Park. Por desgracia, no estabais en casa.

—No, no estaba en casa —respondió Irene.

Aunque lord Radbourne no tuviera ninguna preocupación por las ocupantes del otro coche, que los observaban con curiosidad, Irene no quería darles ningún motivo para que pudieran rumorear.

—Lady Wyngate nos dijo dónde habíais venido —continuó él.

—Ya entiendo.

Y lo entendía. Sin duda, Maura había visto cerca la oportunidad de forjar un matrimonio, y lo había enviado tras ella sin pensarlo dos veces. Irene miró de reojo al otro carruaje.

—Quizá deba volver a casa a ver a lady Pencully.

—Se ha marchado —dijo él—. Me pidió que os entregara yo mismo la invitación.

—Claro. Bien... —dijo Irene, y miró a Francesca como pidiéndole ayuda.

Francesca, al menos, lo entendió rápidamente. Miró al otro coche, después a Radbourne, después a Irene, y dijo:

—Lady Irene, ¿por qué no vais a dar un paseo con lord Radbourne para hablar sobre la amable invitación de lady Odelia? Creo que yo cumpliré con mis deberes de acompañante si vigilo desde aquí —afirmó, y después sonrió a las otras mujeres—. Y podré charlar con lady Fenwit-Taylor.

La dama en cuestión se quedó alicaída al no poder presenciar el resto de la conversación entre Radbourne e Irene, pero al menos Radbourne debió de darse cuenta de que estaba exponiendo aquella conversación a oídos de extrañas, porque miró rápidamente a lady Fenwit-Taylor, que los observaba con avidez, asintió y alzó la mano para ayudar a Irene a bajar del carruaje de Francesca.

Irene puso su mano en la de él, y al instante notó toda su fuerza cuando él la agarró. La misma extraña sensación de la noche anterior se adueñó de su cuerpo con el contacto de Radbourne. Aunque él le ofreció el brazo para alejarse caminando del coche, ella no lo tomó, y se agarró las manos frente a sí.

Irene caminó por el ancho sendero que utilizaban los coches y los caballos, con cuidado de mantenerse a la vista de Francesca.

Lord Radbourne dijo sin preámbulos:

—Espero que podáis asistir a la fiesta. Vuestra amiga lady Haughston estará allí, junto con otros invitados.

—¿Otras invitadas en edad de contraer matrimonio, queréis decir? —preguntó Irene—. ¿Vais a reunir a todas vuestras candidatas en un solo lugar para poder compararlas y juzgar?

Él frunció el ceño.

—No, no es eso.

Irene enarcó una ceja.

—¿De veras? Entonces, ¿qué es?

—Es... bueno, parece una buena manera de conocer a varias personas a la vez —dijo Gideon, y apretó los labios al ver la expresión de Irene—. Sí, está bien, conocer a varias mujeres jóvenes. Pero yo no voy a juzgarlas ni a compararlas. Es sólo una forma de conocer a una mujer.

—A varias mujeres.

—Sí. A varias —convino él con impaciencia.

—Gracias, lord Radbourne. Por favor, decidle a lady Pencully que lo lamento, pero me temo que debo declinar la invitación. No tengo intención de participar en la competición para ganar vuestra mano.

Él se ruborizó y exclamó:

—¡No es una competición!

—No sé cómo lo llamaríais vos —respondió Irene con frialdad—. Habrá un posible novio, vos, y varias posibles novias para que vos elijáis una. Por lo tanto, todas las mujeres estarán compitiendo para ganar vuestro favor, ¿no es así?

—¡Demonios! ¡Tenéis una habilidad asombrosa e irritante para convertir todas las conversaciones en una discusión! —le recriminó él con una mirada fulminante.

—Si os resulta tan difícil hablar conmigo, no entiendo por qué deseáis que asista a la fiesta.

—Eso me pregunto yo.

—Por lo tanto, estaréis mucho más cómodo si yo no estoy presente.

—Seguro que sí —dijo él, malhumoradamente, y siguió caminando en silencio durante unos instantes más.

Irene se detuvo y se volvió a mirar hacia el carruaje de Francesca.

—Será mejor que demos la vuelta. En pocos metros estaremos fuera de la vista de lady Haughston.

—Por supuesto —dijo él. La frialdad de su tono estaba a la altura del de Irene. Después de un momento, le preguntó—. No entiendo de qué tenéis miedo.

—¿Disculpad? —Irene se volvió a mirarlo con indignación—. Yo no tengo miedo. No sé por qué decís eso.

—¿De veras? ¿Y por qué os negáis a hacer una simple visita a Radbourne Park? No os estoy pidiendo que os caséis conmigo. Ni siquiera que lo penséis.

—No tengo interés en casarme con vos, así que no me parece que una visita mía tenga utilidad. Que otra mujer más dispuesta a contraer matrimonio con un conde ocupe mi lugar.

—Claro que vos no queréis casaros conmigo, no más de lo que yo deseo casarme con vos. Apenas nos conocemos. Pero ése es el propósito de esa visita, precisamente. Conocernos. Hacernos una idea de si podríamos congeniar.

—Yo ya os conozco lo suficientemente bien —respondió Irene.

—¿De veras? ¿Y cómo puede ser eso, si no hemos estado más de quince minutos uno en compañía del otro?

—Anoche me mostrasteis vuestra verdadera naturaleza. Eso fue suficiente para mí.

—A mí me parece que vos respondisteis con entusiasmo a mi naturaleza.

El timbre bajo de su voz le alteró los nervios a Irene, y recordó con toda intensidad el deseo que había sentido la noche anterior. Entonces se puso muy tensa.

—Está claro que, pese a vuestro título, no sois un caballero.

—¿Por qué? ¿Porque os he señalado la verdad? Tenéis razón, milady, no soy un caballero. Creo que es mejor hablar con franqueza. Pensaba que vos teníais la misma opinión, pero es evidente que me equivoqué.

Ella tenía las mejillas enrojecidas, los ojos brillantes, y todo rastro de la fría dama de antes había desaparecido. Irene no podía ver como él la espléndida belleza que lucía en aquel momento, encendida de emoción. Era la gloria salvaje y primitiva que él había visto tantos años atrás en su rostro y su cuerpo. Gideon no pudo evitar la respuesta que sintió por dentro. Apretó la mandíbula y se volvió, dándole la espalda.

—¿Cómo os atrevéis...? —dijo ella, pero se detuvo con estupefacción cuando él comenzó a caminar y a alejarse.

Irene apretó los puños para contener la ira y no proferir las palabras que tenía en la punta de la lengua. Lo siguió en silencio, y él la observó por el rabillo del ojo, sin bajar la cabeza. Por su parte, Irene ni siquiera se dignó a mirarlo.

Pronto llegaron junto al coche de lady Haughston, e Irene subió al vehículo haciéndole caso omiso a lord Radbourne, que le había tendido la mano para ayudarla. Francesca miró la mano extendida y después el rostro de Gideon, que encontró vacío de toda expresión. En sus ojos había una frialdad como de cristal. Francesca no dijo nada; se limitó a mirar a Irene y encontró sus ojos brillantes y sus mejillas enrojecidas.

—Bien —dijo Francesca con una sonrisa—. Habéis vuelto justo a tiempo. Estaba comenzando a cansarme un poco. Lord Radbourne, me alegro mucho de haberos visto de nuevo.

—Lady Haughston —dijo él. Apenas la miró antes de dirigirse a Irene—. Lady Irene, espero que reconsideréis vuestra decisión y nos visitéis en Radbourne Park.

Sin esperar respuesta, asintió en general para despedirse y se alejó.

Francesca se despidió de lady Fenwit-Taylor antes de que Irene pudiera perder la calma que estaba fingiendo sentir, a buen seguro, y le ordenó al cochero que se pusiera en marcha.

—¡Oh! —exclamó Irene en cuanto estuvieron solas—. ¡Ese hombre es horrible!

—Entiendo que tu conversación con lord Radbourne no ha ido bien —ironizó Francesca.

—¡Es el hombre más obstinado, irritante, petulante y antipático que he conocido en mi vida! No creo que su familia consiga encontrar una mujer que esté dispuesta a casarse con él. Esa mujer estaría enfrentándose a una vida de...

Francesca esperó pacientemente mientras Irene buscaba las palabras. Después de un momento, la instó a que continuara.

—¿De qué?

—Ni siquiera puedo imaginarme cómo sería —respondió Irene—. Mi inteligencia no llega a tanto. Sería un esposo horrible, exigente, exasperante y...

—Dios Santo —dijo Francesca—. Debe de haber dicho algo espantoso durante vuestra conversación. ¿Qué ha sido?

—Bueno... —comenzó Irene, y después volvió a interrumpirse, y después continuó—: Bueno, no fue tanto lo que dijo, sino cómo lo dijo. No tiene modales. Le gusta disimular su mala educación bajo la apariencia de la verdad, y parece que piensa que yo no debo ofenderme por lo que diga. ¿Sabes que me acusó de estar asustada de aceptar la invitación de lady Odelia? ¡Asustada yo!

—La verdad es que yo no puedo imaginarte asustada.

—¡Claro que no! Yo nunca he estado... Bueno, por supuesto, me he asustado algunas veces en la vida. ¿Y quién no? ¡Pero nunca he permitido que nadie se diera cuenta! Además, nunca he dejado de hacer algo por que estuviera asustada de las posibles consecuencias.

—Estoy segura de que no. Sin embargo, lord Radbourne no te conoce lo suficiente como para saber cuál es tu verdadera naturaleza.

—Exactamente. Y sin embargo, habla como si supiera lo que pienso. Lo que siento. Eso es absurdo.

—Bueno, es que no está acostumbrado a mantener conversaciones educadas. Sin duda, eso es resultado de su desafortunada crianza.

Irene soltó un resoplido.

—He conocido a mozos de cuadra con mejores modales que él. Está en su personalidad. Aunque se hubiera criado como un príncipe, seguiría comportándose como un grosero.

—Incluso así, no dudo que tendrá pocos problemas para encontrar a una mujer que esté dispuesta a soportar sus modales. No alguien como tú, claro, sino alguien que no tenga el coraje suficiente para impedir que él se la lleve por delante, ni la inteligencia suficiente como para enseñarle a que se comporte con propiedad.

—Sin duda —convino Irene.

—Ella sólo verá las ventajas de la situación, la oportunidad, y ninguno de los peligros ni de las desventajas. Y, por supuesto, algunas mujeres no pueden resistirse al atractivo de un hombre guapo. Sus rasgos son magníficos.

—Supongo —dijo Irene. Se encogió de hombros y añadió—: Si a una le gusta ese tipo de aspecto. Para mí es demasiado curtido. Es muy alto, y tiene un físico demasiado duro. Tiene los pómulos muy marcados, y la mandíbula demasiado cuadrada como para ser guapo de verdad. ¿No te parece?

Francesca asintió.

—Sí, por supuesto. Y tampoco me gustan mucho sus ojos castaños.

—No, tiene los ojos verdes —corrigió Irene—. Es un color que resulta raro, porque tiene el pelo y las cejas negras, y la piel muy morena, así que uno esperaría que también tuviera los ojos oscuros. Sin embargo, son muy verdes. No es atractivo en absoluto.

—Tienes toda la razón.

—Y lleva el pelo demasiado largo.

—Pasado de moda.

—El pelo así sólo lo llevaría un rufián, no un caballero —dijo Irene, y se detuvo a pensar durante un instante—. Y tiene una cicatriz al borde de la ceja. Eso afea sus rasgos.

—¿De verdad? Yo no me había dado cuenta.

Irene asintió y se señaló la ceja derecha.

—La tiene aquí, justo al final.

—Y no sonríe —apuntó Francesca.

Irene apartó la mirada.

—Bueno, yo lo vi sonreír una vez, y fue... hizo que tuviera un aspecto muy distinto —explicó, y después sacudió la cabeza—. Pero claro, una no puede pasarse la vida esperando una sonrisa de vez en cuando.

—No —convino Francesca—. Supongo que no, aunque sea una sonrisa muy especial.

—Sí.

—Y la belleza no es tan importante, en realidad —continuó Francesca, observando a Irene con atención—. Después de todo, es superficial elegir marido porque haga que se te acelere el pulso.

—Cierto —dijo Irene, y dejó escapar un suspiro, volviéndose a mirar los edificios de la calle por la que estaban pasando.

Después de un momento de silencio, Irene dijo:

—Lo peor de su invitación es que su tía y él fueran a mi casa a dármela. Ahora, Maura sabe que me han invitado a Radbourne Park. Se pondrá imposible si no voy. Está desesperada por que celebre mi boda y me vaya de casa, y si me niego a hacer un esfuerzo para atrapar al conde, se pondrá furiosa. Me perseguirá día y noche para que cambie de opinión. Peor aún, volverá locos a Humphrey y a mi madre, intentando conseguir su apoyo.

Francesca estudió a Irene.

—Quizá debieras ir a la fiesta —dijo. Y rápidamente, al ver

la cara de pocos amigos de Irene, continuó–: No me dispares. Sólo escúchame. Piensa en las ventajas. Podrías escapar de tu cuñada durante más de una semana. Y podrías llevar a tu madre de acompañante, porque me imagino que a ella también le vendrá bien tomarse un respiro de su nuera. A lady Wyngate le parecería que estás cumpliendo con sus deseos, así que no te perseguiría. Piénsalo: una semana de libertad, de poder hacer lo que quieras, sin discusiones...

–Si estoy cerca de lord Radbourne, seguramente habrá discusiones –señaló Irene.

–Sin discusiones con lady Wyngate –puntualizó Francesca con una sonrisa–. Y no tendrás que comprometerte con lord Radbourne sólo porque visites la finca de su familia. Sólo tendrás que volver a casa y decir que no congeniasteis.

–Pero tendría que estar con él –objetó Irene–. Y no creo que pueda estar en su compañía sin pelearme con él. Eso estropearía la fiesta. Además, me sentiría mal acudiendo a la finca con un motivo falso. Si ni siquiera estoy dispuesta a considerarlo como marido, estaría engañando a lady Pencully y a lady Radbourne. No estaría bien aceptar su hospitalidad en esas circunstancias.

–Tonterías. Por mucho que su familia quiera casarlo, no pueden pensar que todas las mujeres a las que inviten estarían dispuestas a aceptar su proposición. Por otra parte, quizá pasando unos días con él sea posible pasar más allá de su rudeza inicial. O quizá una se acostumbre a sus modales.

Irene se encogió de hombros.

–Supongo, pero estoy segura de que eso no me ocurrirá a mí. No puedo fingir que estoy dispuesta a considerar el hecho de casarme con él.

Francesca suspiró ligeramente.

—Lo siento. Habría disfrutado de tu compañía. Ahora, probablemente, me veré rodeada de jovencitas que no dejarán de reírse nerviosamente y de... lady Odelia.

Francesca hizo una mueca de temor, e Irene se rió.

—Lo siento, Francesca. De hecho, si no fuera más que pasar una semana en tu compañía, aceptaría encantada. Pero sería injusto para los Bakes, e incluso para lord Radbourne.

—¿Y si...? —Francesca se irguió en el asiento y le puso la mano en el brazo a Irene—. ¿Y si no fueras con el pretexto de sopesar un posible matrimonio con el conde?

—Entonces, ¿cuál sería el motivo para invitarme?

—Para ayudarme —respondió Francesca con una expresión triunfante—. Yo les explicaría que tú has dejado claro que no tienes intención de casarte con lord Radbourne, aunque lo explicaría en un sentido más general que el de tu intenso desagrado por él. Pero verás, lady Odelia desea que yo vaya a la finca con una semana de antelación a la fecha de la fiesta, para que ayude a lord Radbourne a resultarle más aceptable a una dama.

—¿Y cómo piensas conseguirlo? —preguntó Irene.

—Por supuesto, sé que no puedo cambiarle el carácter, pero creo que hay cosas que pueden hacerse para que él le resulte más atractivo a una joven con menos discernimiento que tú.

—Menos crítica, querrás decir.

—Lady Odelia dice que baila mal. Podemos practicar con él para que mejore. Podemos enseñarle etiqueta, y las normas de la conversación social... cosas por el estilo.

—Bueno, ciertamente, necesita instrucción en ese sentido —dijo Irene—. Aunque algunas personas te dirían que yo no soy un buen ejemplo de esa cualidad.

—Ah, pero yo sí, y tú me ayudarás alabando con franqueza sus avances y su progreso. Además, habrá que decirle lo que hace mal, y yo puedo apoyarme en ti para que lo hagas, ¿no?

Al decirlo, Francesca sonrió irónicamente a Irene, e Irene le devolvió la sonrisa.

—Sí, puedes apoyarte en mí para eso. Estaría encantada de informar a lord Radbourne de las cosas que hace mal.

—Pues ahí lo tienes. ¿Te das cuenta de lo bien que trabajamos juntas? Creo que serías una gran ayuda para mí en el empeño de mejorar a su señoría. Sé que tendrás que pasar bastante tiempo en su compañía, pero eso no será tan malo una vez que sepa que no tienes intención de casarte con él. Yo se lo diré con claridad, y también a lady Odelia, y le pediré que no intente persuadirte de que cambies de opinión.

Irene titubeó. La idea le resultaba tentadora. Quizá fuera la idea de señalarle al irritante conde sus innumerables defectos. O quizá fuera la idea de poder escapar de su cuñada, y de todos los planes para el nacimiento del bebé, durante dos semanas. O la idea de estar unos días con Francesca, a la que estaba tomando mucha simpatía. Irene no estaba segura de cuál era el motivo, pero notaba que iba animándose ante la perspectiva de ir a Radbourne Park.

—No estoy segura —dijo lentamente—. Suena razonable, pero no estoy segura de que lord Radbourne sea el tipo de hombre que acepte una negativa.

Francesca se encogió de hombros.

—Oh, quizá se aferre a la idea de que puede convencerte para que cambies de idea, pero no creo que use ninguna fuerza. No creo que sea malo, sólo... inelegante.

—¡No! Oh, no —dijo Irene rápidamente—. No es malo.

Sólo obstinado. Y demasiado seguro de sí mismo. Ésas no son malas cualidades.

—Y tú, estoy segura, serás capaz de resistir sus intentos de persuasión.

—Claro que sí —dijo Irene—. Yo soy capaz de contraponer mi obstinación a la de cualquiera.

—No tengo duda alguna. Además, cuando las otras mujeres hayan llegado, ya no tendrás que estar demasiado tiempo con él. Sin duda, lord Radbourne pasará muchos momentos hablando con ellas, y ellas estarán ansiosas por llamar su atención.

—Supongo que sí —dijo Irene, pero su sonrisa vaciló un poco.

—Yo deseo que te conviertas en mi ayudante. Así escaparías de tu cuñada, y además, podrías traer a tu madre.

—Mamá lo pasaría muy bien, estoy segura —musitó Irene pensativamente.

—Claro que sí. Tanto lady Pencully como lady Radbourne estarán allí, y aunque ellas son mayores que lady Claire, creo que lo pasarán bien juntas. Lady Odelia puede ser muy divertida. Y sería una gran ayuda para mí.

—¿De veras? —preguntó Irene, mirando a Francesca con toda atención.

—Oh, sí. De veras —respondió Francesca con sinceridad—. Creo que las dos juntas conseguiríamos aumentar mucho las posibilidades de casarse que tiene lord Radbourne.

—Eso es cierto. Aunque yo me niego a intentar influenciar a ninguna joven para que acepte su cortejo. En conciencia, no puedo recomendárselo a nadie, y menos a una muchacha joven y vulnerable.

—¡Oh, no! Yo no te sugeriría semejante cosa. Lo último que necesita es una esposa de carácter débil. Ella debe ser fuerte, capaz de tratar con él y con su familia. De todos modos, estaría muy mal intentar convencer a alguien en contra de su voluntad. Pero proporcionarle a lord Radbourne la oportunidad de que se granjee el cariño de alguna muchacha es otra cosa.

—Eso lo veo poco probable —dijo Irene con escepticismo.

—Quizá no, pero merece la pena intentarlo. No puedo evitar sentir un poco de lástima por ese hombre, después de las cosas tan terribles que le han sucedido con los años. Lo separaron de su familia y se vio obligado a vivir en la pobreza. Es un milagro que sobreviviera, y más que recuperara su título y su herencia. Por supuesto, eso no puede compensarle de haber crecido sin conocer a su padre ni a su madre. Le han robado una parte muy importante de su vida.

Irene sintió una punzada de simpatía.

—Tienes razón. Debe de haber sido muy duro. Sin duda, hago mal en ser tan crítica con su educación. Debería intentar ver más allá. Después de todo, su forma de comportarse se debe a motivos que están fuera de su control.

—Cierto. Así que, ¿vendrás conmigo a Radbourne Park? Me harías un gran favor.

Irene la miró y sonrió.

—Sí. Creo que iré. Me gustará ayudarte, siempre y cuando lord Radbourne sepa con claridad que no soy una de las muchachas que va a competir por el honor de convertirse en su esposa.

—Por supuesto —dijo rápidamente Francesca—. Yo se lo explicaré perfectamente a lady Odelia y a él.

La sonrisa de Irene se hizo más ancha.

—Entonces, muy bien. Trato hecho.

El carruaje había llegado a las puertas de casa de Irene, y se detuvo. Francesca y ella se despidieron después de convenir que se verían de nuevo para hacer los planes del viaje, después de que Francesca hubiera visitado a lady Odelia y le hubiera explicado lo que habían decidido. Entonces, Irene bajó del coche y se despidió agitando la mano alegremente.

Francesca la observó mientras se alejaba, mientras la cabeza se le llenaba de planes. Le había dicho la verdad a Irene: aclararía a todos los involucrados que Irene no tenía intención de casarse con lord Radbourne.

Sin embargo, eso no sería el fin de la cuestión. Su señoría no era de los que aceptaban fácilmente una derrota. Y teniendo en cuenta la detallada descripción que Irene había hecho del hombre al que decía tener tanta inquina, Francesca pensaba que Irene no era consciente de cómo funcionaba en realidad su corazón.

Francesca no iba a presionar a Irene para que se casara con aquel hombre, pero eso no significaba que no fuera a proporcionarle a la joven muchas oportunidades para que cambiara de opinión.

Le dio a su cochero la indicación de que la llevara a casa. Era hora de ponerse a trabajar.

CAPÍTULO 7

El antiguo y pesado carruaje recorría el camino, trasladando a las tres mujeres hacia la población de Wooton Beck. Era un pueblo tranquilo y pequeño, con un parque, una iglesia de piedra muy sencilla y filas de tiendas y casas que se extendían por la ladera de una colina. Sin embargo, para las ocupantes del carruaje era un pueblo importante, porque un kilómetro y medio más allá de aquél se encontraba la finca de la familia Bankes.

Lady Odelia había proporcionado a Francesca, Irene y lady Claire su propio vehículo para realizar el viaje. Aunque tenía muchos años, era robusto y lujoso. Y la dama no había ahorrado esfuerzos para hacerles más cómodo el trayecto. Había una cesta con comida y bebida por si tenían sed o hambre, y mantas con las que abrigarse si sentían frío.

Irene miró a su madre, que estaba durmiendo. Aunque faltaban pocos minutos para llegar a la finca, Irene no quiso despertarla aún. Entre la emoción de la visita y el trabajo de prepararlo todo para su estancia, lady Claire no había dormido apenas en diez días.

En opinión de Irene, no hubieran sido necesarios tantos preparativos como los que se habían llevado a cabo. Primero había surgido la necesidad de comprar trajes nuevos para Irene. Ella había protestado, argumentando que tenía mucha ropa, pero su madre y, sorprendentemente, su cuñada, habían convenido en que no podía ir a una fiesta a la finca de sus anfitriones sin, al menos, dos o tres vestidos nuevos.

—Necesitas un vestido de fiesta, uno que no te hayan visto una vez tras otra durante esta temporada —insistió lady Maura. Su interés se había desviado momentáneamente de los planes para el nacimiento de su bebé—. Y también unos cuantos vestidos de día, ¿no crees, Claire? No podemos permitir que Irene vaya arreglada con poco estilo a Radbourne Park.

Irene se había quedado tan asombrada con el gesto generoso de su cuñada que había accedido a visitar a la modista, y Humphrey se había sentido tan contento al ver a su pequeña familia en armonía que había abierto el monedero y le había dado a lady Maura permiso para hacer todas las compras.

Por supuesto, Irene sabía que la buena voluntad de su cuñada se debía a que estaba ansiosa por librarse de ella mediante un matrimonio, pero de todos modos, había sido agradable salir con Maura sin discutir. Francesca, al enterarse de sus planes, había decidido acompañarlas, e Irene se había visto comprando vestidos más suaves y atractivos de los que llevaba normalmente.

Habían elegido un vestido de baile en satén color dorado con unas zapatillas a juego, además de un chal y lazos y flores para el pelo. Después habían comprado un vestido de viaje gris con ribetes negros, un traje de caza verde y dos vestidos de día de muselina, además de los accesorios necesarios para complementar la ropa.

Al terminar la jornada de compras, lady Haughston se había ofrecido para ir a casa de lady Wyngate y repasar el guardarropa de Irene para seleccionar el resto de la ropa que llevaría al viaje. Al día siguiente, Francesca había acudido a su cita acompañada de Maisie, su doncella, que era una maga de la aguja. Casi antes de que Irene se diera cuenta, con un volante allá y un lazo allí, un escote reducido, unas mangas alargadas o acortadas, un poco de encaje o una cinta de satén, sus vestidos se habían transformado en ropa mucho más favorecedora y moderna.

Irene había protestado débilmente ante aquella forma de alterar su vestuario, pero el resultado había sido tan atractivo que no quiso pedir que sus vestidos recuperaran su aspecto inicial. ¿Qué importancia tenía que su ropa no fuera tan severa como de costumbre? Después de todo, ella le había dejado bien claro a lord Radbourne que no estaba interesada en convertirse en su esposa, y de todos modos, claramente él era un hombre de los que elegirían a su futura mujer por motivos prácticos, y no por su apariencia. No importaría que Irene estuviera bella o no. No necesitaba evitar su cortejo.

Durante aquellos días de preparativos, sin embargo, se había sentido contenta por el hecho de emprender aquel viaje, y finalmente, el día anterior, al ver como se cargaban todos sus baúles en el coche en el que las seguirían la doncella y el cochero de lady Haughston, el entusiasmo se había adueñado de ella.

Se marchaba de Londres, y cambiaba el opresivo ambiente de su círculo social por la libertad del campo. Su madre y ella se verían libres durante semanas del antagonismo de lady Maura. Y su madre florecería cuando estuviera lejos de las garras de su nuera. Sólo aquello valía para que Irene se sintiera muy alegre de haber accedido a acompañar a Francesca a Radbourne Park.

Y en aquel momento, mientras se acercaban a su destino, notó una gran impaciencia. Apartaba la cortina de la ventana del coche de vez en cuando con la esperanza de ver aparecer Radbourne Park, pero no veía nada, salvo el alto seto que flanqueaba la estrecha vía por la que avanzaban. El carruaje salió de aquel camino y tomó un sendero más estrecho y menos frecuentado, e Irene volvió a apartar la cortina y miró fuera, pensando que habrían tomado la carretera de entrada a la casa.

Pasaron por delante de una casita, pero después entraron en una zona boscosa y se vieron rodeados por altos árboles, cuyas ramas se doblaban hacia el carruaje. Cruzaron un puente de piedra que salvaba un riachuelo y después, tras un momento, el carruaje salió de entre los árboles.

Irene sacó la cabeza por la ventanilla para ver por primera vez la casa. Ante ella había una gran extensión de césped que ascendía suavemente, dividida en dos por el camino hacia la casa. La residencia se erguía en el punto más alto de la colina, sola en su esplendor, sin árboles ni matorrales que suavizaran sus líneas.

Irene se quedó sin aliento.

—Oh, vaya.

No era la casa más grande que hubiera visto, pero quizá sí fuera la más imponente.

La parte central de la mansión era cuadrada, a la manera de una torre defensiva, con cuatro pisos de altura y, en cada extremo, una torre circular que se alzaba dos pisos más en el aire. El resto de la casa se extendía a ambos lados, pero la edificación tenía una altura más normal de dos pisos. Toda la casa estaba construida de ladrillo rojizo, y la ornamentación superior de las torres era de terracota. El sol pálido del otoño, al atardecer, arrancaba destellos de las ventanas con parteluces y hacía aún más majestuosa la apariencia de la casa.

Tanto la madre de Irene, que acababa de despertar, como Francesca, se inclinaron para mirar también por la ventana, y lady Claire emitió una suave exclamación admirativa.

—Vaya —comentó Francesca secamente—. Es evidente que la familia Bankes tiene un alto concepto de sí misma.

—Es... bueno, no sé qué palabra utilizar —comentó Irene—. No es lo que yo llamaría una edificación bella, pero es espléndida. Y tiene cierto encanto.

—A mí me parece el típico lugar que tiene uno o dos esqueletos en el sótano. O quizá un tío loco encerrado en la buhardilla —dijo Francesca.

Irene se rió.

—No, a mí me parece una casa que habría podido construir un corsario de la reina Isabel para vivir. ¿No os parece que tiene el aspecto de pertenecer a un aventurero?

—Mmm... supongo que sí —dijo Francesca, y le lanzó una mirada burlona—. Irene, me has engañado. Creo que tienes algo de romántica.

Irene se sonrojó un poco y volvió a apoyarse en el respaldo del asiento.

—Tonterías. Sólo porque vea el encanto de algo no tengo por qué sucumbir a él.

Francesca se quedó en silencio, sonriendo para sí. A los pocos instantes el coche se detuvo ante la entrada principal de la casa. La puerta se abrió y un hombre circunspecto, vestido con un traje negro, bajó las escaleras seguido de dos lacayos. Irene dedujo que se trataba del mayordomo.

Él esperó hasta que el coche hubo parado por completo. Entonces abrió la portezuela y les hizo una reverencia a las damas.

—Por favor, permítanme que les dé la bienvenida a Radbourne Park, señoras. Espero que su viaje haya sido agradable.

—Sí, ha sido agradable, gracias —respondió amablemente Francesca mientras descendía al suelo.

Irene y su madre siguieron a Francesca. Las tres dedicaron un momento a admirar la casa desde aquel punto. El mayordomo sonrió con orgullo.

—La torre defensiva fue construida por el primer conde de Radbourn —les dijo—. Por supuesto, había una edificación más antigua, un buen ejemplo de la construcción normanda, pero ha estado desocupada desde el reinado de Enrique VIII, cuando el primer conde construyó su obra maestra. Su intención era rivalizar con la misma corte de Hampton, pero, por desgracia, lord Radbourne murió antes de poder edificar algo más que la torre de defensa. El segundo conde no compartía la visión arquitectónica de su padre y se limitó a añadir las demás alas a la torre principal.

—¿Hay algo en las torres? —preguntó Irene.

—Sólo escaleras de caracol, milady, y, por supuesto, una magnífica vista desde el punto más alto, si uno tiene ganas de subir tantos peldaños.

—A mí me gustaría verla —dijo Irene.

—Entonces tendrás que encontrar una compañera más joven que yo —dijo su madre—. Creo que me contentaré con ver los pisos bajos.

—Hay mucho que ver en toda la casa, milady —le aseguró el mayordomo—. Me llamo Horroughs. Por favor, avísenme si necesitan algo. Y ahora, si me lo permiten, lady Pencully y la condesa viuda están esperando.

Mientras los criados descargaban el carruaje, las tres mujeres siguieron al mayordomo hasta la casa. Entraron en el vestíbulo y de allí a un salón grande y bien decorado. Había tres mujeres sentadas en la sala, y se volvieron cuando entró el grupo de viajeras.

–¡Aquí están! –dijo una de las mujeres que esperaban, una señora mayor con el pelo gris y una cofia negra con encaje.

La mujer llevaba un vestido de seda de color morado oscuro, de falda muy amplia y pasada de moda y un cuerpo rígido. Era una mujer grande y tenía la voz fuerte y resonante. Se levantó del sofá y se acercó a ellas con poder y majestuosidad. Irene se dio cuenta de que era lady Odelia Pencully.

La mujer que estaba sentada a su lado era de edad parecida, pero lo contrario a ella en aspecto y estilo. Tenía el pelo blanco y suavemente ondulado, y llevaba un vestido negro de estilo moderno con la cintura alta. Era muy delgada, frágil, y de menos estatura que lady Odelia. Tenía una actitud vacilante, decaída. Se puso en pie y se acercó a ellas con una sonrisa tímida.

–Hola, Francesca –dijo lady Odelia–. No tienes mal aspecto después del viaje –añadió, y se volvió hacia la mujer frágil, que se había colocado a su lado–. ¿Ves, Pansy? Te dije que harían muy buen viaje. No todo el mundo es tan mala viajera como tú.

–No, claro que no, Odelia –dijo la otra mujer con una sonrisa, asintiendo.

Tenía una voz tan ligera como el resto de su persona, y aunque su sonrisa era amistosa y tenía una mirada de bondad, había una cierta vaguedad en su expresión, como si no estuviera completamente conectada a las demás personas de la habitación.

Francesca les presentó a Irene y a lady Claire a las dos hermanas; lady Radbourne le tomó la mano a Irene.

—Estoy muy contenta de conoceros —le dijo, sonriéndole—. Seremos buenas amigas, estoy segura.

—Gracias, lady Radbourne. Sois muy amable.

Irene no estaba segura de por qué lady Radbourne tenía deseos de ser su amiga. Pensó que aquélla sería la forma de ser de la dama, y esperaba que su hermana no la hubiera hecho creer que Irene había ido allí a aceptar la proposición de su nieto.

Miró a Francesca, pero su amiga se limitó a encogerse de hombros. En aquel momento, la tercera mujer que había en la sala llamó la atención de Irene. Se había puesto en pie y caminaba hacia ellas.

La mujer era rubia y guapa, con la piel blanca y los ojos grandes y muy azules. Tenía una figura voluptuosa. Llevaba un vestido negro y blanco de alivio de luto.

—¿Cómo están? —dijo a modo de saludo, mirando con frialdad a Francesca, Irene y lady Claire—. Soy la condesa de Radbourne.

—Es la viuda de mi hijo Cecil —explicó Pansy, con los ojos llenos de tristeza—. Nos dejó hace un año.

—Bienvenidas a Radbourne Park —dijo la joven lady Radbourne, haciendo caso omiso de Pansy y de sus palabras.

Irene observó a la mujer con intriga. La viuda del difunto conde era sólo un poco mayor que Irene y Francesca, y no parecía especialmente afable. Irene tuvo la impresión de que no tenía ganas de conocerlas. Sin embargo, no sabía si su antipatía sería por Francesca y por ella o si sentiría rechazo por toda aquella mujer que acudiera a la finca para convertirse en la condesa de Radbourne.

—Sin duda, querrán tomar algo caliente después del viaje —dijo lady Odelia—. Avisaré para que traigan el té.

Entonces, se acercó a tirar de la campanilla para llamar al servicio.

—Quizá nuestras invitadas prefieran subir a sus habitaciones —dijo la joven condesa—. Estoy segura de que han tenido un viaje fatigoso.

Odelia se volvió con el ceño fruncido.

—Querrán saludar a Gideon.

La condesa alzó la barbilla con desdén.

—Como si él tuviera modales como para venir a saludar.

Lady Odelia se irguió y alcanzó una estatura formidable.

—Disculpa, Teresa —le dijo en un tono firme como el hierro—. Estoy segura de que mi sobrino se ha visto retrasado por algún asunto de la finca, porque me doy cuenta de que Radbourne Park tiene un estado deplorable que viene de estos últimos años.

Lady Teresa le lanzó una mirada venenosa a lady Odelia, pero claramente no tuvo el coraje de enfrentarse a ella.

—Mi marido no se sentía bien durante los últimos meses de su vida. Y yo... bueno, hice todo lo que pude, pero me temo que no tengo cabeza para los negocios, no como otros.

Irene sospechó que aquel último comentario iba dirigido al conde, que había amasado una fortuna antes de que su familia lo encontrara. Irene sabía que su inteligencia para los negocios se consideraba uno de los muchos defectos que afectaban a su reputación. Después de todo, los aristócratas estaban por encima de los asuntos de dinero.

Sin embargo, en opinión de Irene, la ignorancia y la incompetencia no eran causa de orgullo, y era incluso peor cuando aquella ignorancia provocaba falta de dinero. Ella había vivido durante mucho tiempo con una economía difícil debido a las extravagancias de su padre como para que la pobreza digna le pareciera aceptable. Y el hecho era que, pese a las circunstancias de su vida, Gideon Bankes se las había arreglado no sólo para sobrevivir, sino también para prosperar, y aquello era admirable.

Claramente, la condesa no tenía la misma opinión. De hecho, Irene se daba cuenta de que lady Teresa aborrecía al nuevo conde. Era comprensible, porque si Gideon no hubiera aparecido, el hijo de Teresa y el conde difunto habría heredado el título y el patrimonio.

Irene supuso que cualquier madre lamentaría una pérdida así, aunque sospechaba que, por la actitud orgullosa de la mujer, lady Teresa también lamentaba su propia pérdida de importancia en la casa al dejar de ser la madre de un futuro conde. Y como lord Radbourne tenía planeado casarse pronto, el lugar de Teresa sería completamente usurpado muy pronto.

Cosa nada sorprendente, lady Odelia se salió con la suya y todas terminaron tomando el té. Hablaron del viaje con la dama durante un rato, y después de que la merienda hubiera terminado, lady Odelia permitió que se les mostraran sus habitaciones a las recién llegadas, aunque lord Radbourne aún no hubiera aparecido.

La habitación de Irene era cómoda y tenía preciosas vistas al jardín. Más allá divisaba el bosquecillo y sus altos árboles, y también el riachuelo que corría por la finca. Aquel lugar sería idóneo para dar largos paseos vespertinos, pensó, algo que echaba de menos en Londres.

El coche con la mayor parte del equipaje no había llegado aún, así que tendría que ponerse algo que hubiera llevado en una de las bolsas más pequeñas, que habían sido transportadas en el techo de su carruaje. Pensó que el vestido de noche azul que tenía en una de aquellas bolsas valdría para la velada.

Una de las doncellas llamó a la puerta de la habitación para ayudar a Irene a deshacer las bolsas y prepararse para la cena. Como Irene estaba demasiado impaciente como para poder descansar un rato, prefirió arreglarse directamente, y pronto estuvo bañada y vestida. Despidió a la doncella para comenzar a hacerse el severo moño que llevaba de costumbre.

Sin embargo, acababa de empezar cuando Maisie, la doncella de Francesca, entró como un torbellino.

—¡No, milady, no!

Maisie la miró con horror.

—Debe dejarme que la peine yo. Me prometió que me dejaría probar el peinado que tengo en mente.

—Pero tienes que ayudar a lady Haughston —protestó Irene.

—Oh, no, todavía no. Lady Haughston nunca comienza a vestirse para la cena tan temprano —le dijo Maisie, mientras con mano experta iba separando mechones de pelo de la melena de Irene y recogiéndoselos con horquillas—. Primero la peinaré a usted, y después tendré tiempo suficiente para ayudar a lady Haughston.

Un poco después, cuando Maisie terminó y dio un paso atrás, Irene se quedó asombrada mirándose al espejo.

—Oh, vaya.

El peinado que le había hecho la doncella era muy distinto al moño tirante que ella solía llevar. Aunque lo llevaba firmemente sujeto con las horquillas, parecía suelto y suave, como si fuera a quedar libre en cualquier momento.

Irene se encontró guapa, y sonrió a Maisie en el espejo, asintiendo.

La doncella se marchó a atender a Francesca, e Irene se quedó sola unos instantes más, mirándose al espejo. No pudo evitar sonreír. Estaba más guapa de lo normal, menos rígida y distante. Intentó recuperar su antigua expresión, pero no consiguió que su rostro adoptara aquellas líneas severas.

Se puso en pie y se acercó a la ventana para mirar el jardín, pero había oscurecido y no veía nada. Se preguntó cómo iba a pasar la hora que quedaba hasta la cena, y decidió bajar a la galería que había visto desde el vestíbulo al llegar. Había cuadros y algunas esculturas, y mirando las obras de arte podría ocupar el tiempo.

Tomó un chal negro y se envolvió en él. Salió de la habitación y caminó silenciosamente, porque no deseaba compañía. Bajó rápidamente las escaleras y, acababa de llegar a la entrada de la galería, cuando oyó la voz de un hombre.

—Lady Irene. No estaréis huyendo ya, ¿verdad?

A ella se le encogió el estómago, porque había reconocido aquella voz incluso antes de verlo. Se dio la vuelta.

—Lord Radbourne.

CAPÍTULO 8

Gideon también estaba arreglado para la cena. Con su pelo negro un poco largo y su rostro anguloso, estaba un poco fuera de lugar, vestido con el traje formal negro y una camisa impecablemente blanca y almidonada. En la corbata llevaba prendido un broche de rubí.

–Habéis bajado muy temprano para la cena –comentó él, acercándose. Aquel comentario era ligero, pero, al mismo tiempo, la recorrió de pies a cabeza con una mirada que a Irene le hizo hervir la sangre.

–Como vos –replicó ella fríamente, mirándolo a los ojos.

Sentía la misma curiosa combinación de nervios y calor que nunca experimentaba cuando veía a cualquier otra persona. Era una sensación que no quería dejar entrever.

–¿Por qué no damos un paseo por la galería mientras esperamos? –le sugirió Gideon.

Ella asintió y se volvió hacia la galería, aunque no tomó el brazo que él le había ofrecido. El corredor estaba iluminado con apliques que había por toda la pared, cuya luz temblorosa se reflejaba en los cristales de las enormes ventanas. Por doquier había retratos de hombres y mujeres que, según Irene pudo deducir, eran antepasados de los Bankes. También había escenas rurales y de animales. Y esculturas, jarrones, muebles y bancos donde poder sentarse para admirar las obras.

Después de que hubieran pasado frente a varios ancestros, llegaron a una gran pintura de un caballo.

—¡Es el mejor cuadro de todos! —exclamó Irene suavemente.

Él sonrió.

—Sí, ¿verdad? Mucho mejor que el de su dueño —dijo Gideon, y le señaló el retrato de un hombre que estaba junto al del caballo. Después señaló también el cuadro de una mujer—. O que el de su esposa. Pero por lo que he sabido, el tercer conde de Radbourne le tenía más afecto a su caballo que a su condesa.

Irene no pudo evitar sonreír, pero rápidamente consiguió borrar la sonrisa de sus labios.

—Sospecho que hay mucha gente que podría decir eso.

—No tenéis muy buen concepto del matrimonio, lady Irene.

Ella no respondió. Se limitó a proseguir el paseo por el corredor.

—¿O debería decir que es de mí de quien tenéis un mal concepto, y no del matrimonio?

Irene se encogió de hombros.

—Estoy segura de que yo no tengo control sobre lo que vos decís.

Continuaron en silencio durante unos minutos más, y después, lord Radbourne comenzó de nuevo.

—Estáis disgustada conmigo de nuevo, por lo que veo.

—¿Por qué iba a estarlo? Aún no os había visto.

—Ya entiendo. Os ha desagradado que no estuviera aquí

para recibiros cuando habéis llegado. Mi tía abuela ya me ha reprendido por ello.

—¿No estabais? —preguntó Irene, intentando aparentar desinterés—. No me había dado cuenta.

—¿De veras? —murmuró él, sonriendo una vez más.

Era una sonrisa muy bonita, pensó Irene. A ella se le había olvidado cómo le iluminaba los ojos. Debería sonreír más a menudo, porque resultaba difícil para una persona seguir enfadada con él.

—Fue muy maleducado por vuestra parte hacer caso omiso de vuestras invitadas.

—Es exactamente el tipo de comportamiento que vos habéis venido a pulir.

—Lord Radbourne, no hay abrillantador suficiente en todo el mundo para pulir vuestra rudeza.

A él no pareció ofenderle demasiado el comentario, porque siguió sonriendo.

—¿De veras? ¿Sabéis, lady Irene? Hay gente que puede decir que vos tampoco sois de lo más cortés.

Ella abrió la boca para discutírselo, pero se detuvo y soltó una carcajada.

—Bueno, en eso quizá tengáis razón —dijo—. Quizá debamos empezar de nuevo. Después de todo, los dos vamos a trabajar para conseguir el mismo objetivo, ¿no? Conseguir que os caséis con la dama apropiada.

Él se encogió de hombros.

—Creo que ése es el objetivo de mis familiares, más que el mío.

Irene lo miró con cierta sorpresa.

—Entonces, ¿estoy equivocada y vos no tenéis ningún interés en el asunto? ¿No deseáis casaros?

—Sé que debo hacerlo en algún momento, y supongo que ésta es tan buena ocasión como cualquier otra; pero no estoy ansioso por convertirme en esposo y padre, no.

Continuaron el paseo por el corredor, aunque Irene, sin darse cuenta, estaba observando tanto a su acompañante como a las obras de arte.

—Pensaba que teníais más interés en conseguir una prometida.

—No estoy seguro de si tengo interés. Estoy dispuesto a casarme con una mujer de la clase de mi familia. Pero no es muy apetecible el pensar en vincularme con una mujer que se pasará el resto de la vida mirándome con superioridad, intentando cambiarme el acento, la forma de vestir, la... ordinariez. ¿Quién desearía tener una compañía así en la vida? ¿Vos?

—No. Por eso me niego a casarme.

—Pero ningún aristócrata os consideraría por debajo de él.

—Lord Radbourne, no entendéis. Las esposas son consideradas inferiores por todos los hombres.

Él se detuvo y la miró con asombro.

—¿Eso es lo que creéis?

—Sí. Sucede en todas las cosas esenciales de la vida matrimonial. Un marido toma las decisiones en nombre de su esposa. Le concede una asignación económica para que gaste en sus tonterías. Le dice lo que tiene que hacer. ¿Es ése el comportamiento de un hombre hacia sus iguales?

Él frunció el ceño.

—Bueno, no, pero...

Irene le lanzó una mirada desafiante.

—¿Pero qué?

—Pero no puedo imaginarme a un marido que se atreva a tomar decisiones por vos.

—Tengo intención de que eso no suceda. Sólo me pregunto si un hombre como vos estaría dispuesto a aceptar a la esposa que acabáis de describir.

—No tengo duda de que seré capaz de cuidar de mí mismo en un arreglo semejante. Y si tengo suerte, quizá encuentre a una mujer mucho más... interesante que las muchachas a las que ya he conocido. Porque, al final, el matrimonio es algo que me hará mucho más aceptable ante mi familia.

Torció los labios al decir aquello, y durante un instante, Irene percibió cierta tristeza en sus ojos.

—Parece que sentís cierta amargura hacia vuestros familiares.

—¿Y cómo iba a sentirme? Dicen que la sangre es muy importante para ellos, pero yo no lo veo. No se alegran de haber recuperado a un miembro de su familia, sangre de su sangre. Lo que les importa es que soy el heredero. No sienten nada por mí; su única preocupación es que mis modales deficientes no los pongan en ridículo, así que quieren casarme para disminuir su vergüenza.

Irene tuvo que bajar la mirada. Era difícil contradecir sus argumentos.

—Yo me crié en el este de Londres —prosiguió sin emoción—. Creía que era huérfano. No tenía ningún recuerdo de este lugar ni de mis padres, salvo quizá el de una mujer abrazándome. No recuerdo nada de su aspecto, sólo un suave olor a lilas. Mi primer recuerdo de verdad es el del hambre. Siempre tenía hambre. Le pertenecía a un hombre que dirigía a una banda de rateros. Yo le resultaba útil para entrar en lugares estrechos y después abrir una ventana o una puerta para mis cómplices. Era muy hábil robando carteras, y era rápido, así que tenía valor para él. De lo contrario, me habría echado a la calle, al frío. Pero me daba comida, aunque nunca suficiente, y me proporcionaba un techo bajo el que cobijarme. No fui a la escuela. Tuve que aprender a leer y a sumar y restar por mí mismo.

Irene tenía el corazón encogido.

—Lo siento.

—No os estoy pidiendo compasión. Sólo cuento cómo fue mi vida. Ése era mi mundo. Y entonces, un día, Rochford apareció y me dijo que yo era lord Radbourne y que mi familia quería recuperarme. ¿Qué se supone que debo sentir por ellos? Son extraños para mí. Extraños cuyo único interés es que yo no manche el nombre de la familia. Son nobles, el tipo de personas arrogantes, inútiles y frías que yo siempre he despreciado. Miembros del más alto círculo social.

Irene sintió todo el dolor que subyacía bajo sus palabras. Dio un paso hacia él y posó la mano en su brazo.

—Pero son miembros de vuestra misma clase —le recordó suavemente.

Él la miró.

—En mi corazón no.

Gideon le cubrió la mano con la suya, y hubo algo que brilló entre ellos, frágil, cálido y ligero, algo que los conectó. Fue un sentimiento extraño que ella nunca había experimentado, diferente del deseo que la había derretido las otras veces que habían estado juntos, pero vinculado a él.

Ella alzó la cabeza y miró a Gideon a los ojos, y él inclinó la cara hacia ella, mirándola con intensidad. Irene no podía hablar. Se había quedado atrapada en una red que no podía reconocer.

Mientras se miraban, Irene oyó una voz femenina, y rápidamente se retiró de Gideon unos cuantos pasos, ruborizándose. ¿Por qué respondía a aquel hombre de una manera tan anormal? Nunca le había resultado difícil guardar distancia de un hombre.

Ella se giró ligeramente para disimular su azoramiento y le dijo:

—Aunque os disguste la nobleza, ellos son vuestra familia.

Él también dio un paso atrás, y todo el calor que había tenido su mirada se disipó al instante.

—¿Una familia que nunca intentó recuperar a un niño de su sangre? Supongo que mi madre no tuvo la culpa, porque seguramente fue asesinada cuando nos secuestraron. Pero, ¿y los demás? ¿Y mi padre?

—No podéis culparlo por no haberos rescatado —protestó Irene—. Vuestra familia no sabía dónde estabais, ni qué os había ocurrido. No sabían quién os había secuestrado. Creían que estabais muerto.

—Aunque un padre crea que su hijo ha muerto, ¿no creéis vos que lo buscaría?

—Pero él os buscó, ¿no es así?

—Eso me han dicho —respondió Gideon, encogiéndose de hombros.

—¿Y por qué lo dudáis? ¿Pensáis que vuestro padre era malvado sólo porque pertenecía a la clase social a la que desdeñáis?

—Cuando Rochford se propuso encontrarme, fue sólo cuestión de meses que lo consiguiera. Y recordad que habían pasado más de veinticinco años desde que fui secuestrado. Si fue posible entonces, cuando el rastro estaba tan frío, ¿por qué no fue posible encontrarme justo después del secuestro?

Irene se quedó mirándolo, asombrada al oír aquel argumento.

Gideon le ofreció el brazo, y ella lo tomó. El cerebro de Irene trabajaba febrilmente mientras volvían a la antesala donde todo el mundo se estaba reuniendo para la cena.

Cuando llegaron al pequeño salón, encontraron a lady Odelia y a su hermana Pansy sentadas en un sofá, conversando. No eran muchos para la cena; aparte de las dos hermanas y los otros miembros de la familia a quienes Irene ya había conocido, había un párroco, identificable por su alzacuello, y una mujer regordeta y maternal que Irene tomó por su esposa. Había también un hombre mayor, alto y de pelo oscuro, que estaba solo junto a la ventana.

Lady Odelia interrumpió su conversación lo suficiente como para presentar a Irene a los nuevos invitados. Irene había identificado bien al vicario y a su esposa, que se apellidaban Longley. El otro caballero era el hijo menor de Pansy, lord Jasper.

El tío de Gideon, pensó Irene, observándolo mientras él se inclinaba sobre su mano. Ella percibió el parecido familiar. Jasper tenía el mismo pelo negro y espeso, aunque plateado en las sienes. Sus rasgos eran muy similares. Él era más delgado y menos musculoso que Gideon, y tenía un refinamiento del que su sobrino carecía. Era algo indefinible que lo definía como salido de Eton y de Oxford, un miembro de la élite.

Su actitud era un poco distante, y aunque charló amablemente con Irene, a ella le pareció claro que no tenía interés en sus respuestas.

Jasper miró a Gideon una o dos veces, pero le habló poco. Ella se preguntaba cómo se sentiría su tío por la vuelta de Gideon a la familia. Hasta que Gideon había vuelto a aparecer, aquel hombre habría sido el siguiente en la línea de herencia al hijo de la condesa, y según la costumbre, como era el pariente masculino más cercano al niño, seguramente habría sido el guardián de sus activos.

La llegada de Gideon habría relegado a Jasper a un papel mucho menos importante. Aunque Jasper no había mostrado animadversión hacia Gideon, como Teresa, Irene no pudo evitar pensar que Gideon había recibido una acogida verdaderamente fría al volver a casa.

No era raro que se sintiera rechazado por su familia. Su tío parecía azorado en su presencia, la viuda de su padre lo detestaba, y claramente todos pensaban que era una causa de vergüenza que debía taparse con un matrimonio. Aunque no quería, Irene sintió lástima por Gideon.

La llegada de Francesca la sacó de su ensimismamiento. Lady Haughston fue la última en unirse al grupo, y poco después de que hubiera llegado a la sala, entraron al comedor a cenar.

El ambiente de la comida fue tirante. Las palabras no fluían con facilidad. Lady Odelia, que normalmente dominaba las conversaciones, estaba más interesada en comer que en hablar. No parecía que Pansy fuera capaz de decir algo sin mirar antes a Odelia y a Teresa, y ni lord Radbourne ni su tío contribuyeron a la conversación. Ni siquiera las amplias habilidades sociales de Francesca fueron suficientes para mantener una charla agradable en la mesa, aunque ella, ayudada por lady Claire, luchara valientemente por que aquello sucediera.

Finalmente, Francesca se rindió, y en la sala se hizo un espeso silencio, roto solamente por el sonido de los cubiertos al chocar contra los platos de porcelana. Cuanto más largo se hacía el silencio, más incómodo también, e Irene le lanzó a Francesca una mirada suplicante.

Sin embargo, antes de que Francesca pudiera pensar algo que decir, Teresa habló.

—Es muy amable por vuestra parte, lady Haughston —dijo, con una sonrisa insincera—, venir a ayudarnos con lord Radbourne.

Teresa miró a Gideon, cuyo semblante no dio indicación de que la hubiera oído. Ni siquiera respondió a su mirada, sino que siguió comiendo estoicamente. Irene comenzó a ponerse nerviosa y se le formó un nudo en el estómago; aquello era un recordatorio de las comidas en presencia de su padre. Cuando había bebido más de la cuenta, el peligro se cernía sobre la mesa. Ella siempre se ponía tensa de miedo, sabiendo que en cualquier momento podría hacer o decir algo que condujera a una escena inevitable.

—Por supuesto, yo estoy muy contenta de poder ayudar a lady Odelia —respondió Francesca con frialdad.

—Me temo que será un reto para vos —prosiguió Teresa—. Lord Radbourne ha estado alejado de la buena sociedad durante demasiado tiempo.

Irene apretó el mango del cuchillo e intervino.

—Sí, lo que le ocurrió a lord Radbourne fue algo terrible. Sin embargo, estoy segura de que su familia está muy contenta por haber averiguado que se encontraba con vida y en perfecto estado, ¿no es así?

Teresa miró a Irene.

—Claro, claro. Simplemente, es asombroso que haya podido sobrevivir en un lugar así durante tantos años. Parece increíble que alguien de nuestra clase haya podido vivir en semejantes condiciones.

—A mí me parece que tener frío y hambre es difícil para un niño de cualquier clase —replicó Irene.

—Supongo que sí —respondió Teresa con expresión de duda.

—Os aseguro, lady Teresa, que era tan difícil para mis compañeros como para mí —dijo Gideon, sorprendiendo a todo el mundo al intervenir.

—Claro que lo era. ¿Qué tonterías estás diciendo, Teresa? —dijo lady Odelia sin miramientos.

Teresa le clavó a la dama una mirada venenosa, pero dijo con suavidad:

—Sólo quería decir que una existencia así debe de ser muy difícil para alguien de mayor sensibilidad.

—Ah, pero de todos modos, mi sensibilidad es totalmente plebeya, ¿no es así? —dijo Gideon.

Teresa emitió una risa nerviosa.

—Me temo que a lord Radbourne no le gusta que le recuerden sus defectos. ¿Recordáis la primera noche que estuvisteis aquí, milord? ¡Qué graciosa fue vuestra expresión cuando visteis todos los cubiertos colocados junto al plato! Al instante supe que tendríamos que hacer algo para educaros. Creo que fue entonces cuando lady Pansy os escribió, lady Odelia.

Irene dejó los cubiertos sobre el plato, llena de resentimiento en nombre de Gideon. No podía mirarlo.

Al otro lado de la mesa, Francesca dijo:

—Yo me siento así a menudo. No consigo entender por qué es necesario tener cubiertos distintos para cada plato. ¿Es que no es posible usar el mismo tenedor para la carne y el pescado?

—Oh, lady Haughston, estáis bromeando —dijo Teresa—. Me han dicho que tenéis mucha gracia. Sin embargo, me temo que os daréis cuenta de que explicar cuál es la colocación correcta de los cubiertos y su uso es sólo el principio —sentenció, asintiendo—. Hay cosas que están arraigadas en la gente, cosas que no se pueden aprender, como el sello de una buena educación.

—¿De veras? —preguntó Francesca en un tono helador.

—Oh, sí. Cuando uno carece de refinamiento... Bueno, creo que es muy difícil cambiar eso. ¿Cómo va a aprenderse algo tan ligado a la crianza?

—Lady Teresa —dijo Irene después de unos instantes de

silencio, en un tono engañosamente amigable–. Me sorprende que no nos hayamos conocido antes. Una mujer con un gusto y un refinamiento tan evidentes como los vuestros debe de haber vivido en Londres. ¿Por qué no nos hemos visto en ninguna fiesta?

Teresa se volvió hacia Irene con desdén.

–Me temo que Cecil, mi marido, lord Radbourne, no quería visitar la ciudad. Era un hombre a quien le gustaba estar en su hogar, y por supuesto, mi deber era estar a su lado.

–Pero antes de casaros con él, seguramente os pusisteis de largo en Londres. ¿Cuándo?

La viuda enrojeció.

–Tampoco visité Londres entonces. Mi padre no era un hombre muy dado a las frivolidades de la sociedad, como él mismo decía. Y después, claro, me casé con lord Radbourne siendo muy joven.

–Por supuesto. Es una pena que tanto vuestro padre como vuestro esposo os mantuvieran alejada de la sofisticada vida de Londres, para la cual, obviamente, estáis tan bien preparada –dijo Irene con una sonrisa–. Eso explica, claro, por qué no nos hemos conocido. Pero estoy segura de que he tenido que oír hablar de vuestra familia. ¿Cuál era el título de vuestro padre? Supongo que es conde, como lord Radbourne.

Teresa, que estaba como la grana, negó con la cabeza.

–No, no es conde.

–Entonces, tiene un título más alto, ¿no? –preguntó Irene, fingiéndose impresionada.

Francesca se tapó la boca con la mano, con los ojos brillantes, a punto de echarse a reír. Sacudió la cabeza hacia Irene, pero Irene se negó a claudicar y siguió interrogando a Teresa.

–¿Es marqués vuestro padre? ¿O quizá duque, como el primo de lord Radbourne, Rochford?

–Dios Santo, no –dijo Teresa.

–¿Barón, entonces?

–Mi padre es el señor Charles Effington, el hijo de sir Hadley Effington –respondió Teresa con tirantez.

–Ah –respondió Irene.

–No es necesario tener un título importante para gozar de una esmerada educación –dijo Teresa en tono desafiante.

–Sin duda, tenéis razón –contraatacó Irene–. Entonces, queréis decir que no es la familia de un hombre lo que le determina como caballero, sino su educación y su cortesía, y su gusto.

–Sí, exactamente –dijo Teresa, aceptando aquella explicación con alivio.

–Por lo tanto, un mercader de buenas formas, bien educado y bien hablado, es igual, o mejor, que un noble.

–¿Cómo? –Teresa la miró con perplejidad–. No, claro que no. Yo... yo no he dicho eso.

–Pero si no es el linaje lo que proporciona una buena educación, sino los buenos modales y la forma de hablar de una persona...

–¡Yo no he dicho eso! –gritó Teresa–. No, estáis manipulando mis palabras –insistió, y con nerviosismo, miró a su alrededor por la mesa buscando apoyo.

–Irene, deja de provocar a la muchacha –interrumpió lady Odelia, divertida–. No es justo enzarzarse en una batalla con alguien tan mal armado como Teresa.

A Francesca se le escapó una carcajada que rápidamente disimuló con una tos. Teresa fulminó a lady Odelia con la mirada, pero no dijo nada.

–Por favor, perdonadme, lady Odelia –respondió Irene,

ignorando la hostilidad que irradiaba Teresa, y volvió a fijar su atención en su plato.

Después de la comida, cuando los caballeros se retiraron a la sala de fumar para tomar los licores y las damas se dirigían a la sala de música, Francesca tomó por el brazo a Irene mientras recorrían el pasillo e, inclinando la cabeza hacia su amiga, murmuró:

—Ha sido admirable por tu parte defender a lord Radbourne. Sin embargo, creo que has hecho de Teresa una acérrima enemiga.

Irene se encogió de hombros.

—Me he ganado enemigos peores que ella y he sobrevivido. No tengo dudas de que sobreviviré a la ira de lady Radbourne.

—Yo apuesto por ti, pero no seguiría provocando a la condesa. Tú le desagradas y te interpones en su camino.

Irene miró a Francesca con desconcierto.

—¿En qué sentido?

—Maisie me ha contado lo que murmuran los sirvientes. Parece que lady Radbourne cuenta con que Gideon no se case. Siempre y cuando él no contraiga matrimonio, su hijo Timothy seguirá siendo el heredero. Cuando Gideon se case, el estatus de Timothy será mucho más incierto. Gideon tendrá un hijo, o varios. Así pues, ella preferiría que el conde permaneciera soltero.

—A mí me parece que no tiene muchas posibilidades.

Francesca se encogió de hombros.

—Supongo que lady Teresa piensa que si señala continuamente los defectos de Gideon, asustará a las posibles candidatas.

—A mí me parece que la propia personalidad del conde puede conseguir eso —comentó Irene.

—Si piensas eso de lord Radbourne, ¿por qué has saltado en su defensa?

Aquello era algo que Irene también se había preguntado. Le dio a Francesca la única respuesta que se le ocurrió.

—No me gustó nada cómo lo atacaba lady Radbourne.

Francesca asintió, pero no hizo ningún comentario.

—Siempre he detestado la injusticia —insistió Irene.

—Sin duda —murmuró Francesca.

—Sé que era innecesario, por supuesto. Después de todo, lord Radbourne no necesita que yo lo defienda.

—Mmm. Bueno, supongo que la necesidad ha tenido poco que ver.

—¿Qué quieres decir?

—¿Qué voy a querer decir? —preguntó Francesca con una expresión inocente.

—No lo hice porque tenga ningún tipo de sentimiento hacia ese hombre.

—Oh, no. Claro que no.

Irene tomó aire para responder al comentario de Francesca, porque le había parecido que ella había querido decir exactamente lo contrario, pero, en aquel momento, supo que el hecho de protestar sólo serviría para que ella pareciera tonta. Así que, con gran frustración, se tragó la respuesta.

Sin embargo, no le resultó tan fácil acabar con sus propias especulaciones acerca de sus acciones. ¿Por qué había sido tan rápida a la hora de defender a lord Radbourne? Era cierto que Teresa había hecho comentarios malintencionados, pero Francesca ya le había respondido como la mayoría de las damas hubiera hecho, con desdén y frialdad. ¿Qué era, entonces, lo que había impulsado a Irene a enfrentarse con lady Radbourne?

Era su naturaleza, se dijo. No podía quedarse callada mientras lady Teresa hacía unos comentarios tan hirientes y arrogantes. Habría hecho lo mismo aunque hubieran estado dirigidos a cualquier otra persona. Irene esperaba no ser tan injusta como para permitir que se hicieran aquellos comentarios tan desagradables sólo porque no le cayera bien lord Radbourne.

Irene no pudo dejar de darle vueltas a aquello durante toda la velada en la sala de música. Cuando por fin Francesca y ella se retiraron, pasaron una agradable hora charlando en el dormitorio de lady Haughston, y después, Irene se encaminó a su habitación y se acercó a la ventana a mirar el jardín oscuro. Era difícil ver algo, porque la luna estaba en cuarto creciente, y apenas iluminaba los árboles y los arbustos. Sin embargo, Irene permaneció allí, más pensando en la cena que observando la vista.

Entonces apareció una luz que llamó su atención, y se inclinó hacia el cristal, intrigada. La luz provenía de un farol que se balanceaba con los pasos de su portador. ¿Quién estaba caminando por el jardín a aquellas horas de la noche?

El hombre se inclinó para abrir el cerrojo de la puerta y, al elevar el farol para alumbrarse, la luz reveló su cara. Era Gideon.

Irene se irguió, llena de curiosidad. Presenció cómo lord Radbourne caminaba por el jardín hasta que desaparecía de su vista, entre los árboles del extremo más lejano de la finca. Entonces, más allá del bosque, ella vio la luz balanceándose una vez más. Un momento más tarde, desapareció definitivamente.

Irene pensó que él debía de dirigirse a la taberna del pueblo. Le parecía el lugar más probable al que podía ir un hombre, sobre todo después de una noche tan difícil como aquélla. Sin embargo, el pueblo estaba en sentido opuesto al que había tomado Gideon. Por lo tanto, ¿adónde se dirigía? ¿Iba a encontrarse con alguien? ¿Tendría una cita romántica?

Tonterías. Sin duda, había muchas razones lógicas por las que un hombre saldría al campo, solo, por la noche. El hecho de que a ella no se le ocurriera ninguna no significaba que no existieran.

Además, aunque él se estuviera escapando para tener un encuentro amoroso no era asunto de la incumbencia de Irene. No imaginaba por qué perdía el tiempo pensando en ello. Y, ciertamente, había muchas menos razones para que aquella sospecha le encogiera dolorosamente el corazón.

CAPÍTULO 9

Al día siguiente, Francesca e Irene comenzaron su tarea de aumentar y mejorar las posibilidades de matrimonio de Gideon. Ambas se encontraron en el salón después del desayuno. Sin embargo, Gideon llegó media hora tarde. Quizá, pensó Irene con irritación, se hubiera quedado dormido aquella mañana, después de su encuentro de la noche anterior.

Aquél era un ejemplo del típico comportamiento masculino. Gideon iba a cortejar a una muchacha, y sin embargo no tenía reparos en mantener una aventura con otra mujer. O quizá ni siquiera fuera una aventura, sino sólo un encuentro casual. Irene sabía, por supuesto, que estaba sacando conclusiones infundadas, pero aquello no impedía que se sintiera muy molesta.

Por fin, Gideon llegó apresuradamente y con cierta irritación a su cita. Irene miró significativamente el reloj que había sobre el frente de la chimenea. Él siguió su mirada y apretó los labios.

—Sí, llego tarde, lady Irene —le dijo malhumoradamente—. Me temo que tenía que resolver unos asuntos sin importancia relativos a mis fútiles negocios, y he permitido que interfirieran con el mayor deber de un hombre en la vida: aprender a fingir que es un caballero.

—Estáis perdonado —dijo Francesca agradablemente—. Sin embargo, no tenéis por qué fingir. Ya sois un caballero por derecho de nacimiento.

—Sí, sólo tenéis que aprender a comportaros como tal —añadió sarcásticamente Irene.

—¿Y voy a aprender modales de vos? —replicó Radbourne, arqueando una de sus negras cejas.

—Oh, Irene tiene buenos modales —respondió Francesca adelantándose a Irene—, pero no siempre decide usarlos. Como, sin duda, vos tampoco lo haréis.

Gideon sonrió.

—Lady Haughston, yo diría que nos habéis puesto a ambos en nuestro lugar.

Francesca asintió con una sonrisita que disipó todo el malestar de la situación. Irene, por primera vez en su vida, sintió una envidia curiosa por la forma de ganarse a la gente que tenía Francesca. Miró a lord Radbourne, que había entrado en el salón enfadado, y que sin embargo en aquel momento estaba relajado y bien dispuesto. Estaba sonriéndole a Francesca, e Irene sintió un resentimiento inesperado, una emoción tan poco común en ella que se sobresaltó. No... no podía estar celosa.

Se dio la vuelta rápidamente y se refugió en la tarea que tenían por delante.

—Si fuerais tan amable de acercaros, lord Radbourne...

Él se aproximó a la mesa junto a la que estaba Irene y miró hacia abajo. Allí, preparados sobre el mantel, había un servicio de mesa completo, agrupado alrededor de una servilleta blanca.

—Ah, ya veo —dijo él—. Los infames cubiertos.

—Es muy fácil de aprender —lo animó Irene.

—Oh, milady, no estoy seguro de ello —comentó él mientras se sentaba—. Algunos somos intolerablemente lentos a la hora de aprender.

—Estoy segura de que vos no —respondió ella—. Y vuestra primera lección será ésta: no debéis sentaros a la mesa mientras las damas permanecen en pie. Un caballero espera a que las señoras hayan ocupado su sitio para sentarse.

—De hecho, debemos empezar antes de eso —dijo Francesca—. Cuando vayáis a cenar, debéis ofrecerle el brazo a una dama.

—¿A cualquier dama?

—Oh, no. Hay un orden, por supuesto. La de ayer era una cena informal, en la que sólo participaron la familia y algunos amigos. Sin embargo, en una cena formal, como anfitrión, debéis ofrecerle el brazo a la dama de más alto título, que en este caso sería vuestra abuela. Tanto ella como lady Teresa son condesas viudas, pero por virtud de la edad de lady Pansy, ella está por encima. Además, después de todo, lady Pansy es hija de un duque —añadió Francesca, y miró con picardía a Irene—. Y, como todos sabemos bien, está jerárquicamente por encima de la hija del segundo hijo de un barón.

Irene se ruborizó al oír la mención de la noche anterior y miró de reojo a Gideon. Él tenía una media sonrisa en los labios. Entonces, Irene enrojeció más, pero no pudo evitar sonreírle también, y sintió una agradable calidez.

—No hay que mencionárselo a lady Odelia, por supuesto, —dijo Francesca, con el brillo de la diversión en la mirada—, pero aunque ella también es la hija de un duque, su título de casada es sólo el de baronesa. Así que ella va por detrás de los otros en el orden de precedencia. Bien, ahora, vamos a practicar. Vos, lord Radbourne, debéis acompañar a la dama a la mesa. Irene, por favor, representa el papel de la dama –le dijo Francesca a Irene, y le hizo un gesto a Gideon para que se acercara a ella. Cuando los dos se quedaron inmóviles, mirándola, Francesca asintió con impaciencia–. Adelante, debéis practicar. Ofrecedle el brazo a Irene.

Gideon se volvió y caminó hacia Irene con el brazo alzado y doblado por el codo.

–Muy bien. Elegantes formas –dijo Francesca.

Irene posó la mano en el brazo de Gideon y ambos caminaron hacia la mesa.

–Bien, ahora debéis sacar la silla y después, cuando ella se siente, empujarla un poco, suavemente.

Francesca asintió nuevamente para darle ánimos y, conteniendo un suspiro, Gideon sacó la silla. Irene comenzó a sentarse pero, antes de que pudiera hacerlo, Gideon empujó rápidamente la silla hacia delante y le dio un golpe en la parte trasera de las rodillas. Ella cayó de golpe sobre el asiento y se volvió para lanzarle una mirada fulminante. Él le devolvió una mirada indolente.

–Podríais intentarlo con menos energía –sugirió Francesca.

–Lo siento, milady –respondió Gideon.

–Creo que soy yo la que merece vuestra disculpa –intervino Irene, molesta.

Él sonrió un poco y se sentó a su lado.

–Pero entonces, ¿cuál sería la diversión?

Irene arqueó una ceja. Estaba echando chispas por los ojos. Francesca intervino rápidamente.

–Ahora, una vez sentados... Irene, por favor, muéstrale cuál es cada cubierto.

Irene miró a Francesca como si fuera a negarse, pero finalmente dijo:

—Está bien.

Entonces se inclinó levemente hacia Gideon y comenzó a señalarle los diferentes cubiertos.

—Están colocados en el orden en que se usan. Los de fuera son los primeros. Ésta es la cuchara de la sopa, aquí están el tenedor y el cuchillo de pescado, los de carne, los de pudin... los cubiertos para los postres y la fruta se traen con los platos.

Mientras hablaba, Irene era consciente de lo cerca que estaba de él. Sabía, además, que él la estaba mirando a ella, y no a los cubiertos cuyo uso debía aprender.

—¿Estáis prestando atención? —le preguntó con aspereza.

—Por supuesto, pero, ¿cuál era éste? —inquirió Gideon, señalando un cuchillo de punta redondeada.

—Es el cuchillo de la mantequilla —respondió Irene, irguiéndose para separarse de él—. Por eso está junto al plato del pan.

—¿Y cuál de estas copas es la de licor?

—Ninguna. Los criados traerán los licores y las copas en el momento apropiado —dijo ella, y comenzó a explicarle el uso de los diferentes vasos y copas.

—¿Y cuál habéis dicho que es el tenedor del pudin? —preguntó Gideon después.

Irene se lo indicó, y ambos continuaron así durante varios minutos, repasando la colocación de los cubiertos. Parecía que, cada vez que los repetía, Gideon se olvidaba de uno, e Irene se sintió cada vez más impaciente. Finalmente, dejó escapar un gruñido de queja.

—No, no, no. De veras, milord, lo hemos revisado unas veinte veces. No entiendo cómo podéis seguir confundido.

Entonces, lo miró con exasperación. Él tenía la misma expresión vacía y pétrea que había tenido durante todo aquel rato. Sin embargo, en sus ojos había algo que hizo que ella se interrumpiera.

—Debe de ser demasiado difícil para mí, milady —dijo él, con un marcado acento del este de Londres.

Irene lo miró con los ojos entrecerrados, fijamente.

—Estáis intentando tomarme el pelo, ¿verdad?

—No entiendo qué queréis decir.

—¡Oh! —exclamó Irene, y se levantó de la silla con los puños apretados—. ¡Habéis exagerado demasiado vuestra actuación, milord! ¡No podéis ser tan sumamente tonto y dirigir con éxito un negocio!

Gideon comenzó a reírse, lo que sólo sirvió para que Irene se enfureciera más.

—¿Qué os sucede? ¿Por qué me hacéis perder el tiempo? ¡Sois descortés y desconsiderado!

Mientras Irene continuaba echando humo por las orejas, Francesca miró a Gideon con las cejas arqueadas.

—¿Todo esto ha sido fingido? —preguntó.

Y, de repente, se echó a reír.

—¿Qué te ocurre a ti? —le preguntó Irene a su amiga—. ¿Te has vuelto loca? ¡Hemos malgastado más de media hora enseñándole cosas que ya sabía!

Gideon se volvió hacia ella con una gran sonrisa.

—No es tan duro, milady. Creo que habéis puesto demasiada fe en lo que dijo anoche lady Teresa. Yo no me he pasado la vida en un agujero. Llevo bastante tiempo pudiendo permitirme tener cocinero, y es mucho mejor que el de esta casa. Y mi mayordomo siempre pone a la perfección la mesa. Por otra parte, aunque yo no hubiera sabido comer cuando llegué a esta casa, sólo habría tenido que mirar a los demás para aprender. No es Euclides, ni los escritos de Platón.

Irene se quedó mirándolo, boquiabierta, con las manos

en las caderas. Después se sentó pesadamente a su lado, sacudiendo la cabeza.

—¿Y por qué nos habéis hecho pensar que no sabíais nada? ¿Por qué os empeñáis en parecer más rudo de lo que sois?

—A mi familia le agrada tanto... —respondió él. Entonces, con los ojos brillantes, añadió en voz baja—: ¿Y de qué otro modo iba a conseguir estar tan cerca de vos?

Irene abrió unos ojos como platos y sintió un súbito calor en el vientre. Miró rápidamente a Francesca para comprobar si ella había oído el comentario del conde. Francesca, aún sonriente por el ataque de risa que había sufrido, seguía sacudiendo la cabeza con incredulidad, e Irene no creyó que hubiera oído nada.

—No seáis absurdo —le dijo a Gideon.

—Muy bien, entonces —dijo Francesca, poniéndose en pie con más seriedad—. Entonces me disculpo, lord Radbourne, por escuchar demasiado lo que los demás han dicho que necesitabais. Quizá debamos empezar de nuevo. ¿Hay alguna cosa en la que podamos ayudaros a incrementar vuestros conocimientos?

Él se quedó pensativo durante un instante y respondió:

—Efectivamente, hay algo en lo que necesito ayuda. Se me da muy mal bailar.

—Ah, en eso estoy segura de que podremos ayudaros —dijo Francesca, y miró a Irene—. ¿Estás de acuerdo?

—Sí, por supuesto —asintió ella.

Dejaron el salón y se dirigieron hacia la sala de música. Irene había visto inmediatamente los peligros de enseñar a bailar a Gideon. Él necesitaría una compañera con la que practicar, y ser su compañera supondría estar muy cerca de él durante bastante tiempo. Irene no quería pensar lo que iba a sentir al bailar con él.

—¿Por qué no toco yo el piano? —sugirió cuando entraban en la sala.

Francesca se rió.

—Oh, no, querida mía. Se te olvida que te he oído tocar. Creo que será mejor que yo haga la música y tú hagas de compañera de baile de su señoría.

Por desgracia, Francesca tenía razón. Irene no tenía talento para la música y detestaba la práctica diaria, así que poseía muy poca habilidad con el piano.

—Claro —dijo, accediendo con tanta gracia como pudo.

Miró a Gideon. Él estaba sonriendo de un modo que le dio a entender a Irene que sabía por qué ella quería tocar. Peor todavía, él sabía por qué tenía reticencias para que bailaran juntos: no era porque Irene se sintiera repelida por su persona, sino por todo lo contrario. Pese a sus deseos, ella se sentía atraída por él. Tenía miedo de verse entre sus brazos, de moverse al ritmo de la música con él, porque temía su propia respuesta.

—¿Comenzamos con un vals? —preguntó Francesca, y comenzó a organizar la práctica sin esperar respuesta—. Sé que no siempre se estila fuera de Londres, pero creo que será una fiesta sofisticada y que no habrá problema. Y es lo más fácil de aprender. Irene, tú explícale los pasos a lord Radbourne mientras yo busco una partitura.

—Conozco los pasos. Me los han enseñado. Lo que ocurre es que no soy un experto. Creo que lo que necesito es práctica.

—Muy bien —dijo Irene—. ¿Queréis que probemos los pasos sin música primero?

—Como deseéis.

Él le tendió el brazo; después la atrajo hacia sí y posó la mano sobre su cintura.

Ella notó su palma, pesada y cálida, y su sujeción firme,

y notó con toda claridad lo grande que era su mano. El hecho de estar tan cerca de él, de poder mirarle la cara a pocos centímetros, le cortaba un poco la respiración. Era un hombre apabullante, pero Irene sabía, por otra parte, que ella era una mujer a la que no se podía dominar fácilmente.

—Lo primero que debéis recordar es que no debéis agarrar a la dama con demasiada fuerza —le dijo en tono calmado—. Vuestra mano debe descansar con ligereza en su cintura.

Él elevó la mano un centímetro, y ella le tomó el dedo pulgar para colocárselo justo en la posición adecuada.

—Ahora, debéis guiarme en la dirección hacia la que vamos, pero con soltura. No os aferréis con fuerza, como si estuvierais llevando un saco de un lugar a otro. Sólo una ligera presión de los dedos. Y no me apretéis la mano. Sólo, sostenedla. Así, muy bien. Ahora, comencemos.

Irene comenzó a bailar el vals, y ambos se movieron, pero con pasos rígidos y torpes.

Entonces, ella lo miró y le preguntó con desconfianza:

—No estaréis fingiendo que esto es lo mejor que podéis hacer, ¿verdad?

Gideon se rió.

—No, me temo que ésta es de verdad mi manera de bailar.

—Lo único que necesitáis es practicar —le dijo entonces Irene, para animarlo.

—Mi querida señorita, nunca os habéis refugiado antes en la amabilidad. Por favor, no comencéis ahora.

Ella se rió también.

—Está bien. Permitidme que os diga que no sois el peor con el que he bailado, pero tampoco el mejor. Sin embargo, sí creo que mejoraréis con la práctica.

Él inclinó levemente la cabeza en señal de agradecimiento.

—Gracias. Entonces, practiquemos.

Así lo hicieron, al son de la música de Francesca. Bailaron durante un rato, y Gideon comenzó a relajarse y a moverse con menos rigidez, sin concentrarse tanto en los pasos.

A medida que su confianza aumentó, dejó de mirarse los pies. De hecho, comenzó a mirar a Irene con tanta intensidad que ella se ruborizó.

—¿Me ha salido un tercer ojo, milord? —le preguntó con aspereza—. Lleváis mirándome fijamente durante un buen rato.

—Lo siento. Sin duda, es otra señal de mi pobre educación —respondió él, aunque sin el más mínimo indicio de arrepentimiento en el tono de voz—. Probablemente, también es de malos modales que os señale que hoy tenéis algo diferente.

Ella arqueó una ceja.

—¿Diferente? ¿Diferente de qué?

—Estáis diferente a la primera vez que nos vimos. Creo que es vuestro pelo. Está distinto.

—Una mujer a menudo decide cambiar de peinado, milord —respondió ella.

—Me gusta el peinado que llevabais ayer. Y el de hoy —dijo él. Entonces, su voz quedó reducida a un susurro—: Está más suave, más... suelto. Hace que un hombre piense...

Irene se sintió acalorada al oírlo. Sabía que no debería preguntar, que no debería permitirle que siguiera por aquel camino. Era peligroso.

Sin embargo, se oyó a sí misma preguntándole:

—¿Pensar en qué, milord?

—En soltarlo —respondió Gideon con la voz ronca—. En ver toda esa gloria libre, cayéndoos por los hombros.

En aquella ocasión, fue Irene la que se tropezó un poco, y él la sujetó por la cintura, ayudándola a mantener el equilibrio. Irene apartó la mirada.

—Ésta no es la clase de conversación que deberíamos tener. Vuestra forma de hablar es demasiado cálida, señor. Demasiado familiar.

—¿No es educada? —le preguntó él, sardónicamente.

—No es propia —respondió ella—. Un caballero no debe hablar de esta manera a una mujer soltera.

—Ah, pero ambos sabemos que yo no soy un caballero —dijo él, con los ojos clavados en el rostro de Irene.

Ella no pudo pasar por alto el ardor de su mirada, como tampoco pudo hacer caso omiso del significado de sus palabras. Su voz era como una caricia en la piel, e hizo que ella temblara.

—No debéis decirles estas cosas a las muchachas a las que cortejéis —sentenció ella con rotundidad, reprimiendo lo que sentía.

—No voy a decírselo a ninguna —replicó él—. Ninguna me interesa.

—Aún no las habéis conocido.

—No tengo que conocerlas para saber que serán bobas y se reirán tontamente, o que serán orgullosas y despectivas. Y que ninguna tendrá otra cosa que decir que lo que le han enseñado durante años. Y ninguna tendrá para mí tanto interés como vos.

Irene tomó aire con brusquedad.

—Os dije que no estoy interesada en casarme con vos, lord Radbourne.

—¿No os parece, ya que estáis comprometida a corregir mis movimientos y mis palabras, que podríais llamarme por mi nombre?

—Ése es vuestro nombre.

—No. No lo es. El conde de Radbourne no soy yo. Es una identidad que no tiene nada que ver conmigo. Yo he sido Gideon durante toda mi vida.

Irene sabía que no era apropiado llamarlo por su nombre de pila. Después de todo, hacía pocos días que se conocían. Llamarle Gideon indicaría una intimidad entre ellos que no era correcta. Sin embargo, de todos modos, dijo:

—Está bien, Gideon.

La expresión de Gideon se relajó, y agarró con fuerza la mano de Irene. Ella apartó la mirada. Se sintió como si estuviera deslizándose por una ladera resbaladiza. ¿Cómo había perdido el control de la situación? Había comenzado corrigiendo a Gideon, con razón, por hablarle de una manera poco adecuada, y al final lo llamaba por su nombre de pila, algo que no había hecho ni siquiera con hombres a los que conocía de toda la vida.

No estaba acostumbrada a todo aquello, a aquel hombre, a la situación ni a los sentimientos que bullían en su interior, y se había dejado vencer. Aquella falta de control hizo que se encontrara insegura y temblorosa.

Cuando terminó el vals y se separaron el uno del otro, Irene se volvió hacia Francesca, que estaba revisando más partituras en busca de otro vals.

Irene tomó aire y dijo:

—Lady Francesca, creo que me gustaría... parar ahora, si es posible.

—Por supuesto —respondió Francesca, mirándola con sorpresa—. Lo siento. ¿Estás cansada? No me había dado cuenta. No debería haber seguido tocando.

Gideon frunció el ceño y se volvió hacia Irene.

—Sí, descansemos unos minutos. Quizá pudiéramos tomar un poco de té.

—No, no... no necesito tomar té. Creo que sería mejor que subiera a mi habitación. Tengo jaqueca. Si no les importa, quizá podamos continuar practicando mañana...

—Pues claro —dijo Francesca, sonriendo—. Estoy segura de que lord Radbourne estará más que contento de librarse de nosotras toda la tarde. Yo iré a hablar de los planes para la fiesta con lady Odelia.

—Gracias —dijo Irene y, con una pequeña sonrisa, sin mirar a Gideon nuevamente, huyó de la habitación.

Cuando estuvo a salvo en su habitación, se dejó caer en una silla junto a la ventana y pasó unos minutos reprendiéndose por ser tan cobarde. ¿Qué estaba haciendo, escondiéndose allí? Era otra prueba más de la extraña manera en que se estaba comportando.

Ella no era de las que se refugiaban en el engaño, socialmente aceptable, de la jaqueca para huir de un hombre por no poder manejarlo. ¡Y mucho menos por no poder fiarse de sí misma!

Debía volver a ser ella misma. Decidió que daría un paseo: el aire fresco y el ejercicio la reconfortarían y conseguiría ver las cosas con más claridad.

Decididamente, se puso en pie y se calzó las botas robustas que había llevado para caminar por el jardín y el campo. Después bajó sigilosamente y salió por la puerta trasera al jardín. Tomó el camino más corto hacia la pradera que había más allá.

Aquel camino conducía a un pequeño risco desde el cual se divisaba una maravillosa perspectiva del campo. Bajo ella, vio el prado extendiéndose hasta las colinas de Cotswold, salpicado de granjas. A su derecha había árboles y otra colina, sobre la que se erguían las ruinas de una edificación de piedra. Debía de ser la vieja torre normanda de la que les había hablado el mayordomo cuando habían llegado. Irene pensó que quizá mereciera la pena ir a explorar. Durante un instante, observó la colina protegiéndose los ojos del sol con la mano.

De repente, oyó el tintineo de una brida en el camino, tras ella, y el sonido de unos cascos. Se volvió y vio a un hombre que se aproximaba a ella montado en un gran caballo castaño. A Irene se le encogió el estómago.

Lord Radbourne era aquel hombre. Y la había sorprendido en un renuncio.

CAPÍTULO 10

Irene pensó, durante un instante, en echar a correr, pero reprimió el impulso. ¿Acaso no acababa de decidir que debía ser fuerte, volver a ser ella misma? Se enfrentaría a aquel problema como siempre: directamente.

Se irguió y miró a Gideon mientras él se aproximaba. Recordaba que lady Odelia le había dicho a Francesca que Gideon no montaba bien a caballo, pero Irene se dio cuenta de que tenía una apariencia magnífica sobre el animal. Tragó saliva y se irguió aún más.

–Vaya, lady Irene –dijo Gideon mientras se acercaba, en un tono de voz divertido, y se quitó el sombrero para saludarla–. Qué sorpresa que nos encontremos aquí.

–Pues sí. Yo también estoy muy sorprendida de veros –replicó ella–. ¿Me habéis seguido?

–No, yo pensaba que estabas en tu habitación con un terrible dolor de cabeza, si es que no te acuerdas –respondió Gideon mientras descendía del caballo–. Había decidido ir a visitar una o dos de mis granjas, debido a que, de repente, tenía el resto del día libre.

Irene sintió que le debía una explicación.

—Pensé que quizá un poco de aire fresco me aliviaría la jaqueca.

—Ah —dijo él, asintiendo—. Entonces, pasearé contigo... a menos que prefieras no tener compañía.

El brillo de picardía de sus ojos fue un desafío demasiado grande como para rehuirlo.

—Claro que no. De hecho, milord, creo que hay ciertas cosas de las que debemos hablar.

—¿De veras? ¿Cosas sobre mis modales? ¿O sobre mi habilidad para el baile? Y creía que habíamos acordado que nos llamaríamos por el nombre de pila. Me llamo Gideon.

—Gideon —dijo ella, pensando en que podía rendirse en aquel punto insignificante—. Aunque, por supuesto, en público tal familiaridad no será apropiada.

—Oh, no, por supuesto. En esas ocasiones debo ser Radbourne para ti.

—Sé que todo esto te parece una broma —dijo Irene—. Pero éstas son las reglas con las que vivimos, y a una mujer no le beneficia en absoluto intentar romperlas. A mí ya se me considera lo suficientemente rara. No deseo añadir rumores sobre mi honor.

Él frunció el ceño.

—No me imagino que a nadie se le ocurriera poner en cuestión tu honor.

—Espero no darles motivo para hacerlo —replicó Irene.

Él inclinó la cabeza como señal de aquiescencia, y continuaron paseando. Después de un momento, él dijo:

—Bueno, ¿de qué deseabas hablarme?

—Pues... me gustaría aclarar mi situación aquí. He accedido a venir a ayudar a Francesca, eso es todo. Espero que ella os lo dijera a tu tía y a ti.

—Lo hizo.

—Yo también he intentado dejarte claro que no tengo intención de casarme contigo.

—Lo has hecho.

Ella lo miró de reojo.

—Y sin embargo, esta mañana, me has hecho unos comentarios...

—¿Comentarios?

—Bueno, supongo que puede decirse que eran cumplidos.

Él arqueó las cejas con una expresión inocente.

—¿No se me permite hacerte cumplidos?

—Ha sido la forma de hacerlo. No eran los cumplidos de... un caballero hacia una dama que no conoce. O los de un hermano hacia su hermana.

—No. No eran los cumplidos de un hermano. Pero es que yo no soy tu hermano.

—Te estás comportando de manera obtusa. Estoy segura de que lo haces a propósito. Tus comentarios fueron... estabas flirteando.

—¿Y no puedo flirtear contigo?

—No —respondió ella con enfado—. ¡Oh, no pongas esa cara de asombro! Sabes perfectamente de qué estoy hablando. Me hablaste de una manera... bueno, de una forma seductora.

Él sonrió.

—Me alegro de saber que mis intenciones han quedado claras.

—Pero te dije...

—Sé lo que me dijiste, Irene.

—Entonces, ¿por qué insistes? Repito que no hay esperanza de que me case contigo, y de todos modos tú sigues insinuándote. ¿Es que tienes esperanzas de que cambie de opinión? No voy a hacerlo, te lo aseguro.

—No, ya veo que tu mente es de piedra.

Irene frunció el ceño.

—Ahora me estás insultando.

—No querías que te hiciera cumplidos, por si no te acuerdas.

Dejó escapar un suspiro de exasperación y volvió la cara. Siguieron caminando en medio de un silencio espeso.

Después de un momento, Gideon dijo con suavidad:

—En cualquier caso, yo no te he pedido que te cases conmigo. Seguramente, te habrás dado cuenta.

—Sí, pero me has hecho insinuaciones. Eso lo has admitido.

—Bueno, tú sólo has dicho que no querías casarte conmigo. No has prohibido... otras cosas.

Irene se detuvo en seco y se volvió hacia él con el rostro congestionado de indignación.

—¿Cómo? ¿Estás diciendo que...? ¿Te atreves a pensar que yo... que yo...? —se interrumpió, incapaz de pronunciar aquellas palabras.

—Ni siquiera una mujer que esté en contra del matrimonio... tiene por qué renunciar a todo tipo de relación —dijo él con cuidado.

—¿Crees que yo me deshonraría? ¿Que mancharía mi nombre? —le preguntó ella con asombro.

—No, nunca te deshonrarías. Yo no creo que seas capaz de hacerlo —respondió él, y dio un paso hacia ella. Dejó caer las riendas del caballo al suelo y la tomó por los hombros—. ¿Qué quieres que hagamos? ¿Negar lo que hay entre nosotros? ¿Olvidar el hecho de que, cuando te toco, la piel te arde bajo mis manos? ¿Que cuando te besé, tú me besaste también?

Irene cerró los ojos, incapaz de seguir mirándolo a los

ojos por miedo de arrojarse a sus brazos. Deseaba con todas sus fuerzas sentir sus labios de nuevo. Recordaba su sabor, su textura.

—No —susurró casi temerosamente—. No es cierto. No hay nada entre nosotros.

—Creía que no mentías —dijo él, y la atrajo hacia sí.

Entonces la besó con hambre, con pasión, y ella perdió todo pensamiento racional. Irene se puso de puntillas y le devolvió el beso con un ardor igual al de él, y le rodeó el cuello con los brazos, sujetándolo mientras el calor se adueñaba de ella.

En aquel momento nada tenía importancia, nada más que sentir la dureza del cuerpo de Gideon contra el suyo. Estaba temblando entre sus brazos, temblando de deseo. Él deslizó las manos por su espalda y la agarró por las nalgas, hundiendo los dedos en su carne. La presionó contra la prueba fehaciente de su pasión. Irene nunca había sentido a un hombre así, y la sangre comenzó a latirle con fuerza entre las piernas.

Ella entrelazó los dedos en su pelo, consciente del salvaje deseo de frotarse contra él y acariciarlo.

—¡Oh, Dios! —exclamó, y se separó de él. Se tapó la cara con las manos y dijo—: ¡No! ¿Qué estoy haciendo?

Gideon dejó escapar un gruñido de frustración, y la abrazó por la espalda, volviendo a pegarla contra su cuerpo. Ella notó la rápida respiración en su pecho, y oyó el sonido áspero de su voz cuando él se inclinó a acariciarle el pelo con la boca y la nariz.

—Tú también lo sientes —murmuró Gideon—. No niegues que estás ardiendo de deseo, como yo.

—No puedo. No.

—Eres muy severa. Muy rígida —dijo él, rozándole el cuello con los labios, suavemente—. ¿No te importa en absoluto cómo me tientas?

—Yo no quiero tentarte.

—Sé que no —respondió Gideon con un sonido entre risa y gruñido—. Eso es lo peor de todo. No tienes que querer, no tienes que intentarlo. Sólo tienes que mirarme con esos ojos de oro. Sólo tengo que ver uno de tus rizos escapándose de su horquilla, y no puedo pensar en otra cosa que en tu pelo suelto, que en enterrar mis manos en tu melena, dorada como la miel... suave como el satén...

—¡Gideon, basta! —exclamó ella. Se apartó bruscamente de él y se alejó con los puños apretados para evitar que le temblaran los dedos—. No permitiré que me seduzcas. ¿De veras piensas que me convertiría en tu amante?

—No —respondió él, mirándola con cara de pocos amigos—. Quiero que te conviertas en mi esposa, como tú bien sabes.

—Gideon, ya te he dicho que eso no puede ser. ¿Por qué no me crees?

—¿Qué puedo hacer? Ya me has dicho lo que no quieres hacer. Sin embargo, no puedes conseguir que deje de intentarlo. ¿Acaso creías de verdad que iba a aceptar dócilmente tu negativa? ¿Que no haría todo lo posible por hacer que cambiaras de opinión? ¿Que no haría lo posible por persuadirte?

Se miraron el uno al otro durante un largo momento. Después, Irene suspiró y se relajó.

—No. Supongo que no esperaba que te rindieras, realmente.

—¿Sería tan terrible? —le preguntó en voz baja, dando un paso hacia ella—. ¿Ser mi esposa sería una carga tan pesada? —le preguntó, clavándole una mirada abrasadora—. Estar en mi cama... sentir mis caricias...

—No —respondió ella con sinceridad, y con la voz temblorosa—. No sería terrible... durante unas semanas, unos meses... hasta que hubieras saciado tu lujuria por mí. Pero después, cuando hubieras acabado con tu deseo, yo estaría bajo tu control.

—Creo que subestimas el tiempo durante el cual te desearía —respondió él—, pero supongamos que tienes razón. Cuando se apagara el fuego entre nosotros, aún serías mi esposa. Tendrías mi apellido, mi respeto, mi fortuna.

—Yo no tendría nada más que lo que tú quisieras darme. Una vez que tu deseo se hubiera disipado, cuando hubieras conseguido lo que querías, ¿crees que mi forma de hablar, sin pelos en la lengua, te resultaría aceptable? No. Creo que entonces yo te resultaría impertinente, demasiado independiente. Creo que no te gustaría que dijera lo que pienso sin preocuparme de lo que tú piensas o prefieres. Te darías cuenta de que soy discutidora y obstinada.

Él arqueó las cejas, divertido.

—¿Y no te parece que ya me he dado cuenta de todas esas cosas?

—¡No bromees! —exclamó Irene—. Puede que a ti no te parezcan importantes esas cosas, pero te aseguro que a mí sí. Si fueras tú el que te encontraras bajo el dominio de otro, sin nada que te perteneciera, ni siquiera el derecho sobre tu propio cuerpo... dependiente de los caprichos de otra persona, obligado a vivir de acuerdo con las reglas de otro, entonces tampoco querrías casarte.

—Irene... —dijo él, alarmado, y le tendió una mano—. ¿Crees que yo soy un tirano semejante?

—¡No lo sé! ¡No te conozco! —respondió Irene, con los ojos muy abiertos y las mejillas muy rojas—. Pero sé lo fácilmente que un hombre pronuncia palabras dulces cuando quiere conseguir algo, y lo rápidamente que las olvida después. Sé que si confío en un hombre y me equivoco, habré condenado mi vida. Tú podrías golpearme y nadie podría interferir. Los hijos que yo llevara en mi propio cuerpo, y que alumbrara con sangre y dolor, serían tuyos, y yo no tendría derechos sobre ellos. Tú podrías quitármelos si quisieras. Podrías encerrarme. Incluso la ropa que llevara te pertenecería. El dinero que tendría para gastar sería el que tú me dieras. Tú...

—Dios Santo —la interrumpió Gideon—. ¡Yo no soy un monstruo! No, no me conoces, no más de lo que yo te conozco a ti, pero, ¿te he dado razones para que supongas que yo me comportaría así?

—No. Y, sin duda, pensarás que soy tonta por pensar en esas posibilidades. Otros me lo han dicho, así que no necesitas reiterarlo.

Él se detuvo durante un instante, observándola, y después preguntó en voz baja:

—¿La causa de que le tengas tanto miedo al matrimonio es tu padre?

Irene se reveló contra sus palabras y respondió rápidamente.

—¿Miedo? Yo no le tengo miedo al matrimonio. Lo veo con sentido común, eso es todo —dijo. Sin embargo, después dejó escapar un suspiro y se relajó un poco—. Tú lo conociste. Sabes cómo era. Es evidente que debió de perjudicarte de algún modo, porque yo te conocí cuando estabas pegándote con él en el vestíbulo de mi casa.

Él la miró burlonamente.

—Me alivia que pienses que fui tras tu padre porque él me perjudicó.

—No te enorgullezcas demasiado por ello. Ha sido más el resultado de que yo lo conociera a él, y no de conocerte a ti —le respondió Irene con sequedad.

—Prefiero tomarme eso como un cumplido, si no te importa. Es difícil oír algo así de tus labios.

—Puedes tomártelo como quieras —dijo Irene, y comenzó a caminar una vez más por el sendero.

Gideon se puso a su lado enseguida, tirando de las riendas de la montura. Tras un momento, dijo:

—Conocía a tu padre. Lo conocí en mi mundo. Atacó a una mujer que trabajaba para mí. Tenía la costumbre de pensar que cualquier mujer que se ganara la vida repartiendo cartas en un establecimiento de juego estaba disponible para él en otros sentidos —le explicó, y apretó los labios—. Cuando ella lo rechazó, él la golpeó.

—¿Y por eso viniste a nuestra casa?

Gideon asintió.

—Sí. Pero debo ser justo y admitir que las acciones de un hombre en mi parte de Londres no son necesariamente sus acciones entre los de su misma clase. Ni en su familia.

—No puedo contarte cómo era entre sus amigos, pero sé cómo trataba a aquellos que consideraba inferiores a él, y puedo decirte que su mujer y sus hijos estaban en ese grupo. Mi madre es muy paciente y dulce, pero él le encontraba defectos constantemente. No sé cómo era ella antes de verse bajo su poder, pero sé que ante él era temerosa, tímida, insegura de todo lo que decía y lo que hacía. Ninguno de nosotros sabía qué era lo que podía enfurecerlo. Podía estar iracundo durante días, semanas, y rugir por cada supuesto error que cometíamos. Entonces, de repente, pegaba a mi madre por cualquier cosa.

—Lo siento.

—Ya ha terminado todo. Como puedes imaginarte, no lamenté demasiado su muerte.

Él apretó la mandíbula y le preguntó:

—¿Te pegaba a ti?

—Una o dos veces me tiró al suelo. No estoy segura de que quisiera hacerme daño; a menudo era demasiado torpe porque estaba borracho. Creo que, en cierto modo, estaba un poco orgulloso de mí. Yo no me acobardaba ante él, y él no podía hacerme llorar y temblar como a mi madre y a Humphrey.

Gideon sonrió ligeramente.

—Estoy seguro de que eras una pequeña leona.

Ella se encogió de hombros.

—Pronto me di cuenta de que si demostrabas miedo, sólo conseguías empeorar las cosas. Sin embargo, no necesitaba sentir sus golpes para saber cuáles eran los resultados de su furia. Yo vi lo que le hacía a mi madre muy a menudo. Sabía que él era peor con ella porque era su esposa. Ella me contó una vez que mi padre era un caballero encantador cuando la cortejaba, que siempre alababa sus virtudes, sus encantos. Sólo después de casarse comenzó a encontrarla tonta.

Irene miró a Gideon. Se sentía sorprendida por haberle hablado de su padre. Ella nunca le había contado aquellas historias a nadie. No estaba segura de por qué le resultaba tan fácil contárselo, quizá porque él conocía la perversidad de su padre personalmente, o porque la vida que él había llevado era mucho más difícil que la suya. O quizá porque presentía que sus secretos iban a estar a salvo con él. De todos modos, no podía evitar preguntarse si Gideon la miraría de una manera distinta a partir de aquel momento. A los hombres no les gustaban las mujeres que sabían demasiado del lado oscuro del mundo.

Gideon se detuvo, le tomó el brazo e hizo que se volviera a mirarlo.

—No todos los hombres son como tu padre, Irene. Muchos de ellos adoran a sus mujeres. Las tratan con ternura y cuidado.

—Yo no soy una joya —respondió Irene—, como para que

me mimen y me tengan entre algodones. Ningún hombre lo pensaría, y aunque alguno fuera tan tonto como para pensarlo, te aseguro que yo le aclararía muy pronto su error. Sospecho que soy más una espina.

Irene intentó caminar de nuevo, pero él la sujetó con fuerza.

—No me confundas con tu padre. Ni con otros hombres.

Irene alzó los ojos. Mientras observaba a Gideon, el sol le arrancaba destellos dorados de la mirada.

—No te confundo con él. Pero si me equivoco, no lo sabría hasta que fuera demasiado tarde. Y te aseguro que no cambiaré de idea. No puedo casarme contigo.

Poco después, Irene y Gideon se separaron. Él fue a visitar sus granjas, y ella volvió a la casa con cierto sentimiento de tristeza en el pecho. Estaba segura de que, en aquella ocasión, había hecho que Gideon entendiera que no tenía ninguna posibilidad. Cesaría de perseguirla y volvería su atención hacia las muchachas que asistirían a la fiesta de la semana siguiente. Debería sentirse aliviada por ello, no triste.

Sin embargo y pese a sus esfuerzos, no consiguió deshacerse de aquel sentimiento de pena. Pasó la mayor parte de la tarde en su habitación, mirando por la ventana. Sin saber cómo, pensó, se había dejado atrapar en aquel tonto sueño de amor. ¿Por qué había permitido a Francesca y a las demás que la convencieran para comprar vestidos bonitos? ¿Por qué, de lo contrario, había accedido a viajar a Radbourne Park? ¿Por qué le había permitido a Maisie que le mejorara el estilo de peinado?

Bien, aquello tenía que cambiar. Aquella tarde le había

dejado las cosas claras a Gideon, y aquella noche se peinaría como llevaba años haciéndolo, y se pondría uno de sus viejos vestidos para la cena. Había hecho lo correcto, y pronto recuperaría el buen ánimo.

Hizo lo que había planeado: eligió un vestido marrón que Maisie había animado con un poco de encaje en el cuello y en las mangas, y declinó el ofrecimiento de la doncella para que la peinara para la velada.

Tampoco bajó con antelación a cenar. Esperó a oír a Francesca por las escaleras, salió de su habitación y se unió a ella. De aquel modo, evitó verse cara a cara con Gideon antes de que todos entraran al comedor. Allí estarían separados por los demás comensales, y no tendría que hablar con él.

La cena transcurrió a un ritmo muy lento, debido en gran parte a la falta de conversación. Durante los postres, sin embargo, Gideon habló y sorprendió a todo el mundo, porque no había dicho ni una palabra hasta aquel momento.

—Abuela, debo decirte que he invitado a un amigo a la fiesta de la semana que viene.

—¿Cómo? —preguntó lady Odelia.

—He invitado a uno de mis amigos para la fiesta de la semana que viene —repitió Gideon con calma—. Se llama Piers Aldenham. La fiesta estará llena de mujeres, y me pareció buena idea añadir otro hombre al grupo. Después de todo, habrá un baile.

Ninguna de las mujeres dijo nada. Todas siguieron mirándolo fijamente, con estupefacción. Gideon prosiguió sin alterarse.

—He informado al mayordomo y al ama de llaves, por supuesto, así que no tienes que preocuparte por eso.

Después de un momento, lady Odelia preguntó:

—¿A un amigo tuyo? ¿A uno de tus amigos de antes?

—Exacto. El señor Aldenham y yo llevamos siendo amigos más de diez años. Estaré encantado de presentártelo.

Teresa y Pansy se volvieron hacia lady Odelia, que las miró con las cejas arqueadas. Después, volvió a mirar a Gideon.

—No lo dices en serio.

—Sí.

—¡Es absurdo! No puedes presentarle a uno de... de... a una de las personas que conocías antes a la gente a la que hemos invitado.

—¿No? —preguntó Gideon con suavidad.

Sin embargo, Irene detectó un tono férreo en sus palabras que a su tía abuela se le escapó por completo.

Irene miró a Francesca, que estaba observando la conversación con sumo interés, y después se fijó nuevamente en lady Odelia.

—No, claro que no —dijo la dama—. Deberías haberme consultado antes de invitarlo. Eres muy bueno al acordarte de esa gente, pero no puedes pretender que se mezclen con los de nuestra clase.

—Mmm... así que crees que lo rechazarán, ¿no? —continuó él, pensativamente—. Entonces es una buena cosa, supongo, el hecho de que Piers no se desanime fácilmente.

—No, Gideon. No me has entendido. No puedes invitarlo. Debes enviarle una nota diciéndole que no puede venir. Quizá la próxima vez que vayas a Londres puedas ir a visitarlo.

—No, tía. Tú eres la que no me has entendido. Lo he invitado. Va a venir.

Lady Odelia lo miró con la boca abierta. Finalmente habló:

—No. Te lo prohíbo.

—¿Tú me lo prohíbes? —repitió Gideon en un tono calmado que, sin embargo, no engañó a Irene.

Lady Odelia miró severamente a su sobrino. Irene pensó que la dama iba a llevarse una buena sorpresa.

—Tía —dijo Gideon, inclinándose ligeramente hacia la mesa—, me temo que te has hecho una idea equivocada. He seguido con tus planes de futuro porque coinciden con mis intenciones. Por desgracia, parece que eso te ha dado la impresión de que te he permitido que dirijas mi vida y mi casa. Permíteme que te recuerde que Radbourne Park me pertenece, y que tú, y todas las demás personas que hay en esta mesa, estáis aquí bajo mi hospitalidad. Invitaré a quien quiera a esta casa, cuando quiera. Y aunque te guardaré el respeto que merece tu edad y que te debo por los lazos familiares, no tengo por qué obedecerte, ni ahora ni nunca. Piers llegará la semana que viene, y espero que todo el mundo lo trate con cortesía. Espero también haber hablado con claridad.

Lady Odelia, por primera vez en su vida, no respondió. No tenía palabras.

Él esperó un momento, y después inclinó brevemente la cabeza.

—Señoras, dado que hoy soy el único hombre presente en la mesa, creo que tomaré el oporto en mi despacho. Si me disculpan.

Él se levantó y salió de la habitación.

Tras su marcha se hizo un silencio lleno de asombro. Finalmente, Francesca tomó un sorbito de vino y dijo:

—Bueno, se nota que lleva sangre Lilles en las venas.

Irene soltó una risita y se tapó rápidamente la boca con la servilleta.

—¿Qué vamos a hacer? —preguntó Teresa quejumbrosamente.

—No parece que haya mucha elección —comentó Irene.

—¡Vos! —exclamó Teresa—. Oh, claro, para vos es lo mismo. No seréis vos la humillada.

—Oh, Dios mío—dijo Pansy ansiosamente—. Creo que ahora está terriblemente enfadado con nosotras. Odelia... —le imploró a su hermana.

—Bien —dijo lady Odelia—, bien. Es un muchacho desagradecido, ¿no es así? Me dan ganas de lavarme las manos y volver a Pencully Hall.

—¡No! ¡Odelia! —exclamó Pansy—. Por favor, no nos dejes con él.

El semblante de lady Odelia se suavizó, y le dio unos golpecitos en la mano a su hermana.

—Vamos, vamos, Pansy, sabes que no te abandonaré. Si decido irme, puedes venir conmigo.

—Lady Radbourne —le dijo Irene a Pansy—, yo no me preocuparía si fuera vos. No creo que lord Radbourne quiera hacerles daño de ningún modo. A mí no me parece un hombre despreciable.

—Claro que él no te haría daño, Pansy —dijo lady Odelia—. Sólo se ha obstinado en algo absurdo. ¿Por qué se habrá empeñado en esto?

—Quizá, milady, se haya cansado de que le digan lo que tiene que hacer. Ningún hombre que yo conozca aceptaría dócilmente que le digan a quién puede y a quién no puede invitar a su fiesta.

—Tenía algo de su padre, ¿verdad, Pansy? —dijo lady Odelia reflexivamente.

La única respuesta de Pansy fue un gemido de angustia.

—Bueno —prosiguió lady Odelia—. Claramente, la muchacha de los Ferrington no servirá. No tiene carácter en absoluto. Nunca podría dirigirlo. Es una lástima... ah, bueno, es una bendición que te tengamos a ti, Irene.

—¿Disculpad? —dijo Irene—. Milady, yo no tengo intención de casarme con lord Radbourne. Lo digo en serio.

—Sí, bueno —dijo lady Odelia, encogiéndose de hombros—. Es fácil decirlo, niña. Pero todas hemos visto cómo has saltado en su defensa.

—Sólo estaba siendo justa —replicó Irene con vehemencia—. Eso no significa que sienta nada por lord Radbourne.

—Mmm... supongo que no —dijo lady Odelia, mirándola con condescendencia—. De todos modos, espero que asimiles la verdad... antes de que Gideon se rinda y elija a una de las otras muchachas.

CAPÍTULO 11

Irene era lo suficientemente sabia como para darse cuenta de que lady Odelia la estaba provocando. Esperaba, sin duda, poner celosa a Irene al mencionar a otras mujeres y sugerir que lord Radbourne pudiera elegir a alguna de ellas.

Irene, sin embargo, no tenía intención de dejarse manipular por lady Odelia ni por otra persona. Ella no iba a casarse con lord Radbourne, y por lo tanto, no debía permitirse sentir celos.

Se mantuvo firme en su decisión de acabar con la vanidad que la había empujado a ponerse vestidos más bonitos y a arreglarse el pelo de una forma más atractiva. No tenía sentido intentar atraer la atención de Gideon. De hecho, aquello iba en contra de sus propios deseos. Además, pensó que recuperar su viejo estilo enviaría un mensaje claro a Gideon y a los demás. Les haría entender que no estaba intentando ganarse su interés.

Continuaron con las clases de baile, además de mantener entre los tres conversaciones artificiales destinadas a mejorar las habilidades sociales del conde. Sin embargo,

Irene se aseguró de que mantenía una distancia adecuada entre Gideon y ella, además de un tono muy formal. Notó cierto asombro en los ojos de Francesca y diversión e irritación al mismo tiempo en la mirada de Gideon, pero Irene no permitió que su actitud le molestara.

Durante los siguientes días, trabajaron por las mañanas e interrumpieron las sesiones de práctica antes de la comida. Por las tardes, Gideon desaparecía en su despacho o atendiendo asuntos de la finca, y Francesca e Irene tenían el día libre para hacer lo que quisieran. Francesca se dedicó a planificar la semana siguiente y a preparar la fiesta, e Irene también se vio involucrada en los preparativos.

Sin embargo, como las conversaciones interminables acerca de los arreglos florales, los menús y la música la aburrían lo indecible, y las conversaciones sobre los méritos de las distintas candidatas a prometida de Gideon le provocaban malhumor, Irene evitaba quedarse en el salón después de comer, y se escondía en la biblioteca con un libro, o en su habitación escribiendo cartas a sus amigos y a su hermano.

Durante la cuarta tarde de inactividad, decidió ir a dar un paseo. Tomó su sombrero, se lo puso y bajó al jardín. Allí caminó sin rumbo, admirando las flores otoñales. Pasó bajo un arco cubierto de hiedra, y al otro lado se detuvo.

Allí, frente a Irene, había un niño pequeño, agachado, observando atentamente el avance de un caracol por el camino. Al oír el sonido de los pasos de Irene, el pequeño se dio la vuelta, alarmado. Cuando la vio, sin embargo, se relajó.

—Lo siento —le dijo Irene—. No quería asustarte.

—Creía que eras la señorita Tyning —dijo el niño.

Era muy guapo y tenía unos cinco años. Su pelo era de color rubio y tenía la nariz llena de pecas. Tenía los ojos del mismo azul que Teresa, e Irene dedujo que se trataba de Timothy, el hijo de la condesa viuda, que había permanecido invisible desde que ella había llegado.

–Es mi institutriz –le explicó él–. Y se enfadará mucho cuando se despierte y se dé cuenta de que me he marchado. Pero hacía un día muy bonito como para quedarse dentro.

–Demasiado bonito –convino Irene.

Él la miró durante un instante.

–Eres la señorita que va a casarse con Gideon, ¿verdad?

Irene arqueó las cejas.

–Soy lady Irene Wyngate, y he venido a ayudar al conde, pero no, no tengo planes de casarme con él.

–Eso es lo que dice mamá. Dice que nunca ocurrirá. Pero lady Pencully dice que sí, y la gente siempre hace lo que quiere lady Pencully.

–¿De veras? –preguntó Irene–. Me imagino que eso sucede la mayor parte de las veces. Sin embargo, me parece que esta vez no se saldrá con la suya.

–¿De verdad? Espero que no. No quiero que Gideon se case. Mamá dice que si lo hace, será mi fin.

–¿Tu fin? –repitió Irene, espantada–. ¿Qué quieres decir?

Él se encogió de hombros.

–No lo sé. Creo que no le cae bien Gideon. No le gusta que esté con él, pero a mí sí me cae bien –dijo él, con el rostro iluminado–. Es mi hermano, ¿sabes? No tenía hermano hasta que él llegó.

–Es muy agradable tener un hermano –le comentó Irene–. Yo también tengo uno.

–¿De verdad? ¿Y es tan grande como Gideon?

–No, creo que no. Tu hermano es muy grande.

–Lo sé. Dice que yo también voy a ser muy alto. Eso espero. Me gustaría.

—Me imagino que tiene razón. Tu tío Jasper también es alto.

Timothy asintió.

—Sí. El tío Jasper es muy simpático, pero no tanto como Gideon. No me habla mucho. A mamá tampoco le cae bien el tío Jasper, pero yo no creo que sea malo. ¿Lo crees tú?

—No lo conozco lo suficiente como para saberlo, pero no me lo ha parecido. Es un poco callado.

—Gideon es mucho mejor. A él le gusta ver las cosas que colecciono. Piedras y bichos. Algunas veces, por las tardes, sale al jardín. Por eso bajo aquí cuando la señorita Tyning se queda dormida.

—Ya entiendo —dijo Irene, y miró a su alrededor con el corazón acelerado. Demonios, ¿acaso aquel hombre tenía que estar en todas partes?—. ¿Crees que vendrá hoy?

—No lo sé. Quizá.

—Entonces, a lo mejor debería volver a la casa para que tu hermano y tú habléis tranquilamente.

—No le importará que te quedes —le aseguró Timothy—. A él le gusta la gente.

—¿De verdad? —preguntó Irene.

Aquélla era una faceta de Gideon que no conocía.

Timothy asintió.

—Él siempre habla con los jardineros y los mozos. Algunas veces, cuando me escapo a la cocina para comer algo, está allí, hablando y riéndose con el cocinero y los criados. Salvo con Horroughs. No creo que a Horroughs le caiga bien.

—Yo creo que a Horroughs no le cae bien nadie —dijo Irene.

Timothy se rió y comenzó a saltar, cantando:

—A Horroughs no le cae bien nadie, a Horroughs no le cae bien nadie...

Irene observó la alegría del niño, sonriendo. Sin embargo, debido al ruido que estaba haciendo Timothy, no se dio cuenta de que alguien se acercaba por el camino.

—Ah, lady Irene. Me preguntaba con quién estaba hablando Timothy.

—Lord Radbourne —dijo Irene.

Se había quedado con Timothy demasiado tiempo, pensó Irene. Debería haberse marchado enseguida.

—Acababa de salir a dar un paseo cuando me encontré con Timothy —explicó ella.

—Yo le dije que quizá vinieras, ¡y has venido! —dijo el niño, interviniendo alegremente en la conversación.

—Sí, he venido. Estoy muy contento, porque puedo veros a ti y a lady Irene a la vez. ¿Qué tienes para enseñarme hoy?

Gideon se agachó junto al chico. Timothy sonrió y comenzó a sacarse cosas de los bolsillos: piedras, canicas, medio penique, un clavo oxidado y una llave vieja.

—Vaya, cuántas cosas —comentó Gideon, inspeccionando gravemente los objetos. Tomó la llave y dijo—: Parece que es muy vieja. Alguien debió de ponerse triste cuando la perdió, hace años, ¿no crees?

Timothy asintió y comenzó a explicar cuándo y dónde había encontrado todos sus tesoros. Irene los observó a los dos, y se quedó asombrada por la paciencia y el evidente afecto que Gideon tenía hacia el niño. Ella habría pensado que él no tenía ninguna debilidad, sobre todo, después de cómo había puesto en su sitio a lady Odelia; sin embargo, no había ni rastro de autocracia en el hombre que escuchaba con tanta atención al niño. Tampoco habría pensado Irene que el hombre que tenía frente a sí tuviera la intención de casarse por motivos de negocios, fríos y faltos de emociones.

Gideon se volvió y se dio cuenta de que ella lo estaba observando; entonces, sonrió. A ella le dio un salto el corazón al recibir la fuerza de aquella sonrisa fácil, sincera, genuinamente feliz. Los ángulos fríos y marcados del rostro de Gideon se transformaron en una belleza cálida y seductora, atrayente, e Irene no habría podido evitar devolverle la sonrisa ni aunque hubiera querido.

Gideon se irguió.

–Bueno, por mucho que disfrute hablando contigo, Timothy, y viendo tus tesoros, me parece que la excelente señorita Tyning estará buscándote como loca. Deberíamos volver a casa.

El niño obedeció sin una sola queja, y ambos se dirigieron al camino. Gideon se detuvo junto a Irene.

–¿Queréis volver con nosotros, milady?

–Sí, por favor –dijo Timothy, y la tomó de la mano.

Los tres avanzaron por el jardín y, cuando se acercaban a la casa, vieron a una mujer delgada y nerviosa, con un vestido marrón, acercarse corriendo por el camino principal, mirando ansiosamente a todos los arbustos por los que pasaba.

Cuando los vio, dejó escapar un grito y corrió en dirección a ellos.

–¡Timothy! ¡Aquí estás! –exclamó. Después le hizo una reverencia a Gideon–. Os pido perdón, milord. Siento mucho que el niño os haya importunado. Os prometo que no volverá a suceder –dijo apresuradamente, y se acercó para tomar a Timothy de la otra mano.

Irene le dio un apretón a Timothy en la mano antes de soltarlo, pero no le parecía que estuviera muy asustado ante la perspectiva de haber incurrido en la ira de su institutriz.

–¡Señorita Tyning! –dijo una voz chillona desde la terraza.

Todos miraron hacia arriba y vieron a lady Teresa con una expresión venenosa en el rostro. Se recogió la falda del vestido y bajó los escalones, rápidamente, hacia ellos.

—¿Ha vuelto a perderlo de vista, señorita Tyning? —exclamó a medida que se acercaba—. ¡No entiendo cómo una mujer adulta puede dejarse engañar tan fácilmente por un niño de cinco años!

—Lo siento, milady —dijo la institutriz suavemente, mirando al suelo—. Creía que estaba jugando en su habitación, y yo...

—Sólo estaba en el jardín —intervino Irene, que lamentaba que Teresa estuviera descargando su ira en la mujer—. No le ha ocurrido nada.

Teresa clavó una mirada de odio en Irene.

—Y vos, una mujer soltera, sin duda sabéis mucho de niños —le dijo con desprecio.

—Yo... quizá no sepa mucho de niños, pero no creo que pueda ocurrirle nada en los jardines de Radbourne Park. Hay jardineros trabajando y, en el corto tiempo que Timothy ha estado fuera, tanto lord Radbourne como yo lo hemos visto. Así que creo que podéis estar tranquila. Vuestro hijo no ha estado en peligro.

La mirada de Teresa no cambió.

—Señorita Tyning, lleve a Timothy a la casa ahora mismo. Yo iré a hablar con usted más tarde.

—Sí, milady —dijo la institutriz, y se llevó al niño.

Timothy se volvió a despedirse de Gideon y de Irene, y agitó la mano con desgana. Irene reprimió una sonrisa al ver el gesto, pero Gideon no se molestó en disimular su respuesta y le devolvió el saludo.

—¡Alejaos de mi hijo! —le ordenó Teresa.

—¿Cómo? —preguntó Gideon, mirándola fijamente.

—Me habéis oído —continuó Teresa—. No tenéis por qué acercaros a él.

—Es mi hermano —le recordó Gideon.

—¡No es asunto vuestro! —replicó Teresa.

Gideon arqueó las cejas ante la vehemencia de su reacción, pero no dijo nada.

Sin embargo, Teresa no había terminado.

—Vos lo animáis a que se comporte mal. Antes de que llegarais a Radbourne Park, él nunca se escapaba de la señorita Tyning.

—Él sabe que yo paseo frecuentemente a estas horas de la tarde —admitió Gideon—. Creo que quizá sale con intención de verme. Si pudiéramos establecer un horario, unos minutos al día para que pudiéramos pasear juntos, quizá no tendría la tentación de escapar y vos no tendríais que preocuparos porque se encuentre en peligro. Sería bueno para él.

—Yo soy la que dice lo que es bueno para Timothy —respondió Teresa con la voz chirriante, y continuó—: ¿Es que pensáis que quiero que mi hijo pase tiempo con vos? ¿Creéis que quiero que aprenda a hablar como un tendero, o que tome las maneras de un golfo de la calle?

Irene tomó aire bruscamente al oír aquellos insultos, y miró a Gideon. Su expresión era pétrea. Miró a Teresa durante un momento con los labios fuertemente apretados.

—Me temo que estáis nerviosa, milady. Sin duda, la preocupación que sentís por vuestro hijo os ha impulsado a decir cosas que más tarde lamentaréis. Sugiero que ambos olvidemos esta conversación —dijo Gideon, y le hizo una ligera reverencia—. Sin duda, querréis volver a la habitación de Timothy para estar con él.

Después, se volvió hacia Irene y le ofreció el brazo.

—¿Lady Irene? ¿Continuamos nuestro paseo?

—Sí, por supuesto —dijo Irene.

Posó la mano en su antebrazo y ambos se alejaron de Teresa.

Irene sintió los músculos de Gideon como si fueran de hierro bajo la mano, y miró de reojo a su acompañante. Su expresión era todavía de granito.

—No debes hacer caso de lo que ha dicho lady Radbourne —le dijo—. Es una tonta.

—Eso no se puede negar.

—Lo siento.

—¿Por qué? Tú no has hecho nada.

—Lo sé. Pero de todos modos siento que ella haya sido tan... desagradable.

—Me las he visto con gente peor que Teresa, créeme —dijo él, encogiéndose de hombros—. De todos modos, ella sólo es lo suficientemente maleducada o lo suficientemente idiota como para decirme a la cara lo que todos mis parientes piensan de mí.

—No. Estoy segura de que no es así —protestó Irene—. De todos modos, tú no hablas como un tendero, y aunque tus modales no sean aún tan finos como los de un caballero, yo he conocido a muchos nobles que son muy maleducados, te lo aseguro.

Él sonrió y su semblante se relajó.

—¿Estás intentando que me sienta mejor?

Ella alzó la barbilla.

—Sólo estoy diciendo la verdad.

—Bueno, la verdad es que yo era un golfo de la calle.

—Sí, pero, evidentemente, te convertiste en mucho más que eso —señaló ella—. Tengo entendido que, incluso antes de que te encontrara el duque de Rochford, te había ido muy bien.

—Gané mucho dinero, eso es cierto.

—Bueno, pues eso ya es admirable, ¿no? Saliste de la situación en la que estabas, conseguiste separarte de ese hombre del que me hablaste...

—Jack Sparks.

—Y dejaste de ser un ladrón —dijo ella. Se detuvo y lo miró con cierta preocupación—. ¿No es así?

Gideon se rió.

—Sí. No tienes que preocuparte de que la policía venga a detenerme. Todos mis negocios son legales ahora. No siempre lo fueron, pero conseguí legalizarlos hace años. No tenía ganas de acabar colgado de una soga.

Continuaron paseando en silencio durante un momento, e Irene preguntó:

—¿Cómo lo conseguiste?

—¿Te refieres a que cómo dejé el robo? Creo que fue por interés. Comencé a pensar que, si yo hacía todo el trabajo, no tenía por qué darle a aquel tipo todo el dinero. Entonces, empecé a esconder algo del dinero que robaba para él, y conseguí ahorrar algo. Después crecí lo suficiente como para que ya no pudiera pegarme más. Y, después de un tiempo, establecí mi propio negocio.

—¿De ladrón?

—Quizá no fuera totalmente honesto, pero no, ya no podía seguir robando. Crecí demasiado como para meterme por las ventanas o deslizarme por entre la multitud sin que la gente lo notara. Era más grande que los demás, y más fuerte. Sabía pelear. Así que me ofrecí para proteger a gente.

—¿A gente? ¿A qué gente?

—Siempre hay hombres que viven al límite, que tienen enemigos y que no pueden recurrir a las autoridades. Necesitaban a alguien con quien contar para impedir que les robaran o les hicieran daño, y estaban dispuestos a pagar bien por ello. Eso fue cuando aún era un muchacho, antes de que aprendiera ciertas cosas. Antes de que averiguara que hay formas mejores de ganar dinero.

−¿Y cómo lo averiguaste?

−Aprendí de los hombres para los que trabajaba. Vi cómo hacían dinero, y cómo otros hacían dinero para ellos. Vi cómo funcionaba la cadena, y cómo los que estaban más arriba usaban el cerebro en vez de los músculos. Y cómo los que ganaban más dinero lo hacían legalmente.

−¿Y cómo conseguiste cambiar tus negocios para que fueran legales?

−Supongo que fue algo gradual. Tenía dinero ahorrado, y guardaba la mayor parte de lo que me pagaban. El último hombre para el que trabajé tenía tabernas y establecimientos de juego, además de algunos negocios menos limpios. Yo pasé mucho tiempo en ellos, y en uno conocí a un chico que trabajaba allí. De hecho, lo salvé de que un cliente insatisfecho le cortara el cuello.

−¿De veras? −Irene lo miró con los ojos muy abiertos.

−Sí. El atacante era un borracho, uno de tus caballeros. Estaba rabioso porque Piers le había ganado mucho dinero.

−¿Piers? ¿El amigo al que has invitado a la fiesta?

−Sí. Él era el que había ganado el dinero. El otro tipo lo estaba esperando en la calle, y tenía una punta de espada escondida en el bastón. Cuando Piers salió, lo atacó, y aunque Piers pudo apartar el bastón con una mano, no pudo evitar que le hiciera un corte en el cuello. Probablemente aquel tipo habría acabado con él, pero, por suerte, yo estaba allí y vi lo que ocurría. Le quité el bastón al cliente y lo eché.

−Haces que parezca muy fácil.

−Ese caballero no tenía mucha experiencia luchando, y yo sí. Después de eso, Piers y yo nos convertimos en amigos, y finalmente comenzamos algunos negocios juntos con un préstamo de mi jefe y con el dinero que yo había ahorrado. Compramos un pequeño local y lo convertimos en un establecimiento de juego. Piers lo dirigía. Había otro amigo mío trabajando allí también. Y fue un éxito.

—¿Fue entonces cuando conociste a mi padre?

Él asintió, mirándola de reojo.

—Sí. Lord Wyngate era un cliente asiduo... al menos al principio.

—Hasta que tú lo echaste.

—Sí.

—Pero echarlo debió de ser un riesgo —dijo Irene—. Sus amigos y él debían de ser clientes muy valiosos.

—Para mí era más importante establecer el control sobre mi negocio. No tenía intención de permitir que nadie me dijera cómo debía llevarlo. Tampoco tenía interés en permitir que los nobles, ni que ninguna otra persona, maltratara a mis trabajadores —explicó Gideon, y se encogió de hombros—. De todos modos, no me hizo daño. Puede que perdiera unos cuantos clientes, pero mi política atrajo a otros que apreciaban el hecho de que en mi establecimiento no se permitieran comportamientos escandalosos como en otros lugares de juego. Y esos otros clientes tenían más dinero que Wyngate y Haughston y los de su grupo.

—Entonces, ¿también conociste al marido de lady Haughston?

Él asintió.

—Lo suficiente como para saber que ella está mejor viuda.

—Supongo que tienes razón.

—Es raro, ¿verdad? Ella no consiguió para sí lo que parece que consigue con facilidad para los demás.

—Supongo que las cosas son más fáciles cuando uno no está involucrado personalmente.

—O quizá aprendiera de sus propios errores —dijo Gideon–. Parece que las damas no aprovechan a menudo su oportunidad de asegurarse el éxito financiero para sí mismas cuando se casan.

–Es la belleza de un hombre y sus palabras melosas las que a menudo las dominan. Así fue con mi madre. Y quizá fuera así también con Francesca. Lord Haughston era un hombre guapo. El deseo puede cegar a uno y hacer que se olvide de sus intereses.

Irene miró de reojo a Gideon, pensando en cómo el deseo que ella sentía seguía conduciéndola hacia él, urgiéndola para que cometiera el error que siempre había jurado que no cometería. Él percibió aquella mirada y sonrió.

Entonces se detuvo y le tomó las manos.

–El deseo –le dijo suavemente–, no tiene por qué ser un error. Uno puede tomar la decisión más sabia y al mismo tiempo seguir el camino por el que le conduzca la pasión.

–No estoy segura de que la visión de una persona pueda ser clara en ese sentido –respondió Irene–. Las emociones y... las sensaciones pueden hacer difícil el pensar. Ver el camino más apropiado.

Gideon le besó el dorso de la mano.

–Irene... creo que, en esta ocasión, tus... sensaciones te están proporcionando una visión muy clara de lo que podría ser este matrimonio. Sólo tienes que permitirte creerlo.

Gideon hizo que volviera la mano y le dio otro suave beso en la palma. Ella comenzó a temblar. Miró su cabeza inclinada, mientras él le besaba la piel. Vio la espesa oscuridad de sus pestañas contra las mejillas, la curva sensual de su boca. El pelo de Gideon le rozaba la muñeca.

¿Siempre lo había visto tan guapo?, se preguntó. Cuando lo había conocido, ¿habían palidecido los demás hombres en comparación con él? Irene no recordaba a ningún otro hombre cuya mirada la hubiera cautivado como la de Gideon, o cuya sonrisa hubiera esperado con tanta impaciencia. ¿Cuándo y cómo había empezado su corazón a latir como un martillo cada vez que lo veía?

A Irene le daba miedo tener tan poco control sobre sí misma, saber que alguien podía afectarla tanto con tan poco esfuerzo, que alguien podía traspasar sus defensas con la facilidad del humo. Y sin embargo... sin embargo...

¿En dónde estaba el daño de casarse con alguien que podía hacer que se sintiera de aquella manera? ¿Era lo que sentía la misma tontería que habían sentido Francesca y su madre, que se habían casado con hombres que deseaban para luego lamentar aquel deseo? ¿O era aquél un mero beneficio de un matrimonio sabio, una gota de dulzura en lo pragmático de una acción?

Gideon alzó la cabeza y la miró a los ojos. Ella se preguntó si podría leerle el pensamiento, la confusión que reinaba en su mente. Se dio cuenta de que él sabía hasta qué punto la afectaba al ver una señal de satisfacción masculina en sus ojos, la llama que los iluminaba.

Entonces, Gideon se acercó a ella y se quedó a pocos centímetros de su cuerpo. Se llevó la mano de Irene a la mejilla e Irene sintió el calor y la suavidad de su piel, el picor que le producía la sombra de barba oscura que comenzaba a poner áspera su piel.

—¿Crees que me has engañado durante estos últimos días? —murmuró—. ¿Que no he podido ver más allá de los vestidos sencillos? ¿Que no recuerdo lo espeso y suave que es tu pelo, y de cómo se te riza alrededor del rostro? He visto cómo te has vestido, cómo te has recogido el pelo en un moño tirante de institutriz —dijo Gideon, y se inclinó hacia ella. Su respiración le acariciaba el pelo a Irene mientras él hablaba, y ella no pudo reprimir un estremecimiento.

—Pero te conozco, Irene —prosiguió él en voz baja—. Te he besado y te he tenido entre mis brazos. Conozco la pasión que hay dentro de ti.

Gideon le puso un dedo bajo la barbilla e hizo que elevara la cabeza para mirarla a los ojos. Iba a besarla, pensó Irene, y tembló, asustada, excitada e insegura.

Durante un largo momento, Gideon se limitó a mirarla. Cuando, por fin, hizo un movimiento, no fue para atraparla en un beso salvaje, sino para rozarle con ligereza los labios.

—No nos niegues lo que podríamos tener —susurró él, apretándole los labios con los suyos, delicadamente, una vez más. Ella, sin darse cuenta, se apoyó en él para prolongar el contacto.

Gideon alzó la cabeza.

—Piénsalo bien antes de decidirte, Irene.

Le acarició el labio inferior con el dedo pulgar, se dio la vuelta y se alejó rápidamente. Irene se quedó mirándolo, con todos los nervios del cuerpo vivos, vibrantes.

CAPÍTULO 12

Irene no supo cuánto tiempo se quedó así, aturdida, temblando por todo lo que estaba sintiendo. Se volvió y se encaminó hacia la casa con pasos lentos, pensativamente. Tenía un hervidero de cosas en la cabeza: su encuentro con Teresa y Timothy y sus sentimientos hacia Gideon y hacia el matrimonio se entremezclaron hasta que pensó que iban a estallarle las sienes.

Irene no estaba acostumbrada a aquella confusión e inseguridad, pero no podía recuperar su estado de ánimo decidido. Se bañó y se arregló para la cena, escuchando a medias la amigable charla de la doncella. Cuando estuvo vestida, se dio cuenta de que había elegido uno de los vestidos nuevos y de que había permitido que la doncella le arreglara el pelo con un estilo más favorecedor.

Se miró al espejo y se preguntó si no debía cambiarse y ponerse algo más sencillo. Sin embargo, hacer algo así le parecía una tontería, y finalmente salió de su habitación y bajó a la antesala donde todo el mundo se reunía antes de la cena.

Se sorprendió al ver que Francesca ya estaba allí, sentada en una butaca que había junto a la ventana, a varios metros de donde se encontraban Odelia y Pansy departiendo. Irene se acercó a ella.

—Me sorprende verte aquí tan pronto —le comentó a su amiga.

—Bueno, eso es culpa tuya —respondió Francesca con una sonrisa—. He tenido que escaparme del salón esta tarde, así que no tenía nada más que hacer que subir a mi habitación y arreglarme para la cena.

—¿Y yo tengo la culpa? —preguntó Irene.

—Bueno, la razón por la que tuve que escapar es que lady Radbourne la joven me estaba contando, con todo lujo de detalles, cómo había rescatado a Timothy de tus garras esta tarde. Parece que lord Radbourne y tú estabais corrompiendo a su hijo.

Irene hizo una mueca de desagrado.

—Ella fue muy insultante con Gi... con lord Radbourne. Sospecho que la única razón por la que él la tolera es su hijo. Está muy encariñado con Timothy, que es un niño estupendo, por cierto. Apenas puedo ver su parentesco con Teresa.

Francesca se rió.

—No he conocido al niño, pero estoy segura de que no estará mal que alguien lo corrompa y lo desvíe de la educación de Teresa.

—Lo más lógico es que ella se alegrara de que lord Radbourne pase tiempo con Timothy. Una vez que su padre ha muerto, estoy segura de que es bueno para el niño tener a alguien a quien poder admirar. Sin embargo, lady Teresa le dijo a Radbourne que no quería que su hijo adoptara su forma de hablar y sus maneras.

—Lady Teresa es una tonta —respondió Francesca sin apasionamiento alguno—. Y estoy segura de que su hijo es lo que menos le preocupa en este mundo. Nunca había conocido a una mujer menos maternal. Lady Odelia está segura de que la única razón por la que tuvo al niño fue que pensaba que sería la madre del futuro conde de Radbourne cuando Cecil muriera –dijo, y sonrió con picardía–. Me habría gustado ver su cara cuando Rochford anunció que había encontrado al heredero.

–Francesca... –dijo Irene. El comentario de su amiga le había recordado la conversación que había tenido con Gideon.

Francesca se giró a mirarla, interesada por el repentino tono serio de la voz de Irene.

–¿Qué?

–Me estaba preguntando... ¿no parece un poco raro que la familia fuera incapaz de encontrar al conde durante todos los años que estuvo desaparecido, pero que el duque fuera capaz de encontrarlo en cuestión de meses?

Francesca la miró durante un instante.

–¿Qué estás sugiriendo?

–No estoy segura, pero la primera noche que estuvimos aquí, Radbourne me señaló la facilidad con la que Rochford lo había encontrado y se preguntó por qué había sido imposible para su padre. Yo... bueno, no puedo evitar preguntarme lo mismo.

–Lo entenderías si conocieras a Rochford –le aseguró Francesca–. Él es así. Nunca he conocido a un hombre más irritante. Siempre tiene razón –dijo. Los ojos comenzaron a brillarle, y ella apretó los labios mientras pensaba en el molesto carácter del duque–. Él es la única persona a la que se le ocurre llevarse un paraguas de paseo. Seguro que tú le dirás que el día es muy soleado y que el paraguas no es necesario, pero después, naturalmente, llueve. O quizá hayas estado buscando un libro durante días por todas partes. Entonces, él se sienta en un sofá, mete la mano entre los cojines y dice: «Oh, mira, alguien ha perdido este libro». Es tan competente que exaspera.

—Oh.

—Además —continuó Francesca, que obviamente se había acalorado con el tema—, es tan decidido y obstinado que continúa intentando resolver un asunto mucho después de que cualquier persona razonable se haya rendido.

Irene parpadeó.

—Entiendo. Perdóname, pensaba que el duque y tú erais amigos.

—¿Amigos? —repitió Francesca con ironía—. Dudo que amigos sea un nombre apropiado para lo que... para lo que sea que somos —respondió. Después, pensativamente, añadió—: Supongo que se puede llamarnos conocidos... desde hace mucho tiempo.

En aquella historia había mucho más, pensó Irene, pero en aquel momento estaba tan concentrada en el asunto que tenía en mente que no pudo seguir aquella pista secundaria.

—De todos modos, ¿no te parece un poco raro que no encontraran a Gideon hasta ahora? Aunque el duque sea un hombre persistente, es lógico pensar que el difunto lord Radbourne hubiera buscado a su hijo con más diligencia que un primo segundo.

Francesca frunció el ceño.

—Sí, supongo que sí. Pero puede ser que, cuando Radbourne era niño, alguien lo estuviera ocultando, intentando impedir que lo encontraran. Sin embargo, de adulto ya no estaba escondido. De hecho, se había convertido en un exitoso hombre de negocios, y por lo tanto era mucho más fácil encontrarlo —explicó Francesca. Después de una pausa, preguntó—: ¿Qué piensa Radbourne? ¿Que su padre no intentó encontrarlo?

Irene se encogió de hombros.

—No estoy segura. No parece probable que no lo intentara, no... Sin embargo, desde que Radbourne me lo mencionó, yo le he estado dando vueltas y encuentro algunas cosas raras...

—¿Cosas raras? ¿Qué cosas raras?

—Bueno, por ejemplo... ¿por qué los secuestradores se llevaron a la madre y al hijo? Habría sido mucho más fácil manejar sólo al niño. Menos llamativo. Pero una mujer y su hijo... son dos personas a las que controlar. Es más difícil esconder y transportar a una mujer. Y seguramente, una madre lucharía por salvar a su hijo, ¿no?

—Sí. Pero quizá no pudieron atrapar al niño cuando estaba con su madre. Él era muy pequeño, así que probablemente siempre estaba con la niñera o con su madre. También cabe la posibilidad de que los secuestradores pensaran que iban a obtener un rescate mucho mayor por la madre y por el hijo.

—¿Pidieron rescate por los dos?

—No lo sé. Nunca lo he preguntado.

—¿Y qué le ocurrió a su madre?

—Quizá la asesinaran.

—¿Y por qué no devolvieron al niño cuando el padre pagó el rescate? Todo el mundo pensó que habían matado al niño, y que ésa era la razón por la que no lo devolvieron. Pero es evidente que no lo mataron.

—¿Devolver a quién? ¿De quién estáis hablando, niñas? —pregunto lady Odelia desde el otro extremo de la antesala.

Francesca la miró con aprensión.

—Oh. Um. Pues... de nada.

—¿De nada? —preguntó lady Odelia con una ceja arqueada—. ¿Cómo se puede estar hablando de nada?

—Estábamos hablando sobre el secuestro de lord Radbourne —respondió Irene calmadamente—. Lady Haughston no quería inquietarla.

La abuela de Gideon soltó un jadeo; lady Odelia se limitó a gruñir y dijo:

—Es evidente que tú no tienes tantos miramientos.

—Creo que, si alguien pregunta de qué están hablando otras personas, debe estar preparado para oír cuál era el tema de la conversación —respondió Irene imperturbablemente.

Al instante, el sentido del humor asomó en los ojos de lady Odelia.

—Ya veo. Eres una descarada, ¿eh?

—Sí, lo es —intervino Teresa.

Irene no se había dado cuenta de que lady Teresa había entrado en la sala mientras Francesca y ella estaban hablando. En aquel momento, Teresa se sentó junto a las ancianas, a cierta distancia de ellas dos.

Teresa miró a Irene con desdén y continuó:

—Me parece también que lady Irene siempre está muy preocupada con los asuntos de los demás.

Lady Claire, que estaba entrando en la antesala, se ruborizó un poco y se apresuró a decir:

—Lo siento, lady Odelia. Me temo que algunas veces Irene puede ser demasiado franca.

—La honestidad no tiene nada de malo, Claire —dijo la otra dama—. No te preocupes. Siempre es mejor ser franca que ser una de esas muchachas horribles que no son capaces de articular una frase sencilla. No me parece nada malo tener una curiosidad sana —dijo, y le lanzó una mirada significativa a Teresa antes de dirigirse a Irene—. ¿Qué estabas diciendo sobre el secuestro?

—Todo el mundo ha oído la historia, pero yo no conozco realmente los detalles. Quizá por mi desconocimiento de lo que ocurrió, me parece que hay algunas cosas muy... curiosas.

—¿De veras?

—Para empezar, ¿no es raro que el duque de Rochford, aunque sea un hombre muy competente, encontrara al conde con tan poco esfuerzo, pero que nadie fuera capaz de encontrarlo antes?

Pansy abrió unos ojos como platos, pero Odelia se limitó a asentir.

—Ah, ¿se ha estado preguntando eso Gideon? Tengo que decir que pienso que Cecil debería haber investigado más. Yo no estaba aquí en ese momento, así que no sé con exactitud lo que se hizo para encontrar a Gideon y a su madre. No pude venir, pese a que Pansy me lo rogó, porque mi hija pequeña estaba de parto en aquellos momentos.

Lady Odelia miró a su alrededor.

—Pansy es la única que puede contarte más cosas de aquello. Yo me imagino que Cecil dirigió mal la búsqueda. Él siempre dejaba que su furia le cegara y se antepusiera al sentido común.

—¡Odelia! —exclamó su hermana con indignación—. ¿Cómo puedes decir semejante cosa? Cecil hizo todo lo que pudo. Envió a Owenby a investigar por toda la región, en busca de alguna pista sobre dónde habían ido. ¿Cómo quieres que encontrara a los secuestradores, si no tenía idea de adónde podían haber ido?

—¿Cómo fueron secuestrados lord Radbourne y su madre? —preguntó Irene, con suavidad, a la anciana.

—¿Cómo? —respondió Pansy—. ¿A qué te refieres?

—¿Se los llevaron de la casa? ¿Habían salido a dar un paseo?

—Oh... yo... eh... no estoy completamente segura. Hace tanto tiempo... —Pansy se miró las manos, que tenía fuertemente asidas en el regazo—. Fue un momento horrible. El pobre Cecil estaba tan devastado...

Lady Odelia soltó un resoplido poco refinado.

—¡Me lo imagino! Sin duda, recorrió a zancadas toda la casa, gritando y dando golpes, sin hacer nada útil.

—¡Odelia!

—Estoy segura de que estaba muy disgustado —dijo Francesca para calmar a Pansy.

Irene insistió:

—¿Y no recordáis si lady Radbourne y su hijo estaban en la casa, o los secuestraron fuera?

—Fuera —respondió Pansy rápidamente, asintiendo—. Debió de ser fuera. Nadie pudo entrar y llevárselos. Estaban en el jardín, sí, eso es. Estaban en el jardín.

—¿Y nadie vio nada?

—No. Ellos estaban solos. Los secuestradores se escaparon sin ser vistos.

—¿Y cómo supisteis lo que les había ocurrido a lord Radbourne y a su madre?

—¿Cómo? Bueno, Cecil me lo dijo.

—¿Y cómo lo supo él? ¿Recibió una carta?

—¡Oh! Oh, sí, me dijo que había recibido una carta pidiéndole a la familia los rubíes de los Bankes si quería volver a ver a su hijo y a Selena, claro. Era un collar precioso, que le regaló a la familia la reina Isabel en persona. Era parte de un tesoro capturado de la reina española.

Pansy se quedó callada después de eso, y su hermana la aguijoneó con impaciencia.

—Bueno, continúa, Pansy, ¿qué ocurrió después? ¿Qué hizo Cecil con el collar?

—Se lo dio a ese hombre, Owenby. Tú no lo recordarás.

Era el ayuda de cámara de Cecil, que había estado con él desde que Cecil no era más que un muchacho. Owenby era de la total confianza de Cecil.

—¿Así que Cecil no pensó que este señor pudiera quedarse con el collar y fingir que se lo había dado a los secuestradores? —preguntó lady Odelia.

—¡No! No, claro que no —dijo Pansy, horrorizada—. Owenby nunca habría hecho nada para dañar a Cecil. Nunca. Él... tomó el collar y se lo dio, pero ellos no nos devolvieron a Gideon.

—Ni a lady Radbourne —señaló Irene.

—Sí, claro.

—¿Queréis decir que su antiguo criado se encontró cara a cara con los secuestradores? —preguntó Irene con sorpresa—. ¿Fue capaz de reconocerlos?

—¿Cómo? Oh, no, claro que no. Creo que los secuestradores le ordenaron que dejara el collar en algún sitio, y le dijeron que ellos le devolverían a Gideon, pero no lo hicieron. Se suponía que Gideon debía aparecer junto a un viejo roble que está en la carretera de Londres. Owenby dejó el collar en el lugar que le habían indicado, y después fue hacia el roble, y esperó y esperó, pero Gideon no apareció. Cuando Owenby volvió al lugar en el que había dejado el collar, se lo habían llevado.

—¿Y qué hizo entonces lord Radbourne? —preguntó Francesca.

—Envió a Owenby a buscarlos, claro. Buscó por todas partes. Fue a Liverpool y a Southampton, a todos los puertos.

—¿A los puertos? —preguntó Irene, sorprendida—. ¿Pensaba que los secuestradores se los habían llevado fuera del país?

—No estoy segura. Supongo que no...

Su hermana la miró fijamente.

—Pansy, deja de comportarte como una cabeza de chorlito. ¿Dónde envió Cecil a Owenby a buscarlos?

—Sé que fue a Londres a hacer averiguaciones, pero nadie sabía nada —respondió Pansy débilmente.

—¿Y eso es todo lo que recuerdas? —preguntó lady Odelia.

—¡Fue hace mucho tiempo! —protestó Pansy—. Y todos estábamos fuera de sí entonces. Yo... quizá mi memoria no sea muy buena.

—Parece que con quien hay que hablar es con ese Owenby —dijo Irene—. ¿Vive todavía, lady Radbourne?

Pansy se volvió hacia Irene con una mirada casi de horror.

—¡No! Quiero decir que sí, que está vivo, pero ya no trabaja aquí. Él... dejó el empleo cuando Cecil murió.

—¿Vive en el pueblo? Gideon... quiero decir, lord Radbourne podría ir a hablar con él.

Pansy parpadeó y después dijo con un hilillo de voz:

—No es necesario. Mi nieto no tiene que hablar con ese hombre. Sería... demasiado doloroso, sin duda.

—Tonterías —le dijo su hermana—. ¿Por qué iba a ser doloroso? Me imagino que el chico querrá saber todo lo que pueda sobre lo que le ocurrió. ¿No es mejor saber que pasar la vida haciéndose preguntas?

—¿Mejor saber qué?

Todo el mundo se volvió hacia la puerta, desde donde Gideon estaba mirándolos. Entonces, él repitió:

—¿Mejor saber qué? ¿Preguntarse qué? ¿Ese chico del que estáis hablando soy yo, tía?

—Sí, por supuesto. Irene ha sacado a la conversación el tema de lo que te ocurrió hace tanto tiempo.

—¿De veras? —preguntó Gideon, mirándola.

—Sí —respondió Irene—. Siento que el tema pueda resultar inquietante. Tenía algunas preguntas...

—Como sabéis que yo también las tengo —respondió él—. Y el tema no me resulta inquietante. Qué acorde con vuestra personalidad es ir directamente al grano —dijo con una sonrisa. Después se volvió hacia su abuela—. Debería haber tratado este tema contigo mucho antes.

—Pansy nos estaba contando que el hombre a quien tu padre envió a buscarte todavía vive —le dijo lady Odelia, haciéndose cargo de la situación—. Estoy segura de que él podría contarte muchas más cosas.

—Vuestra abuela estaba a punto de contarnos dónde vive ahora Owenby —le dijo Irene.

Sin embargo, había notado cierta reticencia a hablar del tema en lady Pansy.

—Yo... yo no estoy segura de dónde vive el criado —dijo, en efecto, la dama—. Pero de veras, Gideon, no creo que sirva de nada que vayas a verlo. Sería mejor que dejaras todo este asunto... en el pasado.

Gideon la miró con curiosidad.

—No, yo no lo creo. Lamento que te angustie, abuela, pero me gustaría hablar con ese hombre. ¿Se llama Owenby?

—Por favor, Gideon —dijo Pansy. Tenía la voz quebrada y parecía que estaba a punto de echarse a llorar—. ¿Qué vas a conseguir con eso? Probablemente, Owenby no recuerda bien lo que sucedió. Hace tanto tiempo...

—Oh, deja de comportarte como una boba, Pansy —le dijo lady Odelia—. ¡Como si no fuera a acordarse de que estuvo viajando por todo el país en busca de una banda de secuestradores!

—¡Odelia! —exclamó Pansy, y miró a Gideon—. Por favor, ¿no podríamos hablar de algo más agradable?

La expresión del rostro de Gideon se endureció.

—¿Por qué te muestras tan reacia a hablar de esto? ¿No quieres que averigüe la verdad? ¿Tienes miedo de que descubra lo poco que le importaba a mi padre? ¿El poco interés que se tomó en buscarme?

—¡No! —gritó Pansy—. ¡A Cecil le importabas mucho! ¡Se quedó destrozado! No debes pensar que tu padre fue indiferente. Yo nunca había visto a un hombre tan angustiado como él. ¡Ella no se merecía su tristeza!

Gideon se quedó helado. De repente, se hizo un silencio abrumador.

—¿Cómo? —preguntó Gideon por fin—. ¿A qué te refieres con eso? ¿Estás hablando de mi madre?

—¡No! No quería... —Pansy miró con pánico a su alrededor.

—¡Pansy! —intervino lady Odelia con firmeza—. Deja de titubear. Dime ahora mismo qué has querido decir.

Parecía que lady Pansy estaba a punto de desmayarse, pero finalmente irguió los hombros.

—Perdóname, Cecil —murmuró, y después añadió en voz alta, mirando a su nieto—: Pero me niego a que creas que tu padre no te quería, Gideon. Fue Selene quien te separó de tu padre y tu familia.

—¿Cómo? —preguntó un coro de voces asombradas.

Pansy alzó la barbilla.

—No te secuestraron, Gideon. Tu madre escapó con su amante y te llevó consigo.

CAPÍTULO 13

Durante un largo momento, todo el mundo guardó silencio. Se habían quedado demasiado impresionados como para decir algo. Irene miró ansiosamente a Gideon, que se había quedado pálido.

Fue lady Odelia la que habló primero.

—¿Estás loca? ¡Pansy!

—No. No estoy loca —respondió Pansy—. Es la verdad.

—¡No! ¡No puede ser! —exclamó quejumbrosamente lady Teresa—. Fue secuestrada. Todo el mundo lo sabe. ¡Murió hace muchos años!

—¿Estás diciendo que Cecil mintió a todo el mundo? —insistió lady Odelia—. ¿Que tú mentiste?

Pansy asintió y, de repente, comenzó a llorar.

—Sí. Sí. Mentimos.

—No, no, no —gimió lady Teresa, sacudiendo la cabeza.

—Pero, ¿por qué? —preguntó Irene, incapaz de mantenerse callada.

Tenía el corazón encogido al pensar en lo que debía de estar sintiendo Gideon en aquel momento. Todo su mundo había dado un tremendo giro sólo unos meses antes, cuando el conde lo había encontrado. Y en aquel momento había vuelto a cambiar radicalmente.

—¿Por qué fingisteis que nos habían secuestrado?

—¡Porque Cecil no podía soportar que nadie supiera la verdad! —gritó Pansy—. El escándalo...

—¿Lo hizo para evitar un escándalo? —preguntó Irene, perpleja.

—¡No por sí mismo! —siguió Pansy—. ¡Fue por ella! Lo hizo por Selena. Incluso entonces la quería. Él... estaba seguro de que ella se daría cuenta de que había cometido un terrible error y volvería en pocos días. Cecil no quería que sufriera por los rumores que se producirían si todo el mundo se enteraba de lo que había hecho.

—Es más probable que su orgullo no le dejara admitir que su esposa lo había dejado —saltó Odelia.

—¡Odelia! ¿Cómo puedes decir eso? —protestó su hermana—. A Cecil se le rompió el corazón. Tú siempre fuiste muy injusta con él.

—Y tú siempre fuiste una débil —replicó Odelia—. ¿Cómo sabes que Selene huyó?

—Porque me lo dijo Cecil, claro está. Él no me habría ocultado algo así. Vino a verme con la carta que le había dejado Selene. Le decía que lo sentía, pero que quería a otro, y que lo iba a dejar aquella noche. Le pedía que la dejara marchar y que no la buscara. Cecil encontró la carta en su despacho a la mañana siguiente.

—¿Y la dejó que se marchara sin más? —preguntó Gideon en un tono calmado, con una expresión pétrea—. ¿Permitió que se llevara a su hijo?

—Ya he dicho que estaba seguro de que ella volvería. Estaba convencido de que Selene se arrepentiría de lo que había hecho y regresaría llena de disculpas. Por eso, Cecil inventó la historia del secuestro y fingió que la carta que había encontrado en su despacho era una nota de los secuestradores. Le ordenó a Owenby que se llevara el collar al bosque, como si estuviera cumpliendo con las exigencias de los secuestradores, y después Owenby trajo el collar de vuelta y Cecil lo escondió y dijo que se lo habían llevado.

Pansy suspiró y después continuó con la voz temblorosa.

—Después de un tiempo, cuando se dio cuenta de que Selene no iba a volver ni a ponerse en contacto con él nunca más, Cecil se sumió en la desesperación. No salía de su habitación, y perdió el interés en todo. El administrador de la finca tenía que venir a preguntarme a mí sobre los problemas que surgían, porque Cecil no quería ver a nadie.

En el rostro de Pansy se reflejó el horror que sentía al recordar todo aquello.

—Pero, finalmente, debió de recuperarse —le dijo lady Odelia a su hermana—. Sé que Cecil no pasó el resto de su vida encerrado en su cuarto.

—No, claro que no —respondió Pansy—. Finalmente volvió a ser él mismo. Comenzó a tomarse interés por las cosas nuevamente, poco a poco. Envió a Owenby a buscar a Gideon, pero entonces el rastro ya se había perdido, y no pudieron averiguar nada ni de Selene ni del niño. Cecil estaba seguro de que su amante y ella debían de haber ido directamente a un puerto y haber salido del país. Owenby fue a Londres, a Liverpool, pero no pudo encontrar ninguna pista sobre ellos. Seguramente, usaron nombres falsos. Y podían haber ido a cualquier sitio. Cecil envió a un hombre a Europa a buscarlos, pero tampoco tuvo éxito. Con toda probabilidad, se marcharon a las colonias, a cualquier sitio donde hubiera sido imposible buscarlos.

—Pero, ¿y su hijo? —estalló lady Odelia—. ¡Gideon era el heredero de Cecil! No puedo creer que no lo buscara para traerlo a la casa de nuevo.

—Yo le pedí que buscara al niño —insistió Pansy—. Le recordé que debía tener un heredero. No importaba que ella se hubiera ido, pero la sucesión estaba en juego. Sin embargo, a él ya no le importaba. Dijo que su hermano heredaría el título después de él. Se negó a seguir a una mujer que no lo quería y que había llegado tan lejos con tal de escapar de él.

Entonces, Pansy miró a los demás, y al ver sus expresiones de incredulidad y horror, añadió con culpabilidad:

—A él no se le ocurrió que Gideon pudiera estar en Londres. Nunca pensamos que Selene pudiera abandonar al niño. ¿Cómo íbamos a saberlo? Pensamos que Gideon estaba bien, que estaba con su madre.

Lady Odelia sacudió la cabeza con asombro.

—No puedo creerlo, ni siquiera de Cecil. ¿Cómo pudiste permitírselo? ¿Cómo pudiste ser tan obtusa?

—¡No lo sé! —Pansy estalló en lágrimas—. ¡Yo no quería hacer daño!

Gideon se dio la vuelta y salió de la habitación.

—¡Oh, cállate, Pansy! —exclamó lady Odelia con irritación. Se volvió hacia su hermana y comenzó a darle golpecitos en el hombro.

Un poco más allá, lady Teresa estaba a punto de echarse a llorar también, Irene, haciendo caso omiso de ambas, se levantó y salió de la antesala.

—¡Gideon!

Él ya estaba a medio camino del vestíbulo, pero se detuvo y se volvió a mirarla. Ella lo siguió apresuradamente.

—¡Espera! ¡Voy contigo! —le dijo.

Él negó con la cabeza.

–No. En este momento no soy buena compañía.

–Estoy segura de que no –dijo ella, alcanzándolo justo cuando abría la puerta de la terraza–. Pero tampoco puedes estar solo.

Gideon se encogió de hombros y salió al jardín, dando grandes zancadas. Sabiamente, Irene no intentó hablar con él, sólo lo acompañó.

Finalmente, cuando no pudo contener más su ira, explotó.

–¡Claramente, a nadie le importaba un comino yo! Dejaron que me fuera y no intentaron recuperarme. ¿Cómo puede ser eso? ¡Un padre a quien su hijo no interesa! ¡Ni siquiera le importaba a mi abuela, que sólo se preocupó de perder al heredero del título!

–Quizá tu padre pensara que estabas mejor con tu madre. Eras muy pequeño, sólo tenías cuatro años, y él no sabía que estabas en las calles de Londres.

Gideon la atravesó con una mirada de acusación, e Irene no intentó seguir con sus argumentos. Ni siquiera ella creía lo que había dicho.

Después de unos minutos, Gideon se detuvo. Habían llegado a un viejo roble que había al final del jardín, y se acercaron al banco de hierro que estaba colocado bajo sus ramas. Gideon se agarró al respaldo y miró las vistas que se extendían ante él desde aquel punto.

–Supongo que la indiferencia de mi padre no me importa. Hace mucho que sospechaba que no me buscó. Pero saber que mi madre...

Irene posó la mano sobre una de las suyas.

–Lo siento muchísimo.

–Siempre pensé que mi madre había muerto. Pensaba que de otra manera nunca me hubiera dejado. Recuerdo que, incluso de niño, pensaba que debía de estar muerta, o que yo estaría con ella. Y después de que Rochford se pusiera en contacto conmigo y me contara lo del secuestro, tuve la completa certeza de que había muerto. Creía que ella, al menos, me había querido. Y ahora... descubro que me abandonó, que se escapó con su amante y que me dejó en las calles de Londres... ¿Qué clase de mujer podría hacer eso? ¿Qué clase de mujer era?

—¡Pero tú no sabes si nada de eso es cierto! —protestó Irene—. Quizá tu madre sí muriera. Tú no recuerdas lo que ocurrió porque eras muy pequeño. El hecho de que no os secuestraran no quiere decir que ella te abandonara. Después de todo, ¿por qué te llevó con ella si no te quería? Te llevó porque no podía soportar separarse de ti. Debía de quererte mucho.

—Entonces, ¿cómo terminé solo en la calle?

—No lo sé. Y supongo que nunca lo sabremos. Hay muchas cosas que pudieron ocurrirte. Quizá enfermara y muriera, y el hombre con el que viajaba te abandonó. O quizá él os abandonó a los dos y ella murió, o quizá te robaron de su lado...

—O quizá su amante se cansara de tener a un niño con ellos y le exigió que se deshiciera de su hijo. Ella traicionó a su marido. Ensució su propio nombre. ¿Por qué iba a tener reparos a la hora de abandonar a un niño que la molestaba?

Irene tenía el corazón encogido de pena por Gideon. No podía imaginarse cómo debía sentirse él al haber averiguado que su madre lo había abandonado.

—Lo siento —repitió.

Gideon se encogió de hombros.

—Esto no cambia nada en mi vida. Después de todo, no tengo recuerdos de mi madre. No es como si alguien a quien conozco me hubiera traicionado.

—Sí, pero lo que tú creías es tan importante como lo que recordabas. Estabas seguro de que tu madre no te abandonó, o de lo contrario, siempre te habrías sentido traicionado por ella.

—Lo que yo creyera no cambia los hechos. Entonces estaba solo, como estoy solo ahora.

—¡No, tú no estás solo! —exclamó Irene con vehemencia, y dio un paso hacia él para tocarle el brazo. Estaba a punto de decirle que ella estaba a su lado, pero en el último momento se dio cuenta de que aquello la comprometería de una manera que no podía ser cierta. Bajó el brazo y apartó la mirada—. Es decir... quiero decir que estás a punto de casarte. Tu esposa te dará compañía y apoyo, y ya no estarás solo.

Él soltó una risa sin alegría.

—¿Una mujer que esté dispuesta a casarse con alguien tan poco refinado como yo sólo para tener riqueza y un título? Creo que la nuestra no será una unión muy estrecha.

—No tiene por qué ser así —protestó ella.

Gideon arqueó una ceja y la miró con incredulidad.

—No puedes ser tú quien crea eso. No es coherente con tu negativa a casarte. ¿Cómo puedo esperar tener el apoyo y la compañía, y mucho menos el afecto, de la mujer a la que según tú voy a tiranizar y a maltratar?

—Yo no creo que tú vayas a tiranizar y a maltratar a tu esposa.

—Pues has fingido muy bien que lo piensas.

—No. Lo que ocurre es que no estoy dispuesta a someterme a la vida que tendría si me equivocara. Pero yo no soy como la mayoría de las mujeres. Pocas mujeres piensan en las peores cosas que puede acarrear un matrimonio. Muchas mujeres están enamoradas de sus maridos. Hay gente que tiene una verdadera unión en su matrimonio. Y como mínimo, casarte te proporcionará una esposa e hijos, de modo que tendrás la familia que nunca tuviste de niño.

–No quiero crear una familia –replicó secamente Gideon–. Te lo dije cuando nos conocimos. Sólo voy a hacer lo que es razonable para un hombre en mi posición. Lo que se espera de mí. No tengo intención de casarme por amor.

–Le ofreces a una mujer una vida muy fría –le dijo ella.

–Le ofrezco a una mujer riqueza, título y una vida fácil. La única desventaja que tiene esta oferta soy yo, y me aseguraré de que tenga que soportarme tan poco como sea posible. Puedo asegurarle a una mujer que no le haré daño ni la molestaré.

–No, sólo le harás caso omiso –respondió Irene.

–¿Y a ti qué te importan las intenciones que yo tenga con respecto a mi esposa? –le espetó Gideon con una cólera fría–. Tú has dejado muy claro que no quieres ocupar ese puesto. Yo hubiera pensado que un arreglo así habría sido beneficioso para ti: que te dejaran en paz, sin los inconvenientes de tener un marido. Pero me has asegurado una y otra vez que no tienes intención de casarte conmigo. Así que no entiendo por qué te importa el matrimonio que yo tenga.

–¡No me importa! –exclamó Irene.

Durante un instante se miraron fijamente el uno al otro, con antagonismo, con furia. Él se dio la vuelta, suspiró y se giró de nuevo hacia ella.

–Discúlpame. Creo que soy una mala compañía esta noche. Creo que lo mejor será que me marche ahora y te deje tranquila.

Después se volvió definitivamente y se alejó.

Irene lo vio marcharse, y después, con un suspiro de tristeza, volvió a la casa.

CAPÍTULO 14

Al día siguiente, había una gran agitación en la casa. Gideon se marchó inmediatamente después del desayuno y permaneció ausente durante el resto de la jornada. Su ausencia excusó a Irene y a Francesca de sus sesiones de práctica de baile, lo cual significó que podían dedicarse a los preparativos de la fiesta.

Afortunadamente, pensó Irene, porque no parecía que ningún otro habitante de la casa pudiera hacerlo. La abuela de Gideon permaneció en su dormitorio con los nervios alterados, y lady Odelia entró a atenderla. Sin embargo, dado que eran los duros comentarios de la dama lo que había alterado el estado de ánimo de lady Pansy, la presencia de Odelia sirvió de poco para ayudar a su hermana.

La joven lady Radbourne también había sufrido un ataque de nervios con la noticia. No dejaba de llorar y de gemir, y de repetir que no debía haberse casado con Cecil. El hecho de que la primera condesa de Radbourne no hubiera sido secuestrada, sino que hubiera huido con un amante, significaba que había muchas posibilidades de que estuviera viva, lo cual quería decir que el difunto lord

Radbourne no era libre de casarse con ella. De estar viva la primera lady Radbourne, el matrimonio de lord Cecil con Teresa no era válido, y por lo tanto, su hijo Timothy era ilegítimo.

Lady Claire tuvo que emplearse a fondo para calmar los ánimos de las tres mujeres. En aquella situación, fueron Francesca e Irene las que tuvieron que ocuparse de los detalles finales de la fiesta. Llenaron jarrones de flores, escribieron tarjetas de colocación en la mesa de la cena, terminaron la organización del baile, respondieron todas las preguntas de los agobiados sirvientes, cambiaron algunos platos de los menús y, en suma, resolvieron los problemas de última hora.

Al final de la tarde, Irene se las arregló para sacar a Francesca de la casa y dar un paseo con ella por los jardines. Después de pasar una hora conversando y caminando, volvieron a la casa. Entraron por la puerta trasera, hacia el pasillo, pero se detuvieron al oír unas voces que provenían de una de las salas de la casa.

El timbre grave de un hombre resonó desde detrás de la puerta cerrada.

—¡Imposible!

Sus palabras fueron seguidas de las quejas de una mujer, pero su voz era mucho más suave, y era difícil entender lo que decía.

Francesca e Irene se miraron con incertidumbre. Era una situación embarazosa, y ninguna de las dos sabía si sería mejor volver a la terraza y esperar a que terminara la discusión o avanzar sigilosamente por el pasillo con la esperanza de poder pasar de la puerta antes de que alguien la abriera. Durante un instante se quedaron allí sin poder decidirse, mientras la acalorada discusión proseguía.

—¡No! —gritó el hombre—. ¡No lo creo!

Irene miró a su amiga y le señaló con un movimiento de la cabeza el otro extremo del pasillo. Francesca asintió, y comenzaron a andar lo más silenciosamente que pudieron. Casi habían llegado al vestíbulo cuando la puerta se abrió.

Irene se sobresaltó y se dio la vuelta instintivamente. Entonces vio al tío de Gideon, Jasper, saliendo de la habitación.

Tras él se oyó la voz de una mujer.

—¿Cómo lo sabes? ¡Tú ni siquiera estabas aquí! ¡Te habías marchado al ejército!

Jasper se volvió hacia la habitación y dijo:

—¡No, yo no estaba aquí, y lo lamentaré toda la vida! ¡Yo los habría encontrado y los habría traído de vuelta!

Después le dio la espalda, y al hacerlo, vio a Irene y a Francesca, que se habían quedado inmóviles. Entonces, él también se detuvo en seco.

Dejó escapar una suave exclamación y luchó por recuperar la compostura. Finalmente, suspiró e inclinó la cabeza hacia ellas.

—Señoras, por favor, discúlpenme.

Pansy salió al pasillo, retorciendo un pañuelo de encaje. Tenía los ojos hinchados y enrojecidos por el llanto.

—¡Oh! —exclamó cuando vio a Irene y a Francesca—. Oh, Dios mío.

Entonces, se enjugó las lágrimas con el pañuelo.

—Jasper...

—Sí, madre. Lo sé. Señoras, les pido perdón por haber creado una situación desagradable.

Entonces se volvió hacia Pansy.

—Madre, espero que puedas perdonarme. La noticia me ha causado una gran impresión.

Después, como si no pudiera reprimirse, añadió:

—Pero te equivocaste.

Miró a Francesca y a Irene y declaró:

—Nunca conocí a una mujer más buena que la esposa de Cecil. Estoy seguro de que no huyó. Y ella jamás habría abandonado a su hijo.

Con aquellas palabras, se dio la vuelta y pasó por delante de ellas hacia la salida principal de la casa.

Su madre lo siguió por el pasillo con paso vacilante.

—Jasper...

Sin embargo, él no respondió, y ella miró a Francesca y a Irene.

—Él no lo entiende —les dijo—. No se da cuenta de que habría sido un gran escándalo.

Los invitados comenzaron a llegar al día siguiente, y Francesca e Irene tuvieron que recibirlos y atenderlos. La abuela de Gideon había insistido en permanecer en su habitación pese a los esfuerzos de lady Odelia por que bajara a saludar a los recién llegados. Lady Teresa sí bajó al salón, pero apenas habló.

El primero en llegar fue el mejor amigo de Gideon, Piers Aldenham. Era un hombre muy rubio, elegantemente vestido, y cuando Horroughs lo guió hasta el salón, Aldenham ejecutó una elegante reverencia ante las damas de la casa.

—Es un honor conocerlas —dijo con una sonrisa encantadora—. Y un placer. Debo llamarle la atención a Gideon. No me preparó para la belleza de las damas a las que iba a conocer aquí. Estoy abrumado.

—A nosotras tampoco nos informó de la labia que podíais tener vos —respondió Irene con una sonrisa. Al instante, le había gustado la sonrisa alegre y la falta de afectación de

Piers. Evidentemente, era un hombre que se sentía en casa en cualquier lugar.

–Sin duda, gano elocuencia en presencia de damas bellas –dijo él.

–¡Piers! –exclamó Gideon, entrando en el salón con una gran sonrisa–. No me dijiste que ibas a levantarte tan temprano para llegar aquí a esta hora.

–¡Gideon! –Piers se volvió hacia él y le dio un abrazo a su amigo–. Te aseguro que no lo he hecho. Llegué ayer por la noche, pero era demasiado tarde como para visitarte. Fui directamente a la posada y caí rendido en la cama.

–Enviaré a uno de los criados para que traigan tu equipaje.

Piers sacudió la cabeza, sonriendo.

–Tonterías. Estoy perfectamente allí. Tengo una buena habitación.

–No seas absurdo. Claro que te quedarás aquí.

Piers miró a las mujeres que había en el salón.

–Puede que tú te hayas criado sin hermanas y madre, amigo mío, pero yo no. Puedo decirte que un invitado de última hora altera todos sus planes, y nos odiarán a los dos por ello.

Irene vio que Gideon fruncía el ceño. Supo con seguridad que él sospechaba, como ella, que su amigo se quedaba en la posada para no aumentar el conflicto de Gideon con sus parientes. Aquello hizo que respetara aún más a Piers. Sin embargo, también sabía que Gideon no se sentiría bien sabiendo que Piers se alojaba en la posada y no en su casa. Además, en aquel momento, teniendo en cuenta la noticia que había sabido Gideon, necesitaba todos los amigos que pudiera a su lado.

–Oh, no, señor Aldenham, no penséis eso de nosotras –dijo Irene–. Somos muy eficientes. Ya hemos preparado una habitación para vos –añadió. Y era cierto. Ella misma se había ocupado de que hubiera un dormitorio listo para la llegada de Aldenham.

Piers sonrió, sorprendido.

–Sois amable y eficiente, además de muy bella, milady. Pero, de todos modos, pienso que sería imperdonablemente maleducado por mi parte.

–En absoluto –replicó ella–. La última notificación de vuestra llegada debe de estar en la puerta de lord Radbourne, así que si hay alguna rudeza aquí, es enteramente suya. Y puedo aseguraros que aquí todos estamos acostumbrados a la rudeza de lord Radbourne.

Piers soltó una carcajada.

–Muy bien, entonces. Me habéis convencido, milady. Envía a alguien a buscar mi equipaje, Gid.

–Claro –dijo Gideon, y miró a Irene.

Durante un instante, la expresión dura de su rostro fue reemplazada por una de cálida gratitud. Después, su semblante volvió a ser frío e indiferente, y él se dio la vuelta.

–Vamos, Piers, te enseñaré la finca. ¿Nos disculpan, señoras?

Piers sonrió y se inclinó, y los dos hombres salieron de la habitación.

–¡Bueno! –dijo lady Odelia–. Un joven muy resuelto, debo decir.

–No es lo que yo había esperado –admitió Francesca–. Su forma de hablar y de vestir son las de un caballero.

–Sospecho que lord Radbourne nos ha inducido a pensar algo equivocado del señor Aldenham –dijo Irene–. Sin duda, ha disfrutado viendo a todo el mundo temblar ante la posibilidad de sufrir una terrible vergüenza.

–Bueno, todo el mundo se preguntará quién es el señor Aldenham –dijo Francesca–, pero al menos, no se declararán insultados y se irán con un bufido.

Irene sonrió.

—Quizá hubiéramos deseado que espantara a algunos antes de que todo acabe.

El siguiente invitado que llegó al salón fue la señorita Rowena Surton, una rubia muy guapa de ojos azules, con la piel pálida y los labios rojos. Llegó un par de horas más tarde acompañada de su hermano, Percy, que era muy parecido a su hermana y tenía una expresión agradable, y su madre, una mujer regordeta y simpática que posiblemente era el vivo retrato de su hija veinticinco años atrás.

Gideon, como era de esperar, no volvió a aparecer en el salón, e Irene supo que ninguna de las muchachas a las que habían invitado hablaría con él antes de la cena. Sin embargo, ella no ofreció ninguna explicación ni excusa por su ausencia. Después de todo, las chicas tendrían que enfrentarse al carácter del hombre más tarde o más temprano.

A mitad de la tarde llegó la señora Ferrington acompañada de su hija Norah, y poco después llegó lady Salisbridge con sus dos hijas, Flora y Marian. Irene las observó disimuladamente mientras las acompañaba hacia su habitación. Eran parecidas, con el pelo castaño y los ojos marrones, y la misma nariz aquilina que su madre. Además tenían la costumbre de mirar a los demás por encima de su nariz, lo que les confería cierto aire de desdén hacia el resto del mundo.

Dejó a las muchachas y a su madre explorando sus habitaciones y volvió al salón, donde comprobó que la señora Ferrington y su hija Norah también habían decidido ir a descansar a su dormitorio.

Sin embargo, Irene tuvo pocas oportunidades de descansar. Poco después llegaron lord Hurley y su hija, con el pelo revuelto por el viento y muy animados, debido a que habían decidido ir a caballo en vez de viajar en el coche. Padre e hija eran muy parecidos, agradables, de pelo rubio y caras pecosas. Narraron la historia de su viaje con todo detalle, incluyendo todas las zanjas, setos, riachuelos y otros peligros que sus caballos habían salvado a lo largo del trayecto. Mientras escuchaba, Irene sospechó que lady Hurley posiblemente estaba feliz de que su marido y su hija no hubieran ido con ella en el coche de caballos.

Lady Hurley llegó una hora más tarde en un estado mucho más decoroso. Era una mujer pequeña y lánguida que, en cuanto saludó a los anfitriones, optó por retirarse a su habitación para dormir una siesta reconstituyente.

Los últimos invitados en llegar fueron el duque de Rochford y su hermana, Calandra, una joven muy bella de pelo y ojos negros, iguales a los de su hermano, que sin embargo tenía una personalidad mucho más animada que la del duque, con su imperturbable elegancia.

Cuando todos hubieron llegado, incluso una casa tan espaciosa como Radbourne Park estaba abarrotada. Era una suerte, pensó Irene, que el duque, aunque iba a dejar a Calandra allí, hubiera preferido alojarse en casa de un amigo que vivía cerca. Él iría todos los días a Radbourne Park para tomar parte en las celebraciones y salidas. Ni siquiera lady Odelia pudo convencer al duque de que debía cumplir con su deber y residir con su familia en la casa.

Lady Calandra, que estaba junto a Irene, la miró con una sonrisa y murmuró:

—Lo que la tía Odelia no ve es que su presencia es una de las razones por las que Rochford prefiere estar en otro lugar.

Irene reprimió su sonrisa.

—Pero de todos modos es una pena que tenga que venir a caballo todos los días.

—No —dijo Callie, tal y como la llamaban Francesca y su hermano—. Él disfrutará más de todo tal y como está. Podrá hablar con el señor Strethwick acerca de todos esos temas aburridos que le gustan, como las plantas, las rocas y cosas con largos nombres en latín. Además, el señor Strethwick, como es un erudito que no está muy al tanto de las cosas del mundo, no le muestra a Rochford ninguna deferencia salvo por su cerebro, lo cual le encanta a mi hermano. Se cansa mucho de que todo el mundo lo adule por ser duque. No es que no le guste ser duque, por supuesto, porque puede ser un poco altivo si alguien lo ofende, y nunca quiere nada que no sea lo mejor. Pero, en realidad, creo que se siente un poco solo, también.

Irene la miró con sorpresa, porque ella nunca había conocido a nadie que pareciera ser más contenido y distante que el duque.

—Oh, vaya —dijo Calandra, un poco avergonzada—. Ya he hablado demasiado, como de costumbre. A mi hermano no le gustará nada que le haya contado a alguien que él siente... bueno, algo, en realidad —añadió, y sonrió nuevamente.

—No os delataré, de veras —le dijo Irene—. Ni pensaré nada peor de él por haber averiguado que no pasa por la vida sin sentir nada.

Irene pensó que le caía muy bien aquella niña, que no mostraba nada de la altanería que era de esperar según su posición. ¿Ella también iba a participar en la competición por el conde? Aquella idea hizo que Irene sintiera un nudo en la boca del estómago.

Sin embargo, se quitó aquel pensamiento de la cabeza y llevó a Calandra a su habitación, explicándole los entretenimientos que Francesca había preparado para aquella semana. Después, Irene volvió a su habitación, porque quedaba poco tiempo para prepararse para la cena.

El vestido que había elegido para ponerse aquella noche estaba extendido sobre la cama, pero cuando pensó en bajar a cenar ataviada con aquel traje tan sencillo de color marrón, cuando el resto de las mujeres se pondrían sus mejores galas, se dio cuenta de que no podía hacerlo. Quizá sólo fuera la ayudante de Francesca, pero de repente quiso tener buen aspecto mientras hacía su trabajo.

Así pues, sacó uno de sus vestidos nuevos, un traje de seda verde que le favorecía mucho. Después, le pidió ayuda con el peinado a Maisie, y una hora después, bajó las escaleras sabiendo que estaba tan atractiva como cualquiera de las demás.

Entró en la antesala donde todo el mundo se había reunido y miró a su alrededor. Inmediatamente vio a Gideon, que estaba junto a la ventana hablando con la señorita Surton. Aunque, en realidad, parecía que era Piers quien hablaba todo el tiempo, y la guapa rubia le respondía con risitas y movimientos coquetos del abanico, mientras Gideon tenía el semblante serio.

Gideon se volvió a mirarla y, durante un instante, Irene creyó que se separaría del grupo e iría a hablar con ella, pero él apartó la vista y volvió a la conversación con Piers y Rowena.

Francesca se acercó a Irene y observó el panorama de la habitación.

—Bueno, ¿qué te parecen nuestras candidatas?

Irene miró nuevamente a su alrededor antes de contestar.

—Me parece que las Salisbridge son muy orgullosas.

—Oh, te aseguro que cualquiera de las dos lo aceptaría encantada —respondió Francesca.

—No es eso lo que quería decir. Me temo que Gideon las rechazará. La señorita Surton se ríe demasiado. Y la señorita Hurley... –Irene miró a la joven en cuestión, que en aquel momento estaba inmersa con su padre y el hermano de Rowena Surton en una conversación sobre caballos.

–Lo sé –dijo Francesca, agitando la cabeza con resignación–. Intenté que lady Odelia no la incluyera en la lista de invitados. Me temo que hará falta un ávido jinete para interesar a la señorita Hurley. Sin embargo, la muchacha es la ahijada de lady Odelia, y ella está decidida a empujarla hacia lord Radbourne. ¿Y qué te parece la señorita Ferrington? ¿Qué piensas de ella?

Irene la observó.

–No es tan bella como su madre.

Francesca soltó una risita.

–¿No hay ninguna de mis chicas que te guste? A mí, la señorita Ferrington me parecía una buena posibilidad. No es una belleza, pero es mejor que la media, ¿no te parece? Y es agradable.

–Sí, es cierto. ¿Pero no crees que es un poco... sosa?

Francesca contuvo una sonrisa y continuó:

–La señorita Surton es bastante guapa, aunque es un poco tonta. Y las hijas de Salisbridge son atractivas. Flora es más guapa que Marian, por supuesto, pero Marian tampoco está mal. Después de todo, lord Radbourne no espera un matrimonio por amor.

–No, eso es cierto –convino secamente Irene–. Y ciertamente, no lo encontrará con ninguna de esas dos.

–Irene, las desapruebas a todas –dijo Francesca con una expresión inocente–. Parece que estás celosa.

–¿Yo? ¿Celosa? No entiendo de dónde has sacado esa idea.

–Entonces, ¿no es cierto? ¿No has comenzado a... sentir nada por lord Radbourne?

–No. No siento nada por lord Radbourne.

—Es que a mí me ha parecido que, durante estos últimos días, lord Radbourne ha mostrado cierta preferencia por tu compañía.

—Teniendo en cuenta el hecho de que el resto de la compañía con la que puede contar es la de su familia, a quienes no estima, no creo que eso indique un gran interés por mí.

—¿Y tú? ¿Qué sientes por él? —insistió Francesca.

Irene abrió la boca para responder rápidamente que no le importaba en absoluto, pero entonces miró a Francesca y, finalmente, de mala gana, dijo:

—No lo sé. Pero de todos modos no importa, porque no vamos a casarnos. Sabes bien lo que pienso del matrimonio, y lord Radbourne está interesado en un tipo de unión que yo no podría aceptar. Así que, realmente, no tiene importancia lo que yo sienta.

—¿No?

—No —respondió Irene con firmeza—. No. He venido a ayudar a lord Radbourne a encontrar esposa, otra esposa. Creo que finalmente él ha aceptado que yo no soy la candidata apropiada para ese puesto.

—Entiendo —dijo Francesca, mirando con perspicacia a Irene—. Bueno, me alegro mucho de contar con tu ayuda. A todo el mundo le ha parecido bien la idea de dar una vuelta a caballo por la finca mañana, pero las madres prefieren quedarse en casa. Así que tendré cuatro hombres y seis mujeres jóvenes a los que vigilar. Te agradecería mucho que me acompañaras con ellos.

—Sí, claro —respondió Irene—. Pensaba hacerlo.

Observó cómo lady Odelia se unía al grupo de Gideon, llevando consigo a lady Salisbridge y a sus hijas. Gideon les hizo una reverencia. La conversación posterior parecía lenta, pero él se quedó con ella, y aunque su expresión no fuera la de sentirse cautivado, al menos no parecía que fuera a salir corriendo, ni siquiera después de que Piers se escabullera.

Irene pensó que Gideon estaba haciendo un esfuerzo. Estaba intentando conocer a las candidatas que había propuesto Francesca. Aquél era el primer paso para elegir esposa. Ella notó una punzada de pena en el pecho al pensarlo.

¿Tendría razón Francesca? ¿Estaba celosa ella de aquellas mujeres por la atención que les estaba dedicando Gideon? Se dijo que era ridículo. Ella había descartado a las mujeres por las razones que le había dado a Francesca. Irene no creía que Gideon pudiera interesarse por ninguna de ellas. Ninguna era la adecuada para él. Ninguna era lo suficientemente buena.

Con una notable excepción.

—Lady Calandra —dijo Irene, casi forzándose a pronunciar aquel nombre.

—¿Cómo?

—Estaba diciendo que la hermana del duque me parece muy bella y agradable, y no es sosa ni aburrida. Es una mujer que seguramente contará con la aprobación de lord Radbourne.

—Oh, Callie —dijo Francesca, sacudiendo una mano—. No es una de las candidatas que yo he seleccionado para el conde. Ella puede casarse exactamente con quien quiera. Tiene una asignación muy buena, y es la hija de un duque. Además, Rochford nunca la empujaría a casarse a menos que ella quisiera. Es la niña de sus ojos, por mucho que quiera fingirse severo con ella.

Irene intentó pasar por alto el hecho de que se sentía mucho más ligera.

—Entonces, ¿no creéis que ella pudiera elegir a lord Radbourne?

—No lo creo —respondió Francesca, pero después añadió—: Aunque es posible, pero creo que él es demasiado adusto para ella. Además, son parientes, ¿no? Primos segundos. No creo que ella lo vea como un posible pretendientes. Yo he invitado a Calandra y a Rochford sólo porque son parientes, y pensé que el hecho de que vinieran haría que todo pareciera más normal...

—Ah. Bueno —dijo Irene, y se encogió de hombros con una sonrisa—. Es una pena.

—Sí, ¿verdad? —dijo Francesca irónicamente. Se inclinó un poco hacia Irene y murmuró—: Mi querida Irene, creo que debes de ser mejor mintiéndote a ti misma que mintiendo a los demás.

Después, con una sonrisa, se alejó.

CAPÍTULO 15

Irene se dijo que Francesca estaba equivocada. Ella no se estaba mintiendo con respecto a sus sentimientos por Gideon. Era consciente de que estaba a punto de enamorarse profundamente de él. Pero también sabía que no podía permitir que sucediera. No dejaría que su corazón la empujara a tomar decisiones estúpidas, tal y como les ocurría a otras muchas mujeres.

Así pues, se mantuvo a distancia de él y se dedicó a desempeñar su papel de acompañante y a ayudar a Francesca en todo lo que hubiera que hacer. Pasó el primer día explorando la finca con los demás jóvenes, pero no cabalgó junto a Gideon ni habló con él. Vio cómo él cabalgaba junto a una joven, y después junto a otra, hablando con todas, incluso flirteando con Norah Ferrington. Después de la cena de aquel día, en el salón, vio cómo mantenía conversaciones con las invitadas y cómo escuchaba atentamente mientras ellas tocaban el piano o cantaban. Y al día siguiente, durante una sesión de tenis al sol cálido de agosto, y durante el té de después, lo vio dedicar su atención a todas y cada una de las mujeres.

A Irene le sorprendía que él estuviera haciendo un verdadero esfuerzo por mezclarse con las candidatas que habían seleccionado para él Francesca y su tía abuela. Parecía que había aceptado su negativa y se dedicaba a encontrar a alguien más dispuesto a casarse. No buscó a Irene para conversar con ella ni le pidió un baile en la fiesta improvisada que se celebró en la sala de música a petición de las muchachas. Piers le pidió un baile, y Jasper, y el señor Surton e incluso lord Hurley, pero Gideon no se acercó a ella.

Irene se dio cuenta de que los demás debían de notar esta falta de atención, porque lady Teresa se acercó a ella y le dijo:

—Los hombres son criaturas volubles.

Irene la miró con frialdad.

—No entiendo qué queréis decir.

—¿No? —Teresa sonrió y se encogió de hombros—. Si preferís fingir que no teníais esperanzas de atraparlo, bueno, ¿quién soy yo para llevaros la contraria? Es una suerte, sin embargo, que no pusierais los ojos en él La mujer que se case con él no tendrá su corazón. Él tiene una amante en Londres, y a ella es a la que quiere.

—¿Cómo?

Asombrada, Irene se volvió a mirar a Teresa. Se dio cuenta de que había mostrado demasiado sus sentimientos a aquella mujer, y entonces se encogió de hombros, luchando por conseguir una expresión de indiferencia.

—Muchos hombres tienen amantes, sobre todo antes de casarse.

—Bueno, él tiene intención de seguir con ella. Se llama Dora. Oí que discutía con lady Odelia por su causa. Radbourne dijo que él nunca abandonaría a Dora.

Durante un instante, Irene no pudo respirar, tal fue la intensidad del dolor que sintió en el pecho. Dora. Hacía años que lo había oído, pero recordaba perfectamente aquel nombre. Era el que Gideon había pronunciado la primera vez que se habían visto, el nombre de la mujer a la que su padre no debía acercarse más. Por defender a aquella mujer, Gideon había atacado a un noble del reino.

Y después de tantos años, aún era su amante. Claramente, aquella Dora era la que poseía su corazón, y ninguna esposa conseguiría hacerse con él.

—¿De veras? —dijo por fin, intentando mantener la compostura—. Parece que tiene el mismo problema que su padre... casarse con una mujer aunque todavía esté ligado a otra.

Teresa le lanzó una mirada fulminante. Después se dio la vuelta y se marchó. Irene se quedó sintiéndose un poco culpable por lo que había dicho. No debería haber sido tan cruel, pensó, aunque Teresa le hubiera hecho daño. Pero no estaba preparada para el dolor que le había causado enterarse de que Gideon amaba a otra mujer, y había soltado aquellas palabras sin pararse a pensar en el daño que podían hacer.

¿Sería posible que Teresa hubiera inventado aquella historia? No. Teresa no podía haber dicho aquel nombre por coincidencia. Dora era el nombre que Gideon había pronunciado ante su padre hace años, para advertirle que no volviera a tocarla jamás. ¿Explicaría aquello su falta de interés por encontrar a una mujer a la que pudiera amar? Si el amor de su vida era una mujer con la que no podía contraer matrimonio debido a su recién adquirida posición en la vida, Gideon podía muy bien casarse para cumplir con su deber y mantener en la ciudad a la amante a la que quería.

Irene tragó saliva. Se encontraba un poco mareada. ¿Cómo había podido besarla como la había besado sabiendo que estaba enamorado de otra mujer? Irene sabía que no la quería, que lo que había entre ellos era deseo, pero... odiaba pensar que en su deseo hubiera habido tan poco amor, que en sus abrazos no hubiera habido más que lujuria.

Irene miró a su alrededor. Todos los ojos estaban fijos en la zona de baile, donde estaban bailando Gideon y los demás. Nadie la estaba mirando a ella, así que aprovechó para salir del salón de música. Salió a la terraza y bajó las escaleras hasta el jardín. Comenzó a caminar por el camino central hacia la fuente, y allí se quedó durante unos instantes, observando a la luz de la luna cómo el agua salpicaba en la piedra.

—Irene.

Ella se giró con el corazón súbitamente acelerado. Gideon estaba a pocos metros de ella. El ruido de la fuente le había impedido a Irene oír sus pasos. Ella se irguió y alzó la barbilla. No debía permitir que pensara que estaba apenada por su causa.

—¿Estás bien? —le preguntó él—. Te vi salir del salón de música.

—He salido a tomar el aire. Hacía mucho calor dentro.

Aquella frase habría sonado mejor, pensó ella, si no se hubiera estremecido involuntariamente justo después de que la brisa nocturna le acariciara la piel desnuda de los brazos.

—Pero ahora tienes frío —dijo él.

Se quitó la chaqueta y se la puso sobre los hombros.

La chaqueta aún conservaba el calor de su cuerpo, y su olor. Irene agarró ambos extremos para abrigarse, y de repente tuvo la sensación de que iba a echarse a llorar. ¿Qué le ocurría? Él no le había hecho caso en toda la noche, y con un simple gesto de ternura era capaz de hacerla llorar? Ella no era una de aquellas féminas tontas. No sería débil.

Tragó saliva y dijo:

—Parecía que estabas disfrutando del baile.

Él hizo una mueca y dijo:

—Preferiría...

Se interrumpió al oír una voz que lo llamaba desde la terraza:

—¡Gideon!

Ambos se volvieron y vieron al tío de Gideon, Jasper, aproximándose a toda prisa.

—Oh, disculpadme, lady Irene. No sabía que estabais aquí.

—No pasa nada —dijo ella—. Salí del salón de música y Gi... lord Radbourne me siguió para asegurarse de que yo no estaba enferma.

—¿Estáis bien? —le preguntó lord Jasper.

—Perfectamente. Sólo había salido a dar un paseo, y de repente sentí un poco de frío.

—Quería hablar contigo, Gideon. No he podido estar contigo a solas en toda la noche —le dijo Jasper a su sobrino.

—Por favor, disculpad —dijo Irene rápidamente—. Los dejaré a solas para que puedan hablar tranquilamente.

—No, por favor, milady, no quería ser grosero —dijo Jasper—. Podéis quedaros si lo deseáis. De hecho, ya hablé con vos de este asunto el otro día.

—Oh. ¿Es acerca de lady Selene?

—Sí —respondió él, y se volvió hacia su sobrino—. Me temo que te han engañado con respecto a tu madre, Gideon.

—Sí, lo sé. Mi padre fingió que había sufrido un secuestro.

—No. No es eso. Acerca de que huyera. Ella nunca habría hecho algo así, te lo juro. En cuanto mi madre me lo dijo, supe que había algo terrible de por medio. Selene nunca habría huido.

—¿Qué estás diciendo? —preguntó Gideon—. ¿Qué otra cosa puede haber sucedido?

—No lo sé —admitió su tío con incomodidad—. Pero sí sé que ella nunca se habría escapado con un amante. No permitiré que pienses eso de tu madre. Era una mujer maravillosa, buena y amable.

—Tío... —la expresión de Gideon se suavizó un poco, y le tocó el brazo a Jasper en señal de apoyo—. Sé que tenías un gran concepto de mi madre. Estoy seguro de que cuando tú la conociste, era tal y como la has descrito. Pero no estabas aquí cuando sucedió todo. No sabes lo que podía estar haciendo, ni si había cambiado.

—¡Lo sé! —exclamó Jasper—. No intentes calmarme. ¡Demonios, esto es importante! Tú eras lo más importante del mundo para ella. Nunca te habría sacado de aquí, y nunca te habría abandonado. Nunca.

—Quizá no lo hizo —intervino Irene—. No tenemos ni idea de lo que sucedió después de que ella se marchara de Radbourne Park. Quizá su amante la abandonara, o quizá ella muriera y su hijo se quedara solo en Londres, sin que nadie supiera quién era.

—Ella no tenía un amante —insistió Jasper—. Y ella jamás habría separado a Gideon de Cecil y de su herencia. Selene ni siquiera habría dejado a Gideon aquí y se habría marchado sola.

—No puedes estar seguro... —dijo Gideon.

—¡Sí lo estoy! —dijo su tío con una expresión de dolor muy marcada en el semblante—. Lo sé porque yo mismo le pedí que huyera conmigo, y ella se negó.

Aquellas palabras provocaron un silencio de asombro.

—Oh, Dios mío —murmuró Irene, y se dejó caer sobre el murete de piedra que había alrededor de la fuente.

—Yo estaba loco por ella —continuó Jasper—. Le rogué que dejara a Cecil, que se escapara conmigo. Se lo supliqué una y otra vez. Le dije que iríamos a América o a las colonias. No me importaba dejar a mi familia, renunciar a mi nombre. No me importaba nada, salvo ella. Era la criatura más bella, encantadora y buena... pero no querrás oír las divagaciones amorosas de un viejo.

Con un suspiro, Jasper miró fijamente a Gideon.

—Sé que ella nunca se hubiera marchado porque antes no quiso irse conmigo. Me dijo que no podía hacerte algo así. Tú debías estar aquí, en Radbourne Park. Tú serías el conde algún día, y ella no podía arrebatarte ese futuro. Tampoco estaba dispuesta a marcharse sin ti. Así que se quedó con Cecil, sin amor, sin esperanza, por ti. Y por eso sé que no se fugó con su amante, si es que existía tal amante, y que no te llevó a ninguna parte. Y nunca, bajo ningún pretexto, te habría abandonado.

—¿Por eso vos os alistasteis en el ejército?

Jasper asintió.

—Sí. Estaba desesperado. No podía quedarme aquí, queriéndola como la quería, y verla como esposa de Cecil. Él no se merecía ni una sola de sus lágrimas. Yo lo odiaba porque ella le pertenecía, y comencé a darme cuenta de que si permanecía en Radbourne Park, quizá un día lo matara para liberarla de él. Así que compré un puesto en el ejército y pedí que me destinaran a un regimiento en India. Quería alejarme todo lo posible y no volver nunca —dijo con un suspiro, y se pasó la mano por la cara—. Ojalá no hubiera sido tan débil, tan impulsivo. Ojalá me hubiera quedado aquí. Entonces, aquello no habría sucedido.

—No debéis culparos —le dijo Irene—. No podíais saber lo que iba a ocurrir.

—Me marché porque era débil —respondió él, con los

ojos llenos de un arrepentimiento que nunca lo abandonaría–. No podía soportarlo. Y sólo Dios sabe qué le ocurrió a Selene.

—¿Qué ocurrió? —preguntó Gideon con la voz entrecortada.

—No lo sé —dijo Jasper—. Lo único que sé es que Selene nunca se habría marchado por voluntad propia.

Al día siguiente, Irene bajó a desayunar serena, aunque un poco pálida, intentando que nada delatara que no había conseguido conciliar el sueño. La noche anterior, después de que Gideon y ella hubieran vuelto a la casa con lord Jasper, ella había subido a su habitación y había dejado a los dos hombres conversando.

No sabía qué había sucedido entre ellos, pero Irene no había podido dormirse. Tenía la cabeza llena de pensamientos confusos y sentía emociones contradictorias. Seguía pensando en la madre de Gideon, sola y enamorada de un hombre que se encontraba muy lejos. ¿Qué habría hecho? ¿Qué le había sucedido? La mente de Irene bullía de aterradoras posibilidades. Cuando finalmente se quedó dormida, había tenido pesadillas y se había despertado sobresaltada, sudorosa, con el corazón latiendo fuertemente.

De madrugada, se había levantado y se había vestido con ayuda de su doncella, y después había bajado al comedor muy temprano. Seguramente, al menos, estaría vacío a aquellas horas.

Y lo estaba, salvo por la presencia de una persona: Gideon elevó la cabeza al oírla entrar.

—Irene —dijo, y se puso en pie rápidamente.

—Lord Radbourne —dijo ella. Vaciló, y después se acercó a la silla que él había sacado para ella y se sentó, decidida a actuar con naturalidad–. Veo que hay muy poca compañía esta mañana.

–Sí, es muy pronto, y creo que todo el mundo está cansado del baile de ayer.

Mientras desayunaban, Irene sintió su mirada clavada en ella, pero mantuvo la atención en el plato. Se sentía muy incómoda. La tensión que se había originado entre ellos aquellos últimos días estaba exacerbada por el hecho de saber algo tan íntimo como lo que su tío les había contado la noche anterior. Finalmente, el silencio se hizo incómodo. Ella dejó el tenedor en el plato y lo miró.

–¿Qué piensas hacer? –le preguntó.

–¿Sobre qué?

–Sobre lo que te contó anoche tu tío. ¿No te preguntas... lo que ocurrió?

–Mi tío y yo hablamos largo rato anoche –admitió él–. El ama de llaves ya me había confirmado que el ayuda de cámara de mi padre todavía vive aquí, en el pueblo. Yo había pensado en ir a hablar con él, pero... me decía que no serviría de nada, y lo posponía. Ahora, sin embargo, creo que tengo que averiguar todo lo que pueda. Mi tío me dijo que la doncella personal de mi madre también vive allí. Voy a verlos a ambos, y pensé... te agradecería que vinieras conmigo.

–Por supuesto –respondió Irene sin dudarlo–. ¿Pero no preferirías ir con tu amigo, el señor Aldenham?

–No. A Piers no le he contado nada de esto. Él es mi amigo, pero esto... –Gideon se encogió de hombros–. No es el tipo de cosas de las que hablamos.

–¿Cuándo quieres que vayamos?

–Si has terminado de desayunar, podemos ir ahora mismo. Haré que traigan el carruaje.

Ella no se detuvo a pensarlo, ni esperó a saber si Francesca tenía alguna tarea que encargarle. Sólo asintió y subió a su habitación por los guantes, el gorro y un chal. Cuando estuvo con él dentro del coche, se sintió azorada. No se le ocurría nada que decir, y sólo podía pensar en lo cerca que estaba de él, en lo poco que le costaría alargar el brazo y acariciarle... sin embargo, parecía que él estaba más lejos que nunca.

Fue un alivio cuando, unos minutos más tarde, llegaron al pueblo. Dejaron la carretera principal y tomaron un camino que los condujo a una casita agradable.

Una doncella vestida con un traje gris y una cofia blanca abrió la puerta y les hizo una reverencia; después los guió hacia el salón delantero.

Salió de la habitación, y un momento después el señor Owenby entró en la estancia. El anciano miró primero a Gideon, y después a Irene. Era un hombre fornido, no demasiado alto, de pelo gris. Llevaba una chaqueta gris, pantalones oscuros y una camisa blanca, y estaba claro que había estado trabajando en el jardín. Tenía una fina capa de transpiración en la frente.

Inclinó la cabeza hacia Gideon.

—Milord...

—¿Es usted el señor Owenby? —le preguntó Gideon.

—Sólo Owenby, señor. Así me llamaba su señoría.

—¿Mi padre?

—Sí.

Gideon le presentó a Irene, y el otro hombre les señaló las butacas que estaban colocadas frente a la chimenea.

—Por favor, milord, milady. ¿Puedo traerles una taza de té? ¿Agua?

—No, gracias. Hemos venido a hacerle unas cuantas preguntas sobre la noche en que mi madre y yo... nos marchamos de Radbourne Park.

—Por supuesto, señor. Cuando los secuestraron.

—¿Es eso lo que ocurrió?

—Sí, milord. Lord Radbourne recibió una carta en la que le exigían la entrega del collar, y él me entregó la joya y me dijo adónde debía llevarla. Así lo hice. La dejé bajo un banco de la iglesia. Después recorrí la carretera hasta que llegué al viejo roble, y esperé. Sin embargo, nadie vino a entregarlo a usted.

—Señor Owenby, basta —dijo Gideon—. No hay necesidad de seguir fingiendo. Mi abuela ya nos ha dicho que el secuestro fue sólo una tapadera, algo que mi padre inventó para ocultar lo que había sucedido en realidad.

—¿De veras? ¿Y qué dijo que había sucedido?

—Preferiría que usted nos lo contara.

El viejo criado se encogió de hombros.

—Lord Radbourne fue a la habitación de lady Radbourne, pero ella no estaba allí. Pensó que había bajado las escaleras, pero tampoco la encontró en el piso de abajo. Al principio no se preocupó. Buscó por toda la casa, y después en el jardín, pensando que habría salido a dar un paseo. Les preguntó a los sirvientes, pero ninguno la había visto. En aquel momento, la institutriz bajó gritando como una loca, diciendo que usted no estaba. Entonces todos comenzamos a buscar desesperadamente, y su señoría encontró la carta que ella le había dejado.

—¿La vio usted? —le preguntó Gideon.

—¿Yo? No, señor. Él no me hubiera enseñado una carta privada. Sin embargo, me dijo que ella se había fugado. Se había ido con usted y con otro hombre —respondió Owenby, y con una expresión de desprecio, añadió—: A mí no me sorprendió.

—¿Por qué no? —preguntó Irene, asombrada por el tono de aquel hombre.

El hombre apenas la miró.

—Yo me daba cuenta del tipo de mujer que era. Le pido perdón, señor. Todos se daban cuenta, salvo su señoría.

Irene se sintió perpleja ante la diferencia de opinión de aquel hombre y la de lord Jasper sobre la madre de Gideon. Era extraño que un sirviente de confianza hablara mal de la esposa de su señor, y mucho más que expresara su opinión ante el hijo de la dama. Claramente, el rechazo de Owenby hacia la condesa era profundo.

—¿Y qué hizo mi padre después de leer la carta? —preguntó Gideon.

—Me envió en busca de lady Radbourne —respondió el hombre—. No iba a dejarla marchar sin luchar por ella, al menos al principio. No quiso decirle a nadie lo que había sucedido. Yo tomé un caballo y vine al pueblo. Su señoría recorrió la carretera en la dirección opuesta. Sin embargo, no pudimos encontrar a nadie que hubiera visto a una mujer y un niño, con o sin un hombre.

—¿Se llevó ella un caballo de los establos? ¿Cómo se marchó.

—No lo sé. El conde preguntó a los mozos, pero dijeron que no faltaba ningún caballo. Me imagino que debió de tomar al niño y marcharse por la carretera a encontrarse con su amante. Seguramente, él estaba esperándola con un carruaje o con caballos.

—¿Durante cuánto tiempo estuvo buscándola lord Cecil?

Owenby se encogió de hombros.

—No la buscó después de aquella primera mañana. Pensó que se daría cuenta del error que había cometido y que volvería. Sin embargo, teníamos que decirles algo a los demás sirvientes y a los vecinos, así que él inventó la historia del secuestro. Se imaginó que nadie cuestionaría su ausencia durante unos días, ni su vuelta, si la habían secuestrado y después la habían dejado libre. Pero ella no volvió, y él no tuvo noticias suyas. Una semana más tarde, me envió a buscarla. Sin embargo, no sirvió de nada. No encontré pistas, y tampoco encontré a nadie que los hubiera visto. Además, debía tener cuidado para no desvelar la verdad. Fui a investigar a varios puertos y pregunté en los muelles. Nadie recordaba haber visto a una mujer con un niño. Al menos, a ninguna en particular.

–Entonces, ¿qué hizo?

–Volví. ¿Qué otra cosa podía hacer? Habían ocultado muy bien su rastro. No pudimos averiguar adónde habían ido. Creo que lord Radbourne contrató a otro hombre más tarde para buscarlo a usted y a la señora condesa en el Continente, pero nunca encontró nada. Su señoría ya nunca volvió a ser el mismo.

–¿Siguió usted trabajando para mi padre?

–Por supuesto –dijo Owenby–. Hasta el día en que murió. Yo le daba su medicina y le llevaba la comida, lo poco que podía ingerir. Lord Cecil era un buen hombre y un buen amo.

–Pero no tan buen padre, me parece –puntualizó Irene.

El criado le lanzó una mirada despreciativa.

–Disculpe, señorita, pero usted no lo conocíais. Ni a ella. Ella lo destrozó. Él se merecía algo mejor que... que esa mujer.

–Pues a mí me parece que cualquier hombre haría más esfuerzos por encontrar a su hijo –replicó Irene.

–Él pensaba que el niño estaba mejor con su madre. No sabía que ella lo había abandonado en la ciudad.

–¿Y cómo sabe que lo hizo? –preguntó Gideon.

–No lo sé. Lo supuse... se dice que el duque lo encontró en un antro de juego en Londres y supo que era usted.

Gideon arqueó las cejas.

—Una versión un poco imaginativa de lo sucedido, pero sí, yo vivía en Londres.

—¿Y no recuerda nada más? —le preguntó Owenby—. ¿No recuerda a su madre, ni cómo llegó a Londres?

—No. Nada. Y me gustaría mucho averiguar lo que sucedió.

—Ojalá pudiera ayudarlo, milord, pero ya le he dicho lo que sabía.

—¿Mi padre no volvió a saber nada de mi madre? ¿No recibió cartas? ¿No oyó ningún rumor? ¿Nunca nadie dijo que la hubiera visto?

—No, que yo sepa.

Aquello fue todo lo que pudieron obtener de él, aunque Gideon le hizo unas cuantas preguntas más. Su respuesta fue siempre la misma: ya le había dicho todo lo que sabía.

Claramente, Owenby había terminado, así que Gideon asintió y se despidió amablemente del hombre. Después, Irene y él salieron de su casa.

—Bueno —comentó Irene—. Sus respuestas son coherentes.

—Y él no es muy proclive a explicarse demasiado —añadió Gideon—. No puedo evitar preguntarme si sabe más de lo que dice.

CAPÍTULO 16

Irene miró sorprendida a Gideon.

−Eso parece un mal augurio.

Él se encogió de hombros.

−No sé... no estoy seguro de si hay algo sospechoso en todo esto, pero sí hay algunas cosas que me resultan extrañas. Owenby tenía muy mal concepto de mi madre, para empezar.

−Sí, ya me he dado cuenta. La veía de forma muy distinta a lord Jasper.

−Me pregunto cuál es el retrato verdadero. ¿La madre dedicada y dulce y la mujer encantadora de mi tío? ¿O la mujer cruel y mentirosa de Owenby?

Impulsivamente, Irene posó la mano sobre su brazo, sintiéndose muy cercana a él.

−Me imagino que la verdad está entre esas dos visiones. Sin embargo, creo que la versión de lord Jasper debe de ser más cercana. Sin duda, la percepción de Owenby está alterada por su amor y lealtad hacia tu padre.

Gideon le sonrió y le cubrió la mano con la suya.

−Gracias por tu amabilidad, pero lo que ha dicho no

me ha herido. Fuera lo que fuera mi madre, la verdad es que no la recuerdo. Y aunque prefiero que no fuera una mujer fría y corrupta, si esto fuera cierto, mi vida no iba a cambiar por ello. Pero no puedo evitar sentir perplejidad por la respuesta de este hombre. Normalmente, los sirvientes son reticentes a hablar mal de sus señores. Y todo el mundo es reticente a hablar mal de las madres.

—Sí. Él es... bueno... más grosero de lo que yo hubiera esperado.

—Y otra cosa... no parecía que me guardara cariño. ¿Te has dado cuenta?

—No ha sido efusivo —convino Irene—, pero de todos modos, no me parece que sea una persona cariñosa. Y probablemente no trató mucho contigo cuando eras niño. Por lo general, la vida de los niños está restringida a la zona infantil de una casa.

Gideon asintió.

—Es cierto.

Irene añadió con tacto:

—Estoy segura de que si hubieras crecido allí, él te habría conocido mejor y tendría recuerdos más afectuosos de ti.

Gideon la miró, con una vaga sonrisa en los labios.

—Irene, ¿estás intentando calmar mis sentimientos doloridos?

Ella arqueó una ceja y preguntó con irritación:

—Bueno, me pareció que te perturbaba el hecho de que no te haya saludado con entusiasmo.

—Gracias por tu preocupación.

Gideon inclinó la cabeza hacia ella, sonriéndole de tal modo que Irene sintió una agradable calidez en el pecho. Por el momento, la tensión había desaparecido entre ellos.

—Sin embargo —continuó él—, no me han hecho daño ni

sus palabras ni sus modales. Sólo me ha parecido extraño. ¿No te parece que, si estaba tan dedicado y era tan leal a mi padre, debería haber pronunciado alguna expresión de alivio por el hecho de que el hijo de su amo haya aparecido después de tantos años? A mí me parece que un viejo criado de la familia debería haber sido más... entusiasta. Sin embargo, no sé si te has dado cuenta de que, cada vez que me miraba, lo hacía con desprecio. ¿Crees que me lo he imaginado?

–No, no creo. Yo no he notado una frialdad especial hacia ti, pero no era yo la que estaba recibiendo su mirada. Si ésa es la opinión que te has formado, seguro que tienes una buena razón. Entonces, ¿qué sospechas? ¿Que Owenby quizá... la matara?

–Parece un poco descabellado.

–Bueno... parece que Owenby la detestaba. Quizá descubrió que tenía una aventura con tu tío y quiso librar a tu padre de ella. Quizá falsificara la carta. O quizá tu padre sabía lo que hizo y lo ayudó a ocultar el crimen. Quizá lord Cecil no quería prescindir de él, hubiera hecho lo que hubiera hecho.

Si su recibimiento en casa de Owenby había sido frío, aquello fue más que compensado por la expresión de alegría que se reflejó en el rostro de la doncella personal de su madre cuando Gideon e Irene llegaron a su casa.

–¡Milord! ¡Oh, Dios mío! –exclamó la mujer. Alargó el brazo para tocarlo, pero entonces se dio cuenta de que no debía y enrojeció–. ¡Lord Radbourne, qué gran alegría me da verlo! Por favor, pasen, pasen.

La doncella, cuyo nombre era Nancy Bonham, los hizo pasar a la sala de estar de su casa y los guió hasta un sofá que había junto a la chimenea.

–Por favor, siéntense. ¿Les apetecería una taza de té? Estoy tan feliz de que haya venido –le dijo a Gideon, sonriendo, con lágrimas en los ojos–. Debe disculparme. No me emociono con facilidad, pero ver al niño de mi señora... –la mujer se interrumpió.

–No, no se disculpe –le dijo Gideon, devolviéndole la sonrisa–. Debería haber venido antes a visitarla. Me temo que no me había dado cuenta... no recuerdo nada de mi vida aquí.

–¿No recuerda a su madre? Oh, qué terrible para usted. Era una mujer muy buena. Toda una dama. Fue muy buena conmigo. Y a usted lo quería mucho... Usted era la luz de su vida. Hay algunas señoras que no les prestan mucha atención a sus hijos, y dejan su cuidado a las criadas y a la niñera; sin embargo, su madre no. Cuando estaba enfermo, ella estaba junto a su cama. Y cuando lo acostaba todas las noches, le leía un cuenta. A usted le encantaba.

–Hábleme sobre mi madre –le pidió Gideon.

La mujer no necesitó que se lo dijeran dos veces. Se lanzó a alabar el carácter, el aspecto y el comportamiento de lady Selene.

–Tenía los ojos igual a los suyos, verdes. También tenía el pelo largo, y era alta. Era muy refinada, toda una señora. El conde tuvo suerte de casarse con ella, aunque nunca lo admitiera. Su madre era de la familia Walbridge, y su linaje es más antiguo en Norfolk de lo que era el linaje de los Bakes aquí.

Después siguió hablando durante un rato más de la familia de lady Selene y de cómo su propia familia los había servido durante generaciones, y siguió describiéndoles la bondad de lady Selene, no sólo hacia ella, sino también hacia la gente más desfavorecida del pueblo.

Finalmente, cuando hizo una pausa, Gideon dijo rápidamente:

—Nancy, ¿puedes contarme lo que ocurrió el día en que se fue?

—¡Oh, aquél fue un día horrible! Nunca pensé... vi que no estaba en su cama, por supuesto, en cuanto entré en su dormitorio. La cama tenía el embozo abierto, tal y como yo se la había dejado la noche anterior. Ella no había dormido allí. Yo no supe qué hacer... no quería decírselo a lord Radbourne. No quería que ella tuviera problemas con él. Él... él era un hombre de temperamento explosivo. No siempre era agradable. Y ella... su madre no era feliz —dijo, mirando a Gideon.

Irene intervino.

—Ha dicho que no quería que ella tuviera problemas con él. ¿Por qué pensaba usted que podía tenerlos? ¿Se habría enfadado él? Seguramente, su reacción debería haber sido de preocupación porque su mujer hubiera desaparecido.

La anciana se removió con incomodidad en su asiento. En aquella ocasión, miró a Irene.

—Ella era una buena mujer. Tienen que entenderlo.

Irene asintió.

—Estoy segura de ello. ¿Hubo... hubo otras mañanas en las que ella no estaba en su cama?

—No. Pero algunas veces... bueno, una o dos veces ella no estuvo en su cama a la hora de acostarse. Sin embargo, siempre estaba allí a la mañana siguiente.

—¿Tenía un amante? —preguntó Irene.

—Sí. Creo que sí. Yo me quedé dormida una noche, esperándola para poder ayudarla a desvestirse. Me desperté cuando entró en el cuarto. Debían de ser las cuatro de la mañana. ¿Por qué estaba levantada tan tarde? Y tenía algo en la cara... estaba ruborizada y feliz. Hubo otras ocasiones en las que parecía muy feliz. Llegaba del jardín con los brazos llenos de flores, canturreando y sonriendo. Hubo periodos en que reflejaba aquella felicidad durante semanas. Y después, volvía a ponerse triste; yo la veía sentada junto a la ventana, con lágrimas en los ojos.

—¿Sabe quién era el hombre?

Nancy sacudió la cabeza.

—No. Ella nunca me habló de él. Seguramente no quería cargarme con el secreto por miedo a que el conde me interrogara. Pero ella no tenía que haberse preocupado —dijo la mujer en tono desafiante—. Yo nunca le habría dicho nada.

—Claro que no —dijo Irene—. Entonces, aquella mañana pensó que quizá ella había permanecido en compañía de alguien.

Nancy asintió.

—No se me ocurrió otra razón por la que ella no se hubiera acostado, aunque yo pensaba que había dejado de verlo. Hacía mucho tiempo que ella no estaba tan... feliz. Así que me preocupé. Sin embargo, no se lo dije al conde... ¡Ojalá hubiera ido directamente a verlo! Quizá si lo hubiera hecho, habrían podido perseguir a esos horribles hombres. Los habrían encontrado, y su madre estaría sana y salva.

—No debe culparse —le dijo Irene—. No fue culpa suya. Usted hizo lo único que podía hacer. Y aunque hubiera ido directamente a hablar con él, es evidente que lady Selene llevaba horas desaparecida, porque no había dormido en su cama. Para entonces debían de estar lejos.

—Es cierto —convino Gideon con bondad—. No podría haber hecho nada más.

—Gracias, milord —respondió Nancy, con los ojos llenos de lágrimas. Se los secó con un pañuelo y prosiguió con la historia—. Pero entonces, la institutriz llegó corriendo, diciendo que usted también había desaparecido. Entonces, lord Radbourne vino a verme, y yo tuve que decirle que la señora también había desaparecido. Pensé que se pondría furioso conmigo por no habérselo dicho antes, pero no fue así. Ni siquiera me preguntó por qué no había ido a verlo con prontitud. Estaba... estaba asustado.

Nancy continuó hablando con un matiz de perplejidad.

—Nunca lo había visto así. Por lo general era un hombre duro, frío, pero aquel día estaba asustado. Yo me di cuenta de que le temblaban las manos. Y entonces me di cuenta de que él debía de quererla, a su manera. Me dijo que lady Selene y el pequeño Gideon habían sido secuestrados, y que habían pedido rescate por ellos —dijo Nancy, y suspiró—. Envió a ese Owenby a entregar el rescate, pero ellos no devolvieron al niño. Y yo supe que ella había muerto.

—¿Nunca pensó que quizá no la hubieran secuestrado? —le preguntó Irene—. ¿Que quizá hubiera huido?

La doncella asintió con cara de culpabilidad.

—Sí, milady. Al principio sí. Me pareció raro que los secuestradores hubieran podido entrar en la casa y llevarse a los dos sin que nadie se enterara. Pensé que quizá hubiera engañado al conde, aunque me parecía un truco muy cruel que no era de su estilo. Pero ella había sido tan infeliz, que yo pensé que quizá si había roto con su amante, fuera quien fuera, no podía soportarlo más y había decidido marcharse con él. Ella lo habría llevado a usted, señor, si se hubiera marchado, porque sé que no hubiera soportado separarse de usted. Así que... bueno, yo no se lo dije al señor conde, pero fui a la habitación de lady Selene a buscar entre su ropa para ver si faltaba algo.

—¿Y faltaba? —preguntó Irene.

—Bueno, faltaba el vestido que ella llevaba la noche anterior. También eché en falta un camisón, el que yo le había dejado sobre la cama, y no encontré su bata. También me pareció que faltaban dos de sus combinaciones. No estaba segura. Ella tenía bastantes, y quizá estuvieran en la colada...

—No parecen muchas cosas que llevarse, si en realidad se había fugado con otro hombre...

—No, milady. Pero así era lady Selene. No habría querido llevarse nada de él. Habría pensado que no estaba bien.

—¿Y tampoco se llevó perfume, ni joyas, ni el cepillo del pelo?

Nancy negó con la cabeza.

—No. Por eso pensé que debían de haberla secuestrado. Sin embargo... faltaba su pequeño reloj.

—¿Su reloj?

—Sí. Es raro, ¿no le parece? No es lo que alguien se llevaría si la están secuestrando, ¿verdad?

—No, no lo es —convino Irene.

—Pero tampoco es lo que se hubiera llevado si fuera a fugarse con un hombre —dijo Gideon.

—Eso es cierto, señor, pero ese reloj era muy especial para ella. Era de su madre. Era un reloj muy bonito, pero no muy grande. Uno podía sostenerlo con una mano. Ella lo tenía guardado en su cómoda y lo cuidaba como si fuera un tesoro, porque era de su madre. Su madre murió cuando ella era niña, así que pensé que el hecho de que faltara podía ser una señal de que había huido, pero... pero con el tiempo he pensado que era porque no quería creer que estuviera muerta. Que alguien hubiera raptado a los dos y los hubiera matado —dijo—. La esperanza es algo muy poderoso, y puede hacer que pienses cosas que no son ciertas. Lo más probable es que uno de aquellos rufianes se diera cuenta de que el reloj era muy fácil de robar, pequeño y manejable, y que valía mucho dinero.

Nancy se quedó en silencio.

—¿Está segura de que las ocasiones en las que ella se acostó tarde tuvieron lugar meses antes del secuestro? —le preguntó Irene.

—Oh, sí, señora. Ella llevaba triste una buena temporada.

Después de aquello, Nancy ya no tuvo mucho más que decir, aparte de reiterar lo feliz que se sentía porque Gideon hubiera ido a visitarla, y lo contenta que hubiera estado su madre de saber que había sobrevivido. Gideon e Irene pronto se despidieron y volvieron al carruaje.

Durante la primera parte del trayecto de vuelta a Radbourne Park, Gideon estuvo en silencio, e Irene no hizo ningún comentario, con la sospecha de que él necesitaba tiempo para asimilar lo que les había contado Nancy.

Cuando estaban lejos del pueblo, por fin, Gideon rompió el silencio.

—Ella tenía razón en cuanto a lo de la esperanza. Deseas tanto creer algo que al final lo crees. Supongo que nunca sabremos lo que ocurrió en realidad.

—No, probablemente no —dijo Irene.

En los ojos de Gideon había una tristeza que hizo que Irene quisiera tomarle la mano, pero se contuvo.

—Pero... si mi tío tiene razón y mi madre no se marchó con un amante... entonces hay una pregunta difícil de responder.

—¿Qué le ocurrió en realidad a lady Selene?

—Sí. ¿La asesinaron? ¿La raptó alguien de su habitación?

—Pero sabemos que tu padre inventó la historia del secuestro, así que ésa no es una posibilidad. Le dijo a su ayuda de cámara, si es que creemos su historia, que lady

Selene le dejó una carta diciéndole que se marchaba y te llevaba consigo.

—Una carta que sólo leyó él —dijo Gideon—. También se lo contó a mi abuela, pero no me ha dado la impresión de que ella leyera la nota, sino de que lo vio con la carta en la mano. Muy conveniente.

—¿Estás diciendo que crees que tu padre la asesinó?

—No lo sé. Yo... me ha parecido que la doncella le tenía mido. Incluso mi abuela ha dicho que tenía mal genio. En realidad, la posibilidad de que mi padre fuera un asesino no es algo que me apetezca contemplar, pero ¿qué otras opciones hay, si ella no se escapó? ¿Tú crees que alguien entró en la casa y consiguió llevarse a una mujer adulta y a un niño sin ningún ruido, sin que nadie se enterara, y después la mató? Además, después de obligarla a escribir una nota a mi padre para que pareciera que ella se había marchado voluntariamente...

Irene suspiró.

—Es improbable. Por otra parte, si tu padre la mató, ¿qué ocurrió contigo? ¿Cómo terminaste tú solo en Londres? No tiene sentido. Tú eras su único hijo, su heredero. Él no te habría llevado a Londres y te habría abandonado allí.

Gideon se encogió de hombros.

—Eso es raro, porque parece que no hay nada que importe más a los aristócratas que la sucesión de su título. Y si Owenby la mató, ocurre lo mismo. Él no me habría llevado a Londres. ¿Quién lo hizo? ¿Quién quería que mi madre muriera y yo desapareciera?

—Bueno, el candidato más probable es tu tío Jasper —dijo Irene—. Es el único que se habría beneficiado de que tú no estuvieras aquí. Después de todo, el era el siguiente a ti en la línea de sucesión. Y si tu padre se quedaba destrozado, lord Jasper pudo pensar que no volvería a casarse.

—Sí, salvo por un par de detalles. Uno es que mi tío amaba a mi madre.

—Según él —dijo Irene.

Gideon arqueó las cejas.

—Vaya, eres muy desconfiada. Está bien, sólo tenemos su palabra en esto. Pero la segunda objeción es que estaba en la India cuando todo ocurrió. Y mi abuela lo ha confirmado.

—Quizá contratara a alguien —dijo Irene—. Cabe la posibilidad de que enviara a un hombre a deshacerse de ti y de tu madre, pero que el tipo no quisiera ser responsable del asesinato de un niño, así que te abandonó en cualquier parte.

Gideon la miró fijamente.

—Tienes una imaginación muy fértil.

—Sí, tienes razón. Todo esto son suposiciones. Lo único que sabemos es que Nancy y tu tío coinciden en que tú eras el centro de la vida de tu madre. No sé lo que le ocurrió, pero estoy segura de que no te abandonó. Al menos, tienes eso.

—Cierto, si crees las versiones de Nancy y de mi tío Jasper sobre cómo era Selene. ¿Y Owenby? Según él, el bueno era mi padre y la mala mi madre. Supongo que no tiene importancia. Claramente, mis padres eran negligentes. Una esposa infiel por madre, y que quizá apartara a su hijo de su hogar y de su herencia. Y un padre a quien no le importaba lo suficiente su hijo como para buscarlo a conciencia.

—O quizá es que tus padres fueran humanos. Un poco equivocados, un poco débiles. Quizá tu madre era culpable de querer a alguien en detrimento de todo lo demás.

—Sin duda, la clase de amor a la que cantan los poetas —dijo Gideon con un gesto cínico—. Al menos, eso es un defecto del que yo no tendré que preocuparme.

—Supongo que no —dijo ella, sintiendo una punzada de pena en el pecho—. Ninguno de nosotros dos.

El carruaje tomó el camino que conducía a Radbourne Park, y pocos momentos después estaban pasando el pequeño puente. Gideon miró hacia la casa, que se erguía en la distancia, y su expresión se tornó reticente. De repente, se irguió y dio un golpe en el techo del carruaje. El vehículo se detuvo.

—Ven —le dijo a Irene impulsivamente, y abrió la portezuela para salir. Después se dio la vuelta y le ofreció la mano—. Ven, por favor. Me gustaría enseñarte una cosa.

Ella arqueó las cejas, sorprendida, pero tomó su mano y bajó del coche. Entonces, él comenzó a caminar hacia el borde del bosque, y ella lo siguió.

CAPÍTULO 17

Caminaron durante veinte minutos, sin apartarse de los árboles, y después atravesaron el pequeño bosquecillo que se curvaba hacia la casa. Irene vio que se encontraban cerca de las ruinas de la antigua torre normanda que una vez había servido de punto de vigilancia de las tierras de los Bankes, mucho antes de que se les hubiera concedido el condado.

Ella había visto aquel lugar en su primer paseo por la finca y había tenido ganas de explorarlo, pero no lo había hecho aún. Unos días antes, durante un paseo a caballo, el grupo de invitados a la fiesta había pasado junto a la torre, y lady Calandra había sugerido que sería divertido entrar a verlo. Sin embargo, no se habían detenido, porque la señorita Surton había dicho que le daba miedo, y Gideon había comentado que la construcción era demasiado inestable como para entrar en ella.

—¿Las ruinas? —le preguntó Irene en aquel momento—. ¿Es eso lo que querías enseñarme?

—Sí. Es algo que hay dentro de la torre.

—Pero creía que era peligroso entrar —le recordó ella.

Gideon sonrió.

—Para la señorita Surton sí.

Irene se rió. Le agradó más de lo que quería admitir el hecho de que Gideon desdeñara a Rowena Surton.

Él la condujo al interior de la torre. Dentro reinaba la penumbra, pero a medida que subían por las escaleras, las frecuentes grietas que había entre las piedras dejaban entrar más y más luz. Salieron al primer piso y Gideon abrió una pesada puerta de madera. Detrás había una habitación, y al entrar, Irene emitió una exclamación de sorpresa.

Allí, el polvo y las ruinas habían sido retiradas. Había una gran pieza de lona enganchada desde los restos del tejado y extendida hasta el muro medio derruido, de manera que cerraba ambos elementos. Había una alfombra extendida en la zona más alejada del muro medio derruido, y sobre ella una pila de almohadones y una mesa baja, además de una pequeña estantería. Sobre la mesa descansaba una lámpara de queroseno, y sobre la estantería había dos velas. Cerca del muro que sujetaba la lona, había un telescopio.

—¡Gideon! ¡No tenía ni idea!

—Nadie lo sabe —dijo él.

Se acercó al muro y desató una cuerda de una argolla; después tiró de la cuerda y la lona se enrolló, abriendo la habitación al exterior.

—Es maravilloso —susurró Irene, admirando la vista del campo. Alzó los ojos y miró al cielo de la tarde.

—¡Así que aquí es donde vienes de noche! —exclamó.

—¿Cómo?

—Te he visto una o dos veces, por la noche, caminando por el jardín con un farol, y me preguntaba adónde ibas —le explicó ella. Después añadió con sinceridad—: Pensaba que quizá tuvieras una amante.

–¿De veras? –preguntó él–. Qué... interesante opinión tienes de mí. ¿Y a quién pensabas que iba a ver? ¿A una de las esposas de mis arrendatarios? ¿A una doncella?

–No tenía ni idea, pero no podía imaginarme por qué salías solo, a pie, a esas horas de la noche. No sabía que fueras astrónomo.

–No lo soy –respondió él, acercándose al telescopio–. En realidad, no me interesaba hasta que llegué aquí. Pero este telescopio estaba en la casa. Creo que mi abuelo era aficionado a mirar las estrellas. Yo decidí probarlo, y he descubierto que el cielo es fascinante. Este lugar es un refugio para mí. Aquí puedo relajarme. Durante estos últimos días he venido mucho.

Irene lo miró.

–No... ¿no lo has pasado bien durante las fiestas? –le preguntó ella en tono despreocupado, sin apartar la vista del paisaje.

Él emitió un ruido grave, inarticulado.

–¡Demonios, Irene! Claro que no. ¿Quién iba a pasarlo bien escuchando conversaciones tan melosas que hacen chirriar los dientes? Todo es tan dulce, tan mono, tan bonito y agradable... Si pido una opinión, lo único que recibo es una risita o un golpe de abanico, o quizá un «Oh, milord, no sé. ¿Qué pensáis vos?». ¿Qué respuesta es ésa? Yo ya sé lo que pienso.

Ella no pudo evitar reírse, y él le lanzó una mirada oscura.

–Oh, sí, tú puedes reírte. No eres la que tiene que soportarlo. No creas que no te he visto escaparte a cada oportunidad que has tenido.

Irene sabía que no debía sentirse tan satisfecha al saber que él no estaba disfrutando de la persecución a la que lo sometían las jóvenes invitadas, ni que se había dado cuenta de las veces que ella había salido de una habitación.

—Hay muy pocas cosas que me diviertan —dijo Irene, y aunque sabía que no debía hacerlo, añadió—: Tú ni siquiera me has pedido un baile.

Él la miró con algo brillante en los ojos.

—Ah, te ha dolido, ¿verdad?

—¿Por eso no me lo has pedido? ¿Para hacerme daño? ¿Estabas castigándome?

—No te lo he pedido —respondió Gideon—, porque tú no quieres ser mi esposa. Lo has dejado muy claro. Por lo tanto, debo dedicarme a aquellas que sí quieren.

Irene estaba deseando darle una buena contestación, pero no se le ocurría nada que no fuera una tontería. Gideon tenía razón.

—Por supuesto. Se me olvidaba que la amistad y las emociones no tienen lugar en tu esquema de las cosas.

Lo miró con la cabeza alta y la barbilla elevada, en una pose provocadora.

Gideon dio un paso hacia ella, con los ojos ardiendo súbitamente de deseo, e Irene pensó que iba a besarla. Al instante, sintió como si su cuerpo se estuviera abriendo a él, y supo que si la besaba, ardería como una llama.

No había nada que deseara más que aquello. Y nada la asustaba más.

Se dio la vuelta bruscamente y se alejó hacia el centro de la habitación. Casi antes de darse cuenta de lo que iba a decir, las palabras salieron de su boca.

—Háblame de Dora.

Hubo un instante de silencio. Ella se volvió a mirarlo.

—¿Cómo? —le preguntó él—. ¿Por qué quieres saber de Dora?

—Ése fue el nombre que dijiste, la mujer a la que estabas protegiendo de las insinuaciones de mi padre. Aquella noche, cuando te encontré en el vestíbulo de mi casa...

—Sí. Ella es la trabajadora de mi establecimiento de la que te hablé.

—¿Sólo es eso para ti? ¿Una empleada?

—No —respondió él, observándola con atención—. ¿Por qué me estás preguntando esto? ¿Quién te ha hablado de Dora?

—Teresa. Yo recordé el nombre cuando ella lo mencionó. Me acordé de que le dijiste a mi padre que no volviera a tocarla nunca más.

—¿Y tienes algo en contra de Dora? —le preguntó él con tirantez, con una mirada de cautela.

—¿Yo? —dijo Irene, con el corazón encogido. Su forma de hablar de Dora no era la de un hombre hablando de una empleada—. No. ¿Cómo iba a ser así? No la conozco.

—Entonces, ¿qué es lo que te interesa?

—Supongo que tengo curiosidad. Me pregunto si le hablarás a tu mujer de ella.

—Por supuesto. Dora es parte de mi vida. Mi esposa tendrá que darse cuenta de ello.

—Entonces, ¿parte del precio que debe pagar para convertirse en condesa será soportar que tengas una amante?

Él la miró durante un largo momento.

—¿Es eso lo que te dijo Teresa? ¿Que Dora es mi amante?

—Sí. Me dijo que te había oído discutiendo de Dora con tu abuela. Me contó que tú le dejaste claro a lady Radbourne que nunca la dejarías.

Gideon suspiró.

—Dora no es mi amante.

Irene intentó no desmayarse de alivio.

—La conozco desde que era niño. Crecimos juntos. Ella era un poco más pequeña que yo, y más débil. Éramos amigos. Yo la protegía. Compartimos la comida y las mantas. Ella es... durante toda mi vida, ha sido lo más cercano que he tenido a una familia. Es mi hermana. Nunca he pensado en que fuera mi amante. Es inconcebible para mí.

Irene se dio cuenta, con asombro, de que estaba casi azorado.

—De hecho, Dora está comprometida con Piers —continuó Gideon—. Pero hay una cosa de las que te dijo Teresa que es cierta: nunca la dejaré. Nunca. Como tampoco dejaré a Piers —afirmó con una mirada de desafío.

—Claro que no —dijo Irene con una sonrisa resplandeciente—. Nadie te lo pediría.

Él emitió un gruñido de poco convencimiento.

—Deberías hablar con lady Odelia y mi abuela.

—Creo que, en el fondo, incluso lady Odelia admira tu lealtad.

—¿Y tú crees que alguna de esas señoritas también lo harán?

Irene titubeó. Francamente, no. Y lo más inquietante era que pensar en sus posibles novias le desagradaba mucho.

—Si es la esposa adecuada para ti, sí —respondió por fin, con remilgo.

Él la miró fijamente, y de repente, Irene se puso nerviosa y se dio la vuelta.

—Deberíamos marcharnos ya, o llegaremos tarde a cenar.

—Sí. Por supuesto.

Gideon volvió a colocar la lona en su sitio, y los dos se marcharon de la torre.

El evento más importante de aquel fin de semana en Radbourne Park era el baile previsto para la noche siguiente. Los invitados sólo se quedarían un día más después de eso, y luego se marcharían. El baile sería la oportunidad para que todo el mundo se vistiera con sus mejores galas, e Irene estaba segura de que las muchachas harían sus mayores esfuerzos aquella noche.

Irene había pasado casi una semana viendo cómo las cinco jovencitas coqueteaban con Gideon, con la excepción de Amanda Hurley, que aparentemente estaba forjando una relación con el hermano de Rowena Surton, Percy, que adoraba los caballos tanto como ella, y planeando entretenimientos para darles la oportunidad de llevar a cabo sus flirteos. Irene estaba, francamente, cansada de todas ellas, y se alegraría de ver cómo se marchaban al cabo de dos días más.

En cuanto al baile... bueno, había decidido con egoísmo que no haría más planes ni ayudaría ni haría estratagemas para allanarles el camino a las demás. En vez de eso, tenía intención de pasarlo bien. Su estancia allí también se estaba terminando, y pronto su madre y ella tendrían que volver con Humphrey y Maura, una idea que era suficiente como para deprimirla. Así pues, había decidido que se pondría el precioso vestido de noche que había comprado para la ocasión, y que bailaría, conversaría y reiría. Y si Gideon volvía a hacerle caso omiso... bueno, él saldría perdiendo.

La noche siguiente, cuando estuvo arreglada para el baile, supo que su decisión había sido la correcta. Se había puesto su traje de seda dorada y Maisie le había recogido el pelo, prendiéndole pequeños adornos brillantes entre los rizos más oscuros. Para cubrirse los brazos desnudos se colocó un chal vaporoso sobre los hombros. La suave tela de su atuendo le volvía los ojos de un color oro pálido y seductor, y le confería calidez a su piel. Quizá fuera a volver muy pronto a la vida de la soltería, pero aquella noche estaba encantadora y brillante. El aire vibraba, lleno de promesas.

Bajó al baile con Francesca, que mientras descendían por las escaleras, le aseguró que sería la mujer más bella de la casa aquella noche. Irene sonrió. Aquellas palabras eran muy agradables de oír. Sin embargo, aquel sentimiento no fue nada comparado con el calor que se adueñó de ella cuando entró en el salón de baile y Gideon la vio. A él se le abrieron mucho los ojos, y el fuego que se prendió en su mirada fue rápido y salvaje.

Gideon continuó mirándola durante un largo momento, con los ojos clavados en los suyos, y hasta que una de las personas que estaba con él no le rozó el brazo para llamar su atención, no volvió a la conversación.

—Bueno —le dijo Francesca a Irene—, creo que la respuesta de lord Radbourne ha sido precisamente la que tú deseabas.

Irene se giró a mirarla.

—Yo no deseaba anda.

Francesca se rió.

—Irene, por favor, no intentes mentirme, te lo ruego.

Irene la miró con los ojos entornados.

—No sé de qué estás hablando.

—De tu aspecto, por supuesto. El pelo, el vestido... esta noche te has esmerado particularmente al arreglarte, y el resultado es evidente. Pareces una diosa. Una diosa de oro. ¿A quién va destinado todo este esfuerzo? —le preguntó su amiga con una ceja arqueada.

Irene se ruborizó.

—Si estás hablando de lord Radbourne, te aseguro que no me importa nada lo que piense.

—No, estoy segura de que no —dijo Francesca con una sonrisa felina—. Ni tampoco tenías una mirada de triunfo cuando él se ha dado la vuelta y te ha mirado como si fuera a comerte aquí mismo.

Irene enrojeció todavía más.

—¡Francesca! ¡No!

—Sí.

Irene quería protestar, pero sabía que sería una bobada hacerlo. Ella había deseado ver aquella mirada de Gideon. La pregunta era, evidentemente, ¿por qué? ¿Y por qué sentía aquella excitación y aquella satisfacción ante su éxito?

¿Tanto deseaba sobresalir de todas las muchachas que había allí? Ninguna de ellas le desagradaba, en realidad, y le parecía algo muy mezquino por su parte. Después de todo, ellas estaban interesadas en convertirse en la próxima condesa de Radbourne, y ella no quería aquel premio.

Sin embargo, mientras estaba pensando aquello sabía que no estaba siendo completamente sincera. Era cierto que no quería ser la condesa de Radbourne, pero sí quería el premio: la mirada de Gideon.

—Soy una persona terrible —le confesó en voz baja a Francesca.

Francesca se encogió de hombros.

—No eres terrible. Sólo humana. ¿Qué mujer no desea la admiración de un hombre, sobre todo si es el hombre al que quiere?

—¡Francesca! ¡Estás muy equivocada! Yo no quiero a Gideon. Admito que he sentido cierta satisfacción al hacer que se fijara en mí. Y también que me ha molestado ver que estuviera bailando con otras mujeres. Pero es una tontería, lo sé. Yo quería que él les prestara atención. Para eso trabajamos tanto con él.

—No. Yo trabajé con él para obligarte a estar cerca de él lo suficiente como para que te dieras cuenta de lo que sientes. Las otras mujeres están aquí sólo por si acaso tú no entras en razón, o él se siente tan molesto que elige a otra.

Irene se quedó boquiabierta.

—¿Cómo?

—Irene, de verdad —le dijo Francesca, tomándola del brazo—. Querida, me di cuenta de lo que sucedía entre vosotros desde el primer día que os vi en el parque. Estaba claro para cualquiera, o al menos para alguien tan acostumbrada a observar cómo la gente se enamora, que estabais destinados el uno al otro.

—¿Destinados? —repitió Irene con confusión—. ¿Estás loca? Estuvimos discutiendo todo el rato que pasamos juntos en el parque.

—Sí, es cierto. Pero fue el modo en que discutisteis. Ambos estabais enfadados porque desafiabais las ideas preconcebidas del otro. Cada uno de vosotros tenía planes muy ordenados, y el otro no encajaba en ellos. Naturalmente que estabais disgustados. Sin embargo, la atracción era evidente. Yo sabía que sólo era cuestión de tiempo que te dieras cuenta. Eres una chica lista.

Irene no podía cerrar la boca.

—¿Y todo esto... —dijo, señalando la fiesta con un gesto de la mano—, ha sido sólo... un truco?

—Oh, no. En absoluto. Yo necesitaba tu ayuda de verdad. Tu asistencia era de suma importancia.

Francesca sonrió con una mirada de diversión.

Irene no sabía si enfadarse o reírse, pero la sonrisa de Francesca era contagiosa, y después de un momento Irene perdió la batalla y soltó una carcajada.

—Eres indignante —le dijo a su amiga, moviendo la cabeza—. Bueno, espero que no te sientas muy decepcionada cuando tu plan no salga como habías pensado. No tengo intención de casarme con lord Radbourne.

—Pues es una lástima —respondió Francesca—. Me temo que él se sentirá extremadamente desgraciado. Pero... —la dama se encogió de hombros—. Cuando el corazón no está involucrado, no lo está. Pobre hombre. Entonces, ¿te parece desagradable? Irritante, me parece que lo llamaste un día. Egoísta, molesto...

—¡No! Bueno, sí, es todas esas cosas —dijo Irene—. Sin embargo, no me desagrada. No. Al contrario, le he tomado afecto. Es un hombre fuerte y competente, y cuando se llega a conocerlo, una se da cuenta de que tiene inteligencia. Es un hombre excelente. Todo el mundo, sobre todo sus familiares, lo ha juzgado mal.

—¿De veras? —murmuró Francesca.

—Oh, sí —dijo Irene, asintiendo—. Realmente, es un milagro que los soporte. Un hombre peor los habría echado ya de su casa.

—Si lo admiras tanto, no entiendo por qué no quieres casarte con él —le dijo Francesca.

—Tú sabes por qué no tengo planes de casarme.

—Sí, pero cuando una conoce a un hombre que le despierta tanta admiración como a ti, los planes fracasan, y las razones en que basabas tu decisión ya no sirven.

Irene sacudió la cabeza.

—No soy tan incoherente. Y él... él no quiere un matrimonio de verdad. Quererlo sería un ejercicio inútil. No quiere amor. Para él, el matrimonio es un asunto de negocios. Algo pragmático.

—¿De veras? —inquirió Francesca con las cejas enarcadas—. Pues la mirada que te ha dirigido no me ha parecido tan fría.

—Oh, él no es frío —dijo Irene, y de nuevo, se le pusieron las mejillas de color rosa—. De hecho, es bastante atrevido en ese sentido. Pero eso no es amor.

—Ah. Bueno, muchas mujeres que yo conozco piensan que podrían convertir ese atrevimiento en una emoción más profunda. Creen que con un poco de esfuerzo, semejante hombre podría llegar a querer a una mujer que lo quisiera.

—Quizá. Pero... eso no importa. El matrimonio no es algo que yo desee. Y es mejor evitar el dolor que puede provocar tener esas esperanzas. Amar a un hombre que no te corresponde debe de ser doloroso de verdad.

—Sí, supongo que sí —dijo Francesca, y durante un instante, la tristeza se reflejó en su bello rostro. Enseguida se encogió de hombros y prosiguió—: Eres una mujer muy fuerte, Irene. Te admiro. Hay muy pocas mujeres que podrían renunciar a todo como tú. A enfrentarse al hecho de no volver a ver a Gideon. Volver a la vida que has vivido hasta ahora. Muchas serían incapaces de soportar la soledad. El dolor.

La sonrisa de Irene vaciló.

—Estoy segura de que me las arreglaré.

—Claro que sí.

Resueltamente, Irene intentó cambiar de tema. Miró a su alrededor y dijo:

—Hay mucha gente nueva hoy.

—Sí —dijo Francesca—. Gente del pueblo que lady Odelia considera lo suficientemente aceptable para ser invitada a una fiesta grande. Un pequeño terrateniente y su esposa. El párroco y su esposa. Y la invitación de lady Odelia es una orden lo suficientemente poderosa como para traer a varias personas más a pasar la noche aquí. Los han alojado en las habitaciones del ala antigua que no están dañadas.

—No son muy buenas.

—No, pero lo suficientemente buenas para ellos, como diría lady Odelia —dijo Francesca. De repente, se puso muy rígida y miró al otro lado de la sala–. ¿Qué está haciendo ella aquí?

–¿Qué? ¿Quién?

Intrigada, Irene siguió su mirada, y vio a una mujer muy bella hablando con lady Odelia y con lady Pansy.

La mujer era un poco mayor que Francesca, pero aún era preciosa, aunque debía de tener ya treinta y cinco años. Era alta y voluptuosa, y tenía el pelo de color caoba y unos grandes ojos azules.

–¿Lady Swithington? –le preguntó Irene a Francesca, un poco sorprendida.

Aquella mujer, que hasta hacía poco había estado casada con su segundo conde anciano, ya no era uno de los pilares de la buena sociedad de Londres. Había vivido con el conde de Swithington en sus propiedades de Gales durante varios años, hasta que el conde había muerto recientemente. Y durante aquel tiempo, apenas había visitado Londres.

–Sí. Lady Daphne.

Francesca la miró durante un momento más y después se giró hacia Irene con una sonrisa forzada.

–Creía que, haciendo tan poco tiempo que ha fallecido lord Swithington, ella no... –Francesca se interrumpió y sonrió con más energía–. Pero claro, debería haber sabido que el luto de Daphne pasaría enseguida. Ella siempre ha tenido relación con los Lilles. Creo que lady Odelia la adora.

–Pues yo no creo que lady Odelia adore a nadie –respondió Irene sinceramente, pero no siguió hablando de aquel tema. Observó que Francesca paseaba la mirada por la habitación, y se detuvo cuando sus ojos cayeron sobre el duque de Rochford, que estaba charlando con su hermana Callie.

—Bueno, de todos modos no importa —dijo Francesca—. Si me disculpas, debo ocuparme de nuestras muchachas.
—Claro —dijo Irene.

Sentía mucha curiosidad, pero era demasiado educada como para hacerle a Francesca una pregunta indiscreta.

Francesca iba a alejarse, pero antes de hacerlo, se volvió hacia Irene y le dijo con una sonrisa:

Puede que él no tenga interés en el amor, querida, pero creo que se puede decir que lord Radbourne tiene un evidente interés en ti.

Y con aquello, se marchó.

Irene no estuvo sola mucho tiempo. Pronto, Piers se acercó a pedirle un baile, y después se quedó a charlar con ella durante un rato. Antes de que hubiera terminado la fiesta, había bailado con casi todos los hombres del salón, incluyendo al intimidante duque de Rochford. Sólo hubo un hombre que no le habló ni le pidió que bailara con él. El único hombre que ella deseaba que lo hiciera.

Cuando iba a llegar la medianoche, momento en que la música cesaría y la gente se iría a cenar, Irene comenzó a perder toda esperanza de que Gideon bailara con ella. Sin embargo, al alzar los ojos, lo vio acercándose directamente a ella. Gideon no miró a ningún lado ni se detuvo a hablar con nadie, sino que mantuvo la vista fija en ella, con intenciones claras.

Ella notó un cosquilleo de nervios en el estómago. Sus miradas se cruzaron. Irene se sintió como si se le fuera a salir el corazón del pecho.

—Irene —dijo él, y se detuvo frente a ella.

Irene asintió, intentando hacer gala de un mínimo de aplomo.

—Milord.

—Creo que éste es mi baile —le dijo Gideon.

—¿De veras? —preguntó ella, y arqueó una ceja, molesta por su tono—. No recuerdo que me lo hayáis pedido.

—Ahora te lo estoy pidiendo.

Irene tuvo la tentación de discutir con él, pero entonces, lo miró a los ojos y las palabras se le quedaron en la garganta. Notó la punzada del deseo en el vientre, provocada por el calor de su mirada. Simplemente, ella asintió y lo tomó del brazo.

Salieron a la zona de baile. Irene notaba el brazo de Gideon, fuerte como el hierro, bajo la palma de su mano temblorosa. Se preguntó si él lo notaría, y si entendería el caos de emociones que se había adueñado de ella.

Se giró a mirarlo, y él le tomó una mano y le rodeó la cintura. Esperaron durante un largo momento mientras comenzaban los primeros acordes de violín, y cuando toda la orquesta atacó el inconfundible ritmo del vals, comenzaron a bailar.

Gideon no habló. Tampoco Irene. Había demasiado placer, demasiada emoción en aquel momento. Era lo suficientemente bueno sentir su brazo alrededor de ella. Era suficiente mirarlo a la cara y ver la pasión escrita en ella.

Irene no necesitaba palabras para saber cómo se sentía él. Ella tenía la misma necesidad. Y entonces, cuando terminó el vals, él la llevó a la terraza y ella lo siguió dócilmente.

Había otras parejas allí, disfrutando del aire fresco de la noche, e Irene los saludó con una sonrisa. Avanzaron más allá de la terraza, y finalmente, con una mirada hacia atrás para ver a los otros, Gideon se deslizó al otro lado de la esquina de la casa y se la llevó consigo.

La tomó por los brazos e hizo que lo mirara, y la miró.

—Dios, eres bellísima. Me has hechizado esta noche.

—¿De veras? —Irene no pudo contener una sonrisa de

satisfacción–. No me había dado cuenta. No me has dirigido la palabra en toda la noche.

–He intentado no hacerlo con todas mis fuerzas –replicó él–. Llevo intentándolo toda la semana. ¡Demonios, Irene! –exclamó con vehemencia–. Pensaba... tenía la esperanza de que te importara, de que al menos te dieras cuenta de que me mantenía apartado de ti. He bailado con todas las chicas, rezando por que tú lo vieras, que lo notaras. Pero claramente, tú no sientes celos por mí. Me dije que si tanto te desagradaba la idea de casarte conmigo, debía buscar a otra –prosiguió con frustración–. ¡Pero no lo he conseguido! ¡Sé que nunca lo conseguiré!

Gideon la atrajo hacia sí y la besó. Sus labios eran cálidos y hambrientos, su beso abrasador, e hizo vibrar a Irene de pies a cabeza. Ella emitió un suave ruido, y sus manos viajaron hasta la cintura de Gideon, deslizándose por dentro de su chaqueta. Él se estremeció un poco, sorprendido, y ella comenzó a apartar las manos. Sin embargo, él se las agarró y las mantuvo donde estaban.

–No –murmuró–. No te apartes de mí. No tienes idea de lo mucho que he deseado sentir tus manos sobre mi cuerpo –dijo, y le acarició el pelo con la nariz, bajando suavemente hasta su oreja para darle un beso y seguir hacia el cuello.

–No tienes idea de lo difícil que es estar ahí escuchando a una de esas muchachas riéndose y parloteando, cuando lo único en lo que puedo pensar es en la línea de tu garganta cuando echas la cabeza hacia atrás al reírte... y en la suave curva de tu pecho, o en cómo la tela de tu vestido te marca la forma de las piernas...

Ella se estremeció, tanto por aquellas palabras apasionadas como por los roces de seda de sus labios.

–Gideon...

—¿Cómo voy a elegir a una de esas muchachas bobas, insípidas —dijo él con la voz áspera—, cuando tú estás aquí? ¿De verdad crees que puedo conformarme con sus risitas y sus sutilezas, cuando lo único que quiero es oír uno de tus comentarios incisivos? Estoy ardiendo por ti. Todas las noches me acuesto pensando en ti, con el deseo quemándome la piel hasta que creo que me voy a volver loco. Y ni una sola vez he pensado en otra. Sólo puedo pensar en tus ojos dorados, como el metal fundido. Lo único que quieren tocar mis dedos son tus pechos, tus caderas...

Deslizó las manos por el cuerpo de Irene siguiendo el orden de sus palabras, acariciándole los senos y bajando hasta sus caderas por los costados...

—Lo único que deseo es tenerte a ti dijo, y volvió a besarla, con hambre, con fuerza.

Irene tembló al sentir aquella pasión invadiéndola, y hundió los dedos en su camisa, colgándose de él. Se apretó contra su cuerpo, deseando sentir su dureza contra sí. El deseo le surgió entre las piernas, caliente y húmedo.

—Cásate conmigo —le pidió él, murmurando las palabras contra su piel suave—. Sácame de esta tristeza y sé mi esposa —repitió Gideon. Alzó los ojos y la miró fijamente—. Te quiero en mi cama. Te quiero a mi lado todos los días. Quiero que tu cara sea lo último que vea al acostarme y lo primero que vea al despertarme.

—Gideon —susurró ella, conmovida.

—No sé hacer poesía —prosiguió él—. Soy un hombre duro, directo, lo sé. No puedo ofrecerte palabras de amor. Creo que el amor ya no está en mí, si lo tuve alguna vez. Lo que sí sé es que quiero que seas mi mujer. Quiero compartir mi vida contigo. Quiero conocerte en todos los sentidos. Y te prometo que te protegeré y te cuidaré. No te haré daño, te lo juro. Cásate conmigo, Irene.

—Gideon... yo... no sé qué decir.
—¡Maldita sea! —gritó él en voz baja—. ¿Es que no puedes decir, por una vez en tu vida, que sí?
—Debo pensarlo...
—¡No lo pienses! ¡Maldita sea, Irene!
Se miraron durante un instante eterno. Ella se había quedado helada, era incapaz de moverse ni de hablar.
Él murmuró una imprecación, dio un paso atrás y se alejó.
—No puedo volver ahí dentro. Me voy a la torre.
Después, apresuradamente, desapareció por el jardín.

CAPÍTULO 18

Irene se quedó observando a Gideon mientras se alejaba por la oscuridad del jardín. Se quedó allí inmóvil, con los puños apretados, luchando por contener las lágrimas. Se sentía como si la hubieran despojado de algo. Y en aquel momento supo que lo que le habían robado era el corazón.

Quería a Gideon. No había palabras, ni lógica, ni pensamientos que pudieran cambiar aquello. No sabía cuándo se había enamorado de él, cuando el deseo inmediato e intenso que sentía desde el momento en que lo había conocido se había transformado en algo más profundo. Pero en algún momento, le había dado su corazón.

Lo quería, y sabía que lo último que quería era alejarse de él. Había creído que lo peor que ocurriría cuando lo rechazara era que tendría que volver a vivir con su hermano y su cuñada; pero en aquel momento, se daba cuenta de que lo peor sería tener que vivir sin Gideon para siempre. Sólo pensarlo le causaba un agudo dolor.

Además, sabía que podía confiar en él. Gideon no le haría daño, no la controlaría, no le haría ninguna de las cosas que a ella le asustaban tanto del matrimonio. En realidad, no eran aquellos miedos los que habían hecho que se contuviera. Su mayor temor era darse cuenta de que ella podía quererlo y no tener su amor a cambio.

Y aquello, pensó, era lo que la mantenía al borde del precipicio en aquel momento.

Si se casaba con él, estaría entregándose por completo. Ofreciéndole su amor, su alma. Sin embargo, Gideon acababa de decirle que no la quería y que no creía que fuera capaz de amar. ¿Sería capaz ella de enfrentarse a semejante peligro emocional? ¿Podría quererlo aunque pensara que nunca sería correspondida?

Mientras se hacía todas aquellas preguntas, se dio cuenta de que no darle su amor la conduciría a un destino peor, mucho peor. No casarse con él sería una cobardía. El único camino verdadero que podía tomar su amor era comprometerse con él. Si Irene no seguía aquel camino, estaba negando su amor, negándose a sí misma. Se estaría entregando a una vida de amargura y soledad, y todo porque tenía miedo de dar el último paso.

Irene bajó las escaleras corriendo y siguió a Gideon. La luz de la luna era la única iluminación con la que contaba, y cuando llegó al extremo más oscuro del jardín, donde los árboles y los matorrales bloqueaban la luz, tuvo que ralentizar el paso.

Cuando divisó las ruinas, sin embargo, volvió a correr.

—¡Gideon!

Empezó a subir apresuradamente hasta la base de la torre, y se detuvo a medio camino, sintiendo un poco de timidez. Cuando volvió a llamarlo, lo hizo con vacilación.

—¿Gideon?

Sonó un ruido chirriante, y la luz se derramó hacia la escalera, por encima de su cabeza.

—¿Irene?

—Sí —dijo ella. Le latía el corazón con tanta fuerza que pensó que él debía de estar oyéndolo—. Estoy aquí.

Él bajó las escaleras de dos en dos y se detuvo en el descansillo, mirándola.

—Mi respuesta es sí —dijo ella, con la voz entrecortada.

Entonces, Gideon descendió hasta ella y la abrazó; la levantó en el aire y escondió la cara entre su pelo.

—Irene, Irene... me he vuelto loco. Pensé que había sido un idiota al marcharme de esa manera, obligándote a elegir.

Le besó la oreja, el pelo, la cara, y las palabras siguieron saliendo de sus labios.

—Estaba a punto de volver a decirte que había sido un idiota, que esperaría tanto tiempo como tú necesitaras para decidirte.

Irene se rió.

—Pero no tienes que hacerlo, porque ya estoy aquí, y me he decidido. Quiero casarme contigo.

—Entonces, somos de la misma opinión —respondió Gideon. Sin previo aviso, la tomó en brazos y comenzó a subir las escaleras—. Sin duda, es la primera vez que sucede, y quizá también la última.

—¿Crees que discutiremos? —le preguntó Irene con una consternación fingida—. No, por Dios, seremos como uno solo.

—Si dejas de discutir conmigo alguna vez, no sabré qué hacer. De hecho, pensaré que algo va muy mal.

Gideon la llevó hasta la habitación que él había arreglado en la torre, y le dio una patada a la puerta para cerrarla tras él. La miró durante un largo instante, y después la posó en el suelo y le tomó la cara con ambas manos.

—Lady Radbourne. Mi esposa —dijo, experimentalmente.

—Aún no soy tu mujer —le recordó ella.

Gideon le tomó una mano y le besó los nudillos.

—Ahora estamos prometidos. Atados. Se lo diré mañana a mi abuela, y después iré contigo a Londres para hablar con tu hermano formalmente. Sin embargo, esta noche he recibido la única respuesta que necesitaba oír. Sólo tengo un requisito: que nos casemos pronto —dijo él, con una sonrisa de picardía.

Entonces, le acarició la línea de la mandíbula y deslizó un dedo sobre su barbilla, sobre su garganta, y más abajo, hasta que rozó las suaves curvas de su pecho e introdujo el dedo en la oscura hendidura que había entre ellos.

A Irene se le cortó la respiración, y el corazón se le aceleró alocadamente.

—¿No tenéis paciencia, señor?

Y le lanzó una mirada llena de invitación, que fue recompensada con un ligero temblor del dedo con el que Gideon la acariciaba.

—No tengo paciencia en lo que a ti se refiere —respondió él, y su sonrisa fue un poco artera; sin embargo, Irene no se asustó al verla. Sólo sirvió para hacer que la sangre le corriera más rápidamente por las venas.

—Te deseo ahora —le dijo Gideon—, y siempre.

Entonces inclinó la cabeza y la besó ligeramente, una y otra vez, dibujando la línea de sus labios con la lengua. Irene tomó aire bruscamente, con un poco de sorpresa, ante aquella caricia íntima, y sintió que él sonreía contra sus labios cuando sus bocas se unían.

Gideon la besó durante largo rato, relajadamente, explorando y provocándole sensaciones exquisitas. Ella notó que se le derretían los huesos y los músculos, y se apoyó en él, posando las manos en su torso.

Gideon extendió las manos por su cintura para sujetarla,

mientras seguía hundiéndose en su boca. Cuando, por fin, alzó la cabeza, ella se desplomó débilmente contra él y apoyó la mejilla en su pecho. Él se inclinó y le besó la cabeza, murmurando su nombre.

—Eres tan bella —le dijo—. Esta noche pareces una diosa. Sólo podía pensar en tocarte.

Él acompañó sus palabras de acciones, y le deslizó la mano por la espalda y las caderas. Con la misma delicadeza con la que la había besado, la acarició lenta, íntimamente. Hizo que se diera la vuelta y que apoyara la espalda en él, y ella obedeció fácilmente, de buena gana, abandonándose a sus caricias. Gideon le pasó un brazo por la cintura y la sujetó contra sí, mientras le pasaba la mano por los senos y el estómago.

Con delicadeza, la excitó a través de la tela de su vestido. Con las puntas de los dedos rozó las puntas de sus pechos, y se los tomó en la palma de la mano para sentir su peso. Después, bajó por su vientre plano hasta que se hundió en el hueco que había entre sus piernas.

Irene emitió un sonido de asombro y se puso un poco rígida ante aquella caricia inesperada, pero él movió los dedos lentamente, suavemente, y encendió los miles de nervios sensibles que se agrupaban allí, y en poco tiempo, Irene emitió un suave gemido de placer. Notó que la humedad surgía entre sus piernas, y sintió un apetito profundo.

Se movió contra él, frotándose contra su cuerpo, y sintió satisfacción al oír un suave gruñido de Gideon. El sonido de su deseo despertó más deseo en ella, y se dio cuenta de que deseaba tanto excitarlo como que él la excitara a ella.

Irene se volvió con la intención de dejar que sus manos vagaran por el cuerpo de Gideon.

—Enséñame cómo agradarte. Cómo darte placer.

—Todo lo que tú haces me resulta placentero —le aseguró él, reprimiendo un suspiro mientras ella pasaba las yemas de los dedos por la parte delantera de sus pantalones.

—Me gusta cuando haces esto —le dijo Irene; tomó sus manos y se las llevó hasta las nalgas—. ¿A ti te gusta? —le preguntó, haciendo que hundiera los dedos en su carne.

La respuesta que obtuvo fue un sonido ahogado y un súbito estremecimiento de Gideon contra su cuerpo; fue suficiente para ella. Sonrió, acariciándolo de nuevo. Entonces dio un paso atrás.

—Una vez me dijiste que querías verme el pelo suelto —le dijo suavemente.

A él le brillaron los ojos.

—Sí.

Y entonces la observó mientras ella se quitaba, una a una, las horquillas y los pasadores que sujetaban su melena. Los largos mechones cayeron de sus manos, derramándosele por los hombros y los brazos, acariciándole la piel. Él la miró hasta que no pudo soportarlo más, y entonces, hundió las manos entre sus rizos.

Volvió a besarla, pero en aquella ocasión lo hizo con necesidad y urgencia, como si no pudiera conseguir suficiente de su boca. Se apartó para comenzar a desabrocharle el vestido, con las manos temblorosas. Con los dedos igualmente torpes, ella le desabrochó la camisa hasta que se la abrió tanto como para poder meter las manos bajo ella. Lentamente, Irene palpó las formas de su pecho y de sus costillas.

Gideon se quedó inmóvil. Le posó las manos en los hombros para sujetarse mientras ella le acariciaba la piel. Tuvo que morderse el labio inferior para contener los gemidos que amenazaban con escapársele mientras ella lo excitaba, con sus manos inexpertas, más allá de lo soportable. Irene siguió explorando su pecho, rozándole los pezones, deslizándose sobre la carne más suave de su estómago, hasta que llegó a la barrera de la cintura de los pantalones.

–Dios Santo, me estás matando –murmuró Gideon.

Irene alzó la cabeza, preocupada.

–¿Quieres que pare? ¿Te hago daño?

Él negó con la cabeza. Le tomó una mano y se la llevó a los labios.

–Sólo es un placer tan dulce que se acerca al dolor –le respondió. Se quitó la camisa y la tiró a un lado–. Pero ahora déjame que yo te dé placer.

Gideon enganchó las manos en los hombros de su vestido, que le había desabrochado hasta la cintura, y se lo quitó, dejando a la vista sus suaves y blancas curvas, tan sólo cubiertas por la camisola y la combinación. Después de desatar los lazos de la combinación, dejó que cayera como un charco a los pies de Irene. Sin dejar de mirarla, sin dejar de mirar sus manos sobre su piel pálida, le desató también la camisola y se la abrió, liberándole los pechos. Después le deslizó la prenda por los hombros, con la vista fija en el suave algodón mientras rozaba los pezones rosados y erectos de Irene.

A ella se le cortó la respiración. Nunca habría pensado que se excitaría tanto por sentir los ojos de Gideon sobre su cuerpo desnudo, por ver cómo el deseo le ensombrecía la mirada.

Con delicadeza, él comenzó a acariciarle los pechos con las yemas de los dedos, dibujando círculos en cada uno de sus centros, que se endurecieron más y más bajo su roce. Irene tembló; no estaba preparada para el intenso placer que sentía en las entrañas. Nunca hubiera creído que las caricias de un hombre podían hacer que se sintiera así, tan inquieta, tan ansiosa.

Gideon le tomó los pechos en las manos e inclinó la cabeza. Tomó uno de sus pezones entre los labios y se lo acarició con la lengua. A Irene le fallaron las rodillas al experimentar aquella nueva sensación, y él la agarró por la cintura para ayudarla a mantener el equilibrio. Con su boca caliente y húmeda, le cubrió el pecho, y su lengua siguió jugueteando con el pezón. Irene se aferró a él, hundió los dedos en su carne, mientras el torbellino de sensaciones giraba en su interior, se adueñaba de ella. Incluso el tacto de su pelo entre los dedos la excitaba. No pudo reprimir un gemido cuando él abandonó su pecho izquierdo, y esperó, jadeando, a que Gideon continuara su camino. Entonces, él acarició con la boca el otro seno y lo atrapó, lenta, perezosamente.

Irene emitió un pequeño sollozo, y deslizó las manos por la espalda de Gideon, fascinada por la dureza de sus músculos. Entonces, él la tomó en brazos y la tendió sobre los almohadones que había dispuestos en el suelo. Allí la fue despojando de todas las prendas, y pronto ella quedó desnuda ante su vista.

Él la miró, con los ojos llenos de pasión, con el rostro enrojecido. Irene supuso que una dama debía de rechazar toda la lujuria que se percibía en su mirada, pero ella sólo sentía más deseo por él.

Gideon se puso en pie, ante ella, para desvestirse, y lanzó la ropa descuidadamente al suelo hasta que su magnífico y poderoso cuerpo quedó desnudo. Irene se sintió un poco asustada al ver por primera vez la dura señal de su deseo, pero también se sintió excitada. No podía imaginar cómo iba a tomarlo dentro de sí, pero al mismo tiempo, el calor se extendió por entre sus piernas, haciendo que quisiera abrirlas para él.

Gideon se tumbó a su lado y se apoyó sobre un codo. La miró y posó una mano sobre su cuerpo. Comenzó a acariciarla e Irene notó la piel deliciosamente viva, sensible al más ligero de los roces. Era consciente de que sentía un deseo abrumador de abrir las piernas, deseo que contuvo sólo hasta que él deslizó la mano sobre su estómago, sobre su vientre y entre sus muslos.

Irene tomó aire bruscamente y cerró los ojos. Estaba segura de que aquello debería ser vergonzante, no maravilloso. Delicadamente, él exploró con los dedos su parte más secreta, le acarició los pliegues húmedos. Irene no pudo evitar gemir y se arqueó contra su mano, buscando liberarse de aquello.

–Gideon –susurró.

Él se inclinó hacia ella y la besó, murmurando:

–Todavía no. Deja que lo haga más fácil para ti.

–Te deseo –le dijo con toda claridad. Abrió los ojos y los clavó en su rostro.

Él se tensó y respiró lentamente.

–Lo sé. Lo sé. Y no tienes idea de cómo me afecta esto –dijo él. Le acarició el cuello con los labios y con su respiración le causó escalofríos–. Pero primero... esto ayudará.

Le besó los pechos y jugueteó con sus pezones, abanicando las llamas de su deseo. Mientras, introdujo un dedo en su cuerpo, y después otro, para llenarla, para abrirla.

Irene movió las piernas sin poder contenerse, hundió los talones en los almohadones y se movió contra su mano. Él dejó escapar un gruñido, una risa, y después, por fin, se colocó entre sus piernas. La tomó por las caderas, la levantó y lenta, cuidadosamente, se hundió en ella.

Irene jadeó al sentir una punzada de dolor intenso, pero

breve. Gideon se detuvo, esperando, y poco a poco, ella se relajó. Con cuidado, inexorablemente, él se deslizó en su interior. Irene le rodeó la cintura con las piernas y se movió un poco para acogerlo más profundamente. Él comenzó a moverse, retirándose lentamente y embistiendo, y con cada movimiento, algo se tensaba en ella, se enroscaba con más fuerza.

Irene sollozó, moviéndose con él, ansiando algo que no sabía nombrar. Y entonces sintió una explosión, un placer tan intenso que la subyugó. Se estremeció y se aferró a él, mientras Gideon seguía hundiéndose en su cuerpo y gritaba al alcanzar su propio clímax. Irene sintió oleadas de placer extendiéndose por su cuerpo. Él se desplomó sobre ella, e Irene lo abrazó, asombrada por lo que había sentido.

Pasara lo que pasara, pensó, llegara a quererla Gideon o no, sabía que había encontrado su hogar.

CAPÍTULO 19

A la mañana siguiente, cuando Irene bajó a desayunar, se preguntó con nerviosismo cómo iba a actuar cuando viera a Gideon.

La noche anterior, después de hacer el amor, habían vuelto a la casa y habían entrado a escondidas por la puerta trasera. Cada uno había subido a su habitación y, cansada y feliz, ella se había acostado inmediatamente y se había quedado dormida.

Sin embargo, aquella mañana se daba cuenta de los problemas que podrían plantearse. Para empezar, era probable que varias personas se hubieran dado cuenta de que Gideon y ella se habían ausentado durante la última parte de la fiesta. ¿Y si alguien lo mencionaba? ¿Qué podría decir? No podía ruborizarse y comenzar a tartamudear, porque parecería que era culpable de alguna falta de discreción.

Sin embargo, había algo que le preocupaba más. Temía que, al ver a Gideon, todo el mundo se diera cuenta con claridad de lo que sentía por él... de lo que habían hecho. Y además tenía miedo de que, cuando él la viera, se arrepintiera de todo, que en el tiempo que había transcurrido sin estar juntos, él se hubiera preguntado por qué había querido alguna vez casarse con ella.

Sin embargo, cuando entró en el comedor y lo vio sentado a la mesa, todas sus dudas y preocupaciones se disiparon al instante. Él alzó la vista del plato, y aunque no sonrió, por sus ojos pasó una mirada rápida e intensa que le dijo mucho más que las palabras.

—Lady Irene —dijo él. Se levantó y se acercó para ofrecerle la silla—. Confío en que hayáis dormido bien anoche, después de todo el ejercicio... del baile.

Entonces la miró fijamente a los ojos; los suyos, verdes y brillantes, estaban llenos de risa.

—Gracias, lord Radbourne. He pasado muy buena noche —respondió Irene, devolviéndole una mirada de coquetería—. Debe de ser el aire de aquí.

—Siempre he pensado que el aire del campo es muy saludable —dijo lady Salisbridge—. Aunque mis hijas —añadió con un cariño indulgente—, están un poco perezosas esta mañana, me temo. Pero claro, les encanta bailar.

—Fue un baile maravilloso —dijo la señora Surton—. Qué buenos músicos, qué flores más bellas. Debo aplaudir su talento, lady Radbourne, para ofrecer una fiesta tan magnífica en el campo.

Todo el mundo hizo cumplidos a ambas condesas, que los recibieron con sonrisas amables. Irene le lanzó una mirada divertida a Francesca, que le guiñó el ojo.

Después, Irene miró a lady Odelia, que le dedicó un gesto afirmativo de la cabeza y una sonrisa tan agradable que Irene sospechó que Gideon ya le había contado a su tía abuela sus planes de matrimonio. Al pensar en su boda, Irene se sintió aturdida, y bajó la mirada a su plato para disimular la sonrisa.

Cuando todos los halagos y las narraciones de la fiesta terminaron, Francesca comentó:

—Ahora, lo único que nos queda por decidir es qué podemos hacer hoy.

—Hay unas cuevas cerca de aquí, junto al río —dijo Gideon—. Yo no las he visto, pero me han dicho que son muy interesantes.

—¡Las cuevas! —exclamó lady Teresa con horror—. Oh, no, no podemos ir allí. Son muy peligrosas.

—Qué tontería —dijo lady Odelia—. Yo he estado allí varias veces. Cuando éramos jóvenes, ¿eh, Pansy? No hay nada peligroso en ellas, siempre y cuando uno no se pierda, claro.

—Lord Cecil nunca permitía a nadie que fuera allí —respondió lady Teresa con remilgo.

—Sin duda, no querría que todo el mundo estuviera fisgoneando —comentó lady Odelia—. Nadie querría. Pero yo nunca he oído que tuvieran peligro, ¿verdad, Pansy?

—No, querida —respondió su hermana, y añadió amablemente para Teresa—: Me imagino que Cecil sólo estaba siendo cauteloso por Timmy y por ti. Y también querría proteger las cuevas de los extraños. Decía que la gente estropearía las formaciones. Pero merece la pena ver esas cuevas. Son poco comunes.

—Pues suena muy apetecible —comentó Piers. Todos los miembros más jóvenes del grupo estuvieron de acuerdo.

—Estoy segura de que la cocinera podrá prepararnos la comida en unas cestas —añadió Francesca, y miró a Irene.

Irene sabía que aquella mirada significaba que ella debía organizar la comida con el ama de llaves y la cocinera, porque era ella la que había estado encargada de las comidas y los asuntos de la casa durante la semana de la fiesta. Así pues, en cuanto el desayuno terminó, ella se dirigió a la cocina a tratar el asunto.

El ama de llaves, la señora Jeffries, que había demostrado tenerle simpatía a Irene, en aquella ocasión la saludó con una sonrisa que a Irene le pareció más brillante que ningún día. Además, Irene notó algunas miradas de reojo de los sirvientes, y unos cuantos susurros y sonrisas.

¿Sería posible que la servidumbre ya estuviera al tanto de su compromiso con Gideon? Parecía imposible, dado que había sucedido sólo la noche anterior. Claro que los sirvientes siempre eran los primeros en enterarse de todo. Sin duda, si Gideon había hablado con su tía abuela y su abuela, alguna doncella que estuviera cerca en aquel momento podía haber oído la noticia.

Irene fingió que no notaba nada raro en el comportamiento de los sirvientes y, cuando terminó de hablar con el ama de llaves, subió a su habitación a arreglarse. Cuando se miró al espejo, se le ocurrió la idea de que quizá los criados, y quizá también lady Odelia, habían supuesto que sucedía algo sólo con mirarla. Ella no se había dado cuenta cuando había bajado a desayunar, pero tenía un brillo de felicidad en el rostro que no podía disimularse. Tenía las mejillas sonrosadas, los ojos iluminados y la boca a punto de sonreír constantemente.

Intentó recuperar su habitual expresión de dignidad, pero al minuto se rindió, riéndose. ¿Qué importaba, pensó, si todo el mundo sabía que estaba completamente enamorada? Lo único que le importaba en aquel momento era el futuro que la esperaba junto a Gideon.

De hecho, apenas podía esperar a comenzar el resto de su vida.

Irene cabalgó entre Francesca y Calandra de camino a las cuevas, dejando que Gideon y los demás hombres entretuvieran al resto de las muchachas. Después de todo, no sería de buena educación mostrar la preferencia de Gideon por su compañía.

Atravesaron la pradera y llegaron hasta el río, cuyo curso siguieron guiados por el jefe de establos de la finca. Siguieron en dirección a las colinas, alejándose del pueblo y de la carretera de Londres. Poco a poco, el sendero comenzó a estrecharse y el terreno comenzó a ascender, hasta que llegaron a un pequeño desfiladero que se alzaba a ambos lados del grupo. Finalmente, el jefe de establos se detuvo y habló con Gideon, señalándole unos arbustos que había en la base del acantilado.

Los excursionistas desmontaron y siguieron a pie hasta que llegaron a la entrada de la cueva.

La entrada era un hueco negro en la roca de caliza blanca, y aunque estaba protegida por un gran peñasco a un lado, había sitio de sobra para que dos personas atravesaran la entrada, una junto a la otra.

Los hombres habían llevado faroles. Los encendieron, y el grupo entró en la gruta. Francesca e Irene se quedaron al final, junto a Rochford, que amablemente portaba un farol para alumbrarles el camino.

Sin embargo, apenas habían recorrido unos metros cuando la señorita Hurley comenzó a ponerse nerviosa debido a la oscuridad y la estrechez de la vía, y se negó a avanzar más. Francesca, reprimiendo un suspiro, dijo que se quedaría fuera con la muchacha, y el señor Surton, después de una mirada de melancolía hacia el interior de la cavidad, se ofreció galantemente a quedarse con ellas. El resto prosiguió.

La cueva era un túnel al principio, pero a medida que avanzaban, se abría en una cavidad mucho más grande, y allí el grupo se detuvo y formó un círculo. Irene miró a su alrededor con reverencia.

La cueva se extendía en todas direcciones más allá de la luz de los faroles, y en todas partes crecían rocas del suelo, o colgaban del techo, húmedas y resplandecientes debido a la iluminación.

El amigo erudito del duque, el señor Strethwick, había ido con la expedición, y aunque era un hombre tímido que apenas había dicho una palabra, en aquel momento comenzó a departir sobre las estalactitas y estalagmitas que tenían ante sí, explicando su formación y hablando sobre las sales, los minerales y la piedra caliza. Irene escuchó a medias. Estaba demasiado impresionada por la extraña belleza de la escena como para preocuparse demasiado por sus orígenes.

Poco después, tomaron las linternas para explorar un poco. El duque les aconsejó que permanecieran en grupo y que no se alejaran solos, y era tal el aire de autoridad del hombre que nadie desobedeció. Irene estaba conforme con el hecho de caminar junto a los demás, sobre todo cuando Gideon se colocó a su lado.

Había mucho que ver: túneles más pequeños y cavidades que salían de ellos. Sin embargo, finalmente el hambre pudo con todos y decidieron salir al exterior. Encontraron la comida dispuesta sobre mantas y esperándolos junto al río. Irene iba a sentarse junto a Francesca, pero Gideon la agarró por la muñeca.

—No, quédate —murmuró.

Ella lo miró y sonrió, asintiendo, y después se sentó en una roca, junto a él. Gideon había elegido bien el emplazamiento; la ancha piedra que les servía de asiento estaba situada de tal modo que, aunque había otra gente sentada a ambos lados, aquella roca sobresalía enfrente de los demás, de modo que estaban casi solos sin dar apariencia de privacidad o de algo impropio.

Charlaron mientras comían, hablando más de las cuevas que de sí mismos, pero lo más importante lo dijeron con sus sonrisas y con la mirada. Después, Irene recordaría poco de su conversación, pero siempre recordaría la paz y la alegría que sintió. Nunca olvidaría el sol en la cara mientras miraba a Gideon, el color verde de sus ojos resplandeciendo, ni el suave sonido de las hojas de los árboles cuando la brisa las acariciaba.

Después de la comida, varios de los excursionistas quisieron volver a las cuevas, sobre todo el amigo científico del duque, que apenas había prestado atención a la deliciosa comida, tan concentrado como estaba en repasar los detalles de la gruta con Rochford.

Las dos muchachas Salisbridge decidieron permanecer junto al río, relajándose, en vez de volver a la oscuridad y la humedad de la cueva, así que Francesca y el señor Surton no tuvieron que quedarse junto a la señorita Hurley y pudieron entrar junto al grupo de expedición. Todos volvieron al interior de la cueva, más cómodos con la inquietante oscuridad.

Irene y Gideon charlaron mientras avanzaban, y se fueron separando de los demás. Ella notó que él le daba la mano y se volvió, sorprendida. Él inclinó la cabeza hacia un lado, alzó su farol y la apartó de los otros. Irene lo siguió en silencio y, después de echar una última mirada a su alrededor, se metieron en un túnel alterno.

Irene se tapó la boca para reprimir una risita y se concentró en caminar sigilosamente, tan ansiosa como él de escapar del grupo. Por fin, cuando él decidió que estaban lo suficientemente lejos, se volvió, la abrazó y la besó.

—Llevo todo el día esperando esto —le confesó, mientras dejaba el farol en el suelo para poder agarrarla con ambos brazos.

—¿Pensarás que soy muy atrevida si te digo que yo también lo deseaba? —le preguntó coquetamente.

—Por supuesto que lo pensaré, y doy gracias al cielo por ello —respondió Gideon con una sonrisa, y la besó de nuevo, ligeramente, en los labios.

Entonces posó la mejilla sobre su cabeza, y se quedaron así, abrazados durante un largo instante. Él le acarició el pelo con la nariz y le susurró al oído:

—Quizá encontremos un túnel más escondido y...

Irene se rió tontamente.

—Basta. Vas a conseguir que parezca la señorita Surton.

—Dios Santo, no —respondió Gideon con cara de horror.

Después volvió a besarla. Un poco después, la soltó, con un suspiro, y tomó de nuevo el farol. Comenzaron a recorrer el túnel, tomados de la mano, conscientes el uno del otro como de la cueva que los rodeaba.

—Les he dicho a la tía Odelia y a mi abuela que has aceptado mi proposición —le dijo él—. Por supuesto, se quedaron encantadas.

—Estoy segura de que a Teresa no le parecerá tan bien —comentó irónicamente Irene.

Gideon se encogió de hombros.

—Afortunadamente, ella no tiene nada que decir al respecto. ¿Te importará que viva en Radbourne Park? Si te sientes incómoda con su presencia, puede mudarse a otra casa.

—Oh, seré capaz de tolerarla —respondió Irene—. No quiero que desarraigues a Timothy. Después de todo, él es tu familia, y tú le tienes afecto.

—Sí —dijo él con una sonrisa—. Pero te tengo más afecto a ti.

—Me alegro de saberlo. Estoy segura de que pondré eso a

prueba más tarde o más temprano –dijo ella, bromeando–. Me han dicho que no soy una persona fácil.

–¿Tú? –preguntó él, fingiendo asombro, con la risa en los ojos–. ¿Quién se ha atrevido a decir semejante cosa?

Ella lo miró significativamente, y él se inclinó para besarla de nuevo, ligeramente, y para cubrirle de besos los ojos, las mejillas y la barbilla.

–Me gustas tal y como eres –le dijo–. Vivir con una persona fácil me volvería loco en dos semanas.

–Entonces, haré todo lo posible por mantenerte cuerdo –replicó ella burlonamente. Después, en un tono más serio, dijo–: Gideon... me gustaría pedirte una cosa.

Un poco sorprendido por su tono de voz, Gideon se volvió hacia ella.

–¿Qué?

–Me gustaría que mi madre también viviera aquí. Ella no es feliz viviendo con mi cuñada. No lo dice, pero yo sé que es cierto, y...

–Por supuesto –dijo él–. Ya había asumido que sería así. Ni siquiera tienes que pedírmelo.

–Gracias –respondió Irene con una sonrisa.

Siguieron avanzando, pero después de unos cuantos giros, él se detuvo y miró a su alrededor.

–No creo que éste sea el camino por el que hemos venido.

Ella, que también se había sentido insegura durante los últimos metros, se asustó.

–¿Nos hemos perdido?

–No mucho –respondió Gideon–, pero creo que debemos volver atrás.

Lo hicieron, siguiendo el ancho túnel hasta el momento donde se estrechaba. En pocos minutos, se abrió en una cavidad más grande, de altura considerable, por donde Irene estaba segura de que no habían pasado antes.

—¡Nos hemos perdido! —exclamó con un culebreo de pánico en el estómago.

Él le tomó la mano y se la llevó a los labios.

—No te pongas nerviosa. Encontraremos la salida, te lo aseguro.

Él alzó el farol y miró a su alrededor por la caverna.

—Es un lugar interesante. Mira todas las cavidades que se abren a partir de ésta.

Irene miró las aberturas más oscuras que había fuera del círculo de luz del farol.

—Espero que no tengas intención de explorarlas.

—No. Pero creo que me gustaría venir otro día y pasar un poco más de tiempo aquí —dijo Gideon. Terminó de girar y la luz se dirigió a la pared de la cueva que estaba más próxima a ellos.

—Eso es raro.

—¿Qué es raro?

—Esta pared. Mira. No es como las otras.

Irene siguió la dirección que señalaba su dedo. A pesar de que sentía miedo, él la había intrigado.

—Parece como si fueran piedras apiladas.

—Exactamente. No es una pared sólida, como las demás. Mira.

Él pasó un dedo por una roca y quitó tierra húmeda.

—Son piedras unidas con tierra, como un muro rudimentario, pero la mayor parte de la tierra se ha caído.

Irene asintió.

—Tienes razón. Alguien construyó aquí un muro. ¿Por qué?

Él sacudió la cabeza.

—No lo sé, pero es raro.

Gideon siguió quitando tierra para dejar al aire las piedras, y pasó la mano por el muro.

—Sube sólo hasta aquí. Y tiene casi un metro de ancho. Voy a ver qué hay detrás.

Gideon comenzó a tirar de una roca plana con ambas manos. Cuando consiguió soltarla, las demás comenzaron a salir con más facilidad. Irene se puso los guantes de montar, que se había metido al bolsillo, y se arrodilló para ayudarlo. Tenía una extraña sensación en el estómago, y se intensificó a medida que agrandaban más y más el agujero. Detrás de las rocas no vieron nada, pero un olor fétido se extendió por el aire.

Gideon comenzó a moverse más y más deprisa, y el agujero se amplió rápidamente. Finalmente, fue lo suficientemente grande como para que pudiera meter el farol. Ambos asomaron la cabeza al otro lado.

La luz iluminó una cavidad pequeña, no lo suficientemente grande como para que un hombre pudiera ponerse en pie. De largo tenía unos dos metros y medio. El brillo del farol iluminó la zona con una luz débil, revelando las formas de un objeto que estaba a más de un metro de la apertura del muro. Tendría un metro setenta de largo y estaba envuelto en una fina tela blanca.

Era una inconfundible figura humana.

CAPÍTULO 20

Irene miró asombrada aquella forma. No emitió ningún sonido. No podía. Se volvió a mirar a Gideon.
Él soltó una imprecación entre dientes.
—Selene —dijo.
—Oh, Dios mío.
Irene se llevó las manos a las mejillas, y se dio cuenta de que estaba temblando.
Gideon había dicho exactamente lo que ella estaba pensando. Él quitó el resto de las piedras y despejó la entrada. Ella le puso una mano sobre el brazo.
—No lo sabemos con seguridad.
Él se detuvo y la miró.
—Yo sí lo sé. ¿Quién iba a ser?
—No debemos... alterar el cuerpo. Alguien será capaz de...
—¿Identificarla? —le preguntó él. Después asintió, un poco más calmado—. Sí. Tienes razón. No tocaré el cuerpo. Pero tengo que verlo.
Entró con el farol por delante, a gatas. Irene lo siguió. Él colocó la luz sobre el cuerpo.

Era una mujer, y estaba envuelta como una momia en una tela que se estaba deshaciendo. Tenía la cabeza y los hombros envueltos en otra tela de color blanco, con manchas de color marrón y amarillento. Irene se dio cuenta de que la tela blanca era, en realidad, una combinación.

Bajo la tela de gasa blanca se apreciaban los rasgos arrugados de una calavera que todavía conservaba unos cuantos mechones de pelo. Irene tomó aire bruscamente y, de repente, se sintió un poco mareada. Se apartó del cuerpo y cerró los ojos.

—¿Es ella?

—No estoy seguro, pero, ¿quién puede ser? —dijo Gideon con un suspiro. Después le tomó la mano a Irene, se la apretó suavemente y añadió—: Debemos volver a avisar a los demás. Mi tío es el único que puede identificarla.

Irene asintió, mirándolo a los ojos.

—Sí, lo haremos, pero... ¿estás bien?

Gideon sonrió con tristeza. Se llevó la mano de Irene a los labios y le dio un beso en los nudillos.

—Sí. Hace mucho tiempo. Y al menos ahora sé que no me abandonó.

Él apoyó la frente contra la de Irene durante un instante, y después se apartó.

—Vamos a buscar a los demás.

Salieron nuevamente a gatas de la cavidad y, con alivio, se pusieron en pie en el túnel. Irene miró a su alrededor.

—¿Sabremos encontrar el camino de vuelta?

—Creo que sí, aunque puede que tardemos un poco. Dejaremos algunas cosas por el camino para asegurarnos de que podemos volver hasta aquí.

Mientras retrocedían, dejaron los lazos que Irene llevaba en el pelo, los guantes, el reloj y los gemelos de Gideon en los giros principales y en las bifurcaciones. No tuvieron que esperar mucho hasta que oyeron voces. Se detuvieron, escucharon, y Gideon gritó para llamar la atención de los demás.

Un momento después oyeron la voz de un hombre que se aproximaba.

—¿Radbourne?

—¡Gideon!

—¡Piers! —respondió Gideon—. Estamos aquí. ¡Continuad avanzando!

Hubo un intercambio de gritos durante el cual, algunas veces, los gritos se alejaron. Sin embargo, por fin vieron una luz y, un momento después aparecieron tres hombres con faroles en la curva de un túnel. Piers y el tío de Gideon iban primero, y después Rochford.

Jasper tenía una expresión de angustia, e incluso Piers estaba preocupado. Sólo el duque mantenía su acostumbrada calma.

—¡Gracias a Dios, Gideon! —exclamó Piers—. Nos teníais muy preocupados. ¿Dónde estabais?

—Eh... nos perdimos un poco y después... encontramos algo.

Algo que debió de reflejarse en el rostro de Gideon, porque fuera lo que fuera lo que los otros hombres iban a decir se les quedó en los labios. Rochford miró a Gideon y después a Irene, y ella se dio cuenta de lo sucios y desarreglados que debían de estar.

—Mostrádnoslo —dijo Rochford.

Volvieron atrás, tomando lo que habían dejado marcando el rastro, hasta que llegaron a la tumba una vez más. Irene observó cómo los otros hombres se agachaban junto a la entrada y miraban adentro. Piers tomó aire con un jadeo, y Jasper palideció. Miró a su sobrino con una pregunta en los ojos.

Gideon sacudió la cabeza.

—No lo sé. Tú eres el único que puede decírnoslo con seguridad.

Jasper volvió a mirar hacia la cavidad, y en su rostro se reflejó tanto dolor que Irene tuvo que apartar la vista. Gideon y él entraron en la tumba, y Rochford se volvió hacia ella.

—¿Selene? —le preguntó.

—Eso creemos.

Piers los miró con curiosidad, pero se dio cuenta de que aquél no era el mejor momento para pedir una explicación. Gideon y Jasper habían llegado junto al esqueleto.

Oyeron una exclamación ahogada de lord Jasper. Después dijo en voz baja:

—Es un camisón. Está envuelta en un camisón. Yo... no sé si era suyo. Ayúdame.

Entre los dos apartaron el material, que quedó reducido a polvo y a jirones.

—Oh, Dios —susurró Jasper—. Su alianza. Y esto... este broche. Yo se lo regalé. Dios Santo. Es Selene. Selene.

Rochford se puso en pie.

—Lady Irene, permitidme que os acompañe de vuelta con las otras damas. Señor Aldenham, si no os importa permanecer aquí con ellos, yo enviaré al jefe de establos de vuelta a Radbourne Park para que traiga un carro inmediatamente. Francesca e Irene llevarán a los demás a la casa, y yo volveré para ayudar en cuanto haya organizado todo.

Piers asintió.

—Esperaré.

—¿Estáis bien? —le preguntó el duque a Irene mientras se alejaban de la tumba.

Ella asintió.

—Sí. Ha sido un descubrimiento muy macabro, pero...
—se encogió de hombros con una media sonrisa—, nadie os dirá que soy una mujer delicada.

—Gracias a Dios —respondió Rochford—. Sería un poco complicado tener que llevar en brazos a una mujer inconsciente por estos túneles. O a una con un ataque de histeria.

Él le sonrió, e Irene se quedó asombrada al ver cómo la sonrisa le iluminaba la cara, proporcionándole una calidez a su semblante que normalmente no tenía.

—Sí, me imagino que sería difícil —convino ella. Después suspiró—. Me temo que será muy duro para Gideon. Estaba intentando asimilar la noticia de que su madre se había fugado con un amante, y ahora descubre que fue asesinada... Supongo que no puede ser otra cosa que un asesinato, ¿no creéis?

—Sí —respondió Rochford—. La tía Odelia me contó la historia de la tía Pansy, que lady Selene había huido con su amante. Supongo que lady Selene no pudo escribir una carta explicando que se marchaba y después venir aquí a quitarse la vida, aunque no entiendo por qué le hizo creer a todo el mundo que se había marchado. Sin embargo, no creo que pudiera suicidarse y después envolverse la cabeza con una gasa.

—No. Parecía como si... como si tuviera hundido un lado de la cabeza.

—Es un asunto horrible. Al menos, Cecil está muerto. No habrá que pasar por la agonía de un juicio.

—¿Creéis que fue el padre de Gideon quien la mató?

—Él fue el único que leyó la nota, si es que he entendido correctamente a mis tías abuelas. Creo que debió de ser él, o su ayuda de cámara. Supongo que pudo ordenarle a su hombre de confianza que lo hiciera. Owenby le profesaba una lealtad total.

—Pero... ¿por qué se llevaron a Gideon?

—Eso no lo entiendo —admitió Rochford—. Ah, ya hemos llegado a la cueva principal.

—¿Estáis familiarizado con estas cavernas? —le preguntó Irene.

Él la miró con sorpresa.

—No. Nunca había estado aquí.

—¿Y por qué conocíais tan bien el camino de vuelta?

Rochford arqueó una ceja.

—Cuando comenzamos a pensar que lord Rochford y vos os habíais perdido, al menos durante más tiempo del que es normal en una pareja recién comprometida —puntualizó con una sonrisa—, marqué el camino que tomamos para asegurarme de que no nos perdíamos todos.

—Claro —dijo Irene, sonriendo para sí. Entendía mucho mejor los comentarios de Francesca sobre el duque.

—¡Milady! —exclamó el mozo de los establos. Estaba esperando en la cavidad principal, con el señor Surton, y se puso en pie de golpe al verlos—. Su Señoría...

—Lady Irene está bien —les aseguró Rochford a los dos—. Me temo que lord Radbourne y ella se desorientaron, pero los hemos encontrado. Necesitaré su ayuda, Barnes, si no le importa esperar un momento. Señor Surton, ¿puedo pedirle que acompañe de vuelta a casa a las damas? Creo que lady Irene debería regresar cuanto antes. Como podéis ver, está un poco afectada por lo sucedido.

El duque se volvió hacia ella y murmuró:

—Tratad de parecer afectada.

Irene se llevó una mano, débilmente, al pecho.

—Señor Surton, no sé cómo daros las gracias. Me siento un poco mareada.

Surton se apresuró a ofrecerle el brazo. El duque se dirigió al mozo y habló con él en voz baja. El mozo se quedó asombrado, pero asintió y salió rápidamente a cumplir las órdenes de Rochford.

En cuanto Irene y Surton salieron de la cueva, Francesca se acercó.

—¡Irene! ¿Estás bien? ¿Ha ocurrido algo? ¿Dónde están los demás?

—Me temo que debemos terminar con la excursión —dijo el duque, saliendo de la gruta tras ellos—. Lady Irene está bien, aunque un poco cansada. Lady Haughston, ¿puedo hablar con vos?

Irene observó cómo el duque conducía aparte a su amiga y se inclinaba hacia ella para hablarle en voz baja. Irene vio que Francesca se llevaba la mano al cuello con consternación, y Rochford alzó el brazo como si fuera a acariciarle la mano, pero rápidamente se contuvo. Se limitó a hacerle una reverencia y se dio la vuelta para volver a la cueva.

Francesca se acercó corriendo a Irene.

—Oh, vaya, qué... bueno, no sé cómo llamarlo. ¿Estás bien, querida?

Irene asintió.

—Sí, pero tenemos que llevar a todo el mundo de vuelta a la casa y encontrar una manera de ocuparlos para que tú y yo podamos explicarle a la familia de Gideon lo que ha ocurrido.

—No te preocupes, se me ocurrirá algo.

Francesca puso en marcha a todo el mundo, y cuando llegaron a la casa, con ayuda del señor Surton, organizó un partido de crocket en el césped del jardín. Mientras los demás se entretenían, Irene y Francesca le pidieron al mayordomo que avisara a las mujeres de la familia. Ellas dos entraron en la biblioteca y se sentaron a esperar. Lady Odelia y su hermana llegaron un momento después, seguidas por Teresa, que estaba un poco irritada.

—¿Francesca? —dijo lady Odelia—. ¿Qué significa esto? ¿Por qué has enviado a Horroughs a buscarnos? —entonces, su expresión cambió—. ¿Le ha ocurrido algo a Gideon?

—No, lord Radbourne está perfectamente —les aseguró Francesca, y después miró a Irene.

Irene asintió.

—Lo que ha ocurrido es que... hemos encontrado algo en la cueva. Es... perdonadme, lady Radbourne —le dijo a Pansy—, pero no se me ocurre una manera fácil de decir esto. Vuestro hijo, lord Jasper, identificó el cuerpo de lady Selene.

Ni siquiera lady Odelia pudo decir nada después de saber la noticia. Después de un momento de asombro, las mujeres comenzaron a hacer preguntas, pero Irene no podía responderlas. Así pues, esperaron con ansia a que regresaran los hombres con el cuerpo.

Irene se levantó de un salto cuando, por fin, oyeron el sonido de las botas de montar en el vestíbulo. Un momento después se abrió la puerta de la biblioteca y entraron Jasper, Gideon y Rochford. Irene miró a Gideon. Tenía el semblante grave y la mirada triste, y llevaba algo envuelto en una tela.

—¿Jasper? —dijo Pansy, que se levantó con las manos temblorosas—. ¿Es... es realmente Selene?

Su hijo asintió.

—Sí. Estoy seguro. Éste es el broche que ella llevaba tan a menudo, y ésta es su alianza.

—¿Qué ocurrió? —preguntó Pansy—. ¿Cómo ha podido ser?

—¿Se perdió? —inquirió lady Odelia—. ¿Se cayó o...

Gideon la interrumpió bruscamente.

—Fue asesinada —dijo, mirando a su abuela—. Mi padre la mató.

Lady Pansy se desplomó sobre el sofá.

—¡No! ¡No es posible! Alguien debió de... llevársela. La secuestró en su habitación y se la llevó a la cueva.

—La mataron aquí —respondió Gideon—. Hemos encontrado esto en un rincón de la tumba.

Él apartó la tela y les mostró el objeto que tenía en la mano. Era un pequeño reloj blanco con una mancha marrón, la misma que ensuciaba la tela blanca.

—¡No! —gritó Pansy—. ¡No puede ser!

—Es su reloj, ¿no es así? —le preguntó Gideon—. El reloj del que nos habló su doncella. El reloj de lady Selene. Lo usaron para romperle la cabeza.

Pansy gritó y comenzó a sollozar.

—Basta —dijo Jasper, evitando mirar lo que Gideon tenía en la mano—. Es el reloj de Selene. Ya te lo he dicho. Deja en paz a mamá. Ella no sabe nada de lo que ocurrió.

—¡Claro que no! —dijo lady Odelia, que estaba temblando—. Ninguno lo sabíamos. Algún loco debió de entrar aquí y...

—¡Ya es suficiente! —bramó Gideon—. Ya ha habido demasiadas mentiras y engaños. Mi padre la mató. ¡Voy a averiguar qué ocurrió exactamente!

Entonces se dio la vuelta y salió corriendo de la habitación.

Los demás se quedaron inmóviles, envueltos en un silencio que sólo alteraban los sollozos de lady Pansy.

—¿Adónde demonios va? —preguntó Rochford.

—A casa de Owenby —respondió Jasper—. Iré tras él —añadió.

—No, quedaos con vuestra madre —dijo el duque—. Yo iré.

—No sabéis dónde está la casa —protestó lord Jasper.

—Yo sí —dijo Irene, ya de camino hacia la puerta—. Os lo mostraré.

Rochford y ella pidieron dos caballos, que los mozos prepararon rápidamente, y salieron en busca de Gideon. Dado que ambos eran mejores jinetes que él, consiguieron verlo justo cuando desmontaba frente a la casa del viejo criado, y entraba como una exhalación.

Irene y el duque lo siguieron y desmontaron también. Después de atar las riendas de las monturas a las ramas de un árbol, corrieron hacia la entrada de la casita. La doncella salió a recibirlos con cara de espanto, gritando.

—¡Deténganlo! ¡Lo va a matar!

Encontraron a Gideon en la cocina, donde parecía que había acorralado al criado de su padre. Owenby debía de haber intentado huir por la puerta trasera, pero Gideon le había cortado el paso. El anciano estaba acurrucado contra la pared, y Gideon lo amenazaba con el atizador de la chimenea.

—¡No lo niegue! ¡Sé que alguien la mató! ¡Usted o él! ¿Quién fue?

—Yo... yo...

—¡Dígamelo! —dijo Gideon, y dio un terrible golpe con el atizador en el suelo.

—¡Gideon, basta! —le pidió Irene—. No puede responderte porque lo tienes aterrorizado.

Gideon se giró, sorprendido.

—¡Irene! ¡Rochford! ¿Qué estáis haciendo aquí?

—¿Acaso pensabas que iba a dejar que mataras al ayuda de cámara de tu padre en un ataque de ira? —respondió Irene—. No tengo intención de pasarme la noche de bodas visitándote en la cárcel.

—No seas boba. No voy a matarlo.

—Claro que no —intervino Rochford. Se acercó a Gideon y le quitó el atizador de la mano.

Gideon lo miró con disgusto, y se volvió de nuevo hacia Owenby.

—Todavía puedo ahogarlo. Y tenga por seguro que no voy a dudar en hacerlo si no empieza a hablar. Y rápidamente.

—Estoy seguro de que... Owenby, ¿verdad?, estará encantado de contarnos lo que le ocurrió a tu madre —dijo Rochford suavemente—. ¿No es así, Owenby?

—Yo no hice nada. Yo no maté a lady Radbourne. ¡Lo juro!

—No creo que lo hiciera usted —le dijo Gideon—. Estoy seguro de que la mató mi padre. Lo que quiero que me diga es el motivo. Dígame qué ocurrió.

—No lo sé. ¡No lo sé! No estaba allí cuando sucedió. Lord Cecil me dijo... bueno, yo oí un golpe. Estaba esperando en su habitación para ayudarlo a desvestirse. Y los oí discutir.

—¿Sobre qué? —preguntó Irene.

—No lo sé. Es la verdad. Oía las voces, pero no distinguía lo que estaban diciendo. Salvo una vez que él gritó que tenía unas cartas. Y cuando yo entré, más tarde, había papeles quemándose en la chimenea. Creo que su señoría arrojó las cartas ahí.

—¿Qué ocurrió? ¿No entró usted cuando oyó el golpe?

—No, milord. No estaba en situación de hacerlo. Era algo entre marido y mujer.

—¿Así que no hizo... nada? —le preguntó Gideon en tono de desprecio.

—Exacto —respondió Owenby desafiante—. Esperé.

—¿Y cuándo entró en la habitación? —le preguntó Rochford, antes de que Gideon se lanzara sobre el hombre.

—Bueno, después de que ella gritara, yo oí que él le decía que nunca le permitiría marcharse. Y entonces, ella gritó más, algo como ¡no!, o ¡vete!, y entonces hubo un golpe, y después, otros golpes... y... no sabía qué había ocurrido, así que me acerqué a la puerta y... él la abrió y me arrastró dentro. Vi a lady Selene tendida en el suelo, con la cabeza llena de sangre. Me di cuenta de que estaba muerta, porque tenía la mirada vidriosa y perdida.

—¿La había golpeado con el reloj?

Owenby asintió.

—Sí. No era un reloj grande. Lord Cecil debió de agarrarlo y le golpeó la cabeza con él. Y creo que después de que ella cayera al suelo, la golpeó más veces. ¡Pero no fue culpa suya!

—¿No? —estalló Gideon—. ¡La mató a golpes!

—Ella le obligó. Lo volvió loco de celos. Él sabía que se estaba acostando con su hermano, oh sí, yo también lo sabía. Estaba claro por el modo en que se miraban el uno al otro.

—Pero lord Jasper ni siquiera estaba aquí —dijo Irene—. Se había marchado al ejército algunos meses antes.

—Creo que fueron sus cartas lo que enfureció a lord Cecil. Él debía de escribirse con lady Selene, y lord Cecil encontró las cartas.

—¿Así que la mató? —preguntó Rochford, sin dar crédito.

—Él no quería hacerlo. Perdió la cabeza. Me dijo que creía que la había matado, pero que no sabía cómo había ocurrido. No quería hacerlo.

—Bueno, pues claramente pensó muy bien cómo ocultar su crimen —argumentó Gideon.

—Yo lo pensé, señor —dijo Owenby con un deje de orgullo—. Le sugerí que dijera que lady Selene había huido, pero él pensaba que sería un escándalo muy grande. Así que le dije que podíamos fingir que había habido un secuestro. Y eso fue lo que hicimos. Yo la envolví en su bata y le envolví la cabeza con un par de combinaciones. Limpié toda la sangre del suelo con otras combinaciones y después envolví el reloj con su camisón. La llevamos al piso de abajo y yo la saqué de la casa y la trasladé a las ruinas. Dejé el cuerpo allí, bajo unas cuantas piedras. Después volví por el niño. Lo llevé... lo llevé con un hombre al que conocía.

—¿A Londres? —preguntó Gideon—. ¿Me llevó a Londres?

—¡No! No hasta Londres. Sólo hasta Chipping Camden. Allí había un hombre que se quedaba con los niños a los que no quería nadie.

No miró a Gideon mientras pronunciaba aquellas palabras, como si pudiera separar a aquel niño del hombre que tenía frente a sí.

Owenby se encogió de hombros.

—Después volví e hicimos lo que habíamos planeado. Lord Cecil se comportó como si su esposa y su hijo hubieran sido secuestrados. Y fingió que me daba el collar para que yo se lo llevara a los secuestradores. Sin embargo, me dirigí a las ruinas, tomé el cuerpo y lo llevé a la cueva. Allí lo escondí tras un muro para que nadie lo encontrara accidentalmente. Y lord Cecil le prohibió a la gente que volviera a ir por allí.

Los tres miraban a Owenby fijamente. Irene estaba horrorizada por la narración objetiva que estaba haciendo el antiguo criado. Miró a Gideon, que parecía agotado. Seguramente su furia se había disipado o se había convertido en una desesperación fría.

—Pero no tiene sentido —dijo al cabo de unos instantes–. ¿Por qué tuvo que alejar a Gideon de su casa? ¿Por qué quiso lord Cecil deshacerse de su único hijo y heredero?

–El niño lo vio todo. Se despertó, supongo que por los gritos. Su habitación estaba junto a la de su madre. Y él los sorprendió discutiendo. Vio cómo lord Cecil golpeaba a su madre. Y comenzó a gritar también. Entonces lord Cecil lo dejó inconsciente de un golpe para que se callara. Tenía miedo de que pudiera despertar a toda la casa. Y cuando yo volví, el niño seguía inconsciente. Creo que lord Cecil le dio láudano para mantenerlo dormido. Me dijo que me deshiciera del niño también a causa de lo que había visto... No podía quedarse en la casa, donde quizá un día decidiera contar lo que había sucedido.

–¡Pero si era su propio hijo! –exclamó Irene.

El criado la miró con desprecio.

–Desde el día en que se casaron, ella fue infiel. Su hermano no fue el primero, sólo el último. Tuvo muchos amantes –dijo, y le clavó a Gideon una mirada de odio–. Pensáis que sois importante, ¿verdad? Pues estáis equivocado. No sois nadie. No sois el hijo del conde.

CAPÍTULO 21

—Tiene sentido —dijo Gideon con calma.
—¿Qué? —le preguntó Irene, sobresaltada.
Era lo primero que decía desde que habían comenzado el trayecto de vuelta a Radbourne Park. Con tacto, Rochford se había adelantado cuando habían salido de la casa del antiguo criado para darles la oportunidad de que hablaran en privado de las revelaciones de Owenby. Sin embargo, durante los primeros minutos Gideon no había dicho nada.
—¿Qué es lo que tiene sentido? —insistió Irene—. Yo encuentro muy pocas cosas en esta historia que sean lógicas.
Gideon se encogió de hombros.
—Que no soy el hijo de lord Cecil.
—Eso no lo sabes. Lo único que tienes es la palabra de su criado de confianza, y él no puede saber la verdad. Lo que sabe es lo que le dijo su amo, y no tenemos pruebas de que sea cierto. Lord Jasper describió a lady Selene de una manera muy distinta a la descarada de la que nos habló Owenby. Sin duda, lord Cecil estaba intentando justificar sus perversas acciones diciendo esas cosas.

—Pero él se deshizo de su único heredero y, ¿no crees que le hubiera resultado más fácil hacerlo si yo no hubiera sido realmente su hijo?

—Él se deshizo de ti para salvarse —dijo Irene—. Fue un cobarde. Después de todo, si pensaba que no eras su hijo, te habría repudiado años antes. Podría haber acusado a tu madre de adulterio y haberse divorciado de ella.

—Pero eso habría sido un escándalo, y no creo que mi familia lo hubiera aceptado. Creo que por eso él siguió adelante con el engaño de que yo era su hijo, pero cuando tuvo la oportunidad de deshacerse de mí, lo hizo sin pensarlo.

—¿Y qué me dices de tu físico? ¿Y la marca de nacimiento que tienes en la espalda? Lady Odelia dice que te pareces mucho a los Lilles.

—¿De veras? Tengo el pelo oscuro, sí, pero tengo los ojos verdes. No creo que nadie nos tomara a Rochford y a mí por hermanos. Él es más alto, más esbelto.

—Bueno, tú no eres su hermano. Sois primos, y primos segundos, además.

—La doncella de mi madre dijo que me parecía mucho a ella. Que tengo sus ojos. Lady Selene también tenía el pelo negro. Y en cuanto a la marca de nacimiento, es sólo una marca, no algo heredado. Lo único que demuestra es que yo soy el niño al que pensaban que habían secuestrado, no que sea un Bankes.

—Bueno, tampoco hay nada que demuestre que no lo eres.

—¿Es que no lo ves? Eso explicaría por qué tengo la sensación de que no soy un noble, de que mi sitio no está aquí. Seguramente soy hijo de alguno de los criados, o del abogado del pueblo, o Dios sabe de quién. No soy el conde de Radbourne. Y no puedo fingir que lo soy.

—¿Qué estás diciendo? ¿Que vas a rechazar el título?

—Timothy debe ser el conde. No puedo despojarle de sus derechos. ¿Crees que soy esa clase de persona?

—No. Creo que eres una persona que desdeña tanto a la aristocracia que quiere negar que es noble.

—No soy noble.

—Eso no lo sabes.

—Sí lo sé —dijo él suavemente—. En el fondo lo he sabido desde que Rochford se puso en contacto conmigo.

—¿Y cómo es posible que lo hayas sabido?

—Porque lo siento.

—¡Eso no es suficiente!

Gideon miró a Irene y tiró de las riendas del caballo para detenerlo. Casi habían llegado a la casa. La veían elevándose por encima de los jardines, con las ventanas brillando bajo el sol.

Él desmontó y ayudó a Irene a bajar al suelo. Después se acercó a un muro bajo de piedra y se quedó mirando a la casa unos segundos, antes de girarse nuevamente hacia ella.

—Lo noto en mi sangre, en los huesos. No soy un conde. Rochford es ese tipo de hombre, un hombre que sabe que su linaje proviene de siglos atrás.

Irene se acercó a él.

—Mi padre también lo sabía.

—¿A qué te refieres con eso?

—A que no todos los nobles son como Rochford. Los aristócratas son de todos los tipos, formas y caracteres. Lord Cecil era el hijo legítimo del conde de Radbourne, pero no dudó en asesinar a su esposa.

—Sé que no todos son buenos. Yo espero ser mejor hombre que lord Cecil. Pero no soy... de ese grupo. No tengo falta de confianza en mí mismo, porque he tenido éxito en las cosas que me he propuesto. Sin embargo, no tengo esa cualidad que tienen los nobles, tu padre incluido. Esa seguridad, ese aire de saber que nacieron para ocupar su puesto.

—Creo que la cualidad de la que estás hablando se llama arrogancia —le dijo Irene—. Y no creas que uno nace con ella. Lo educan con ella. Tú creciste en un contexto muy distinto. Eso no cambia tu sangre. Eres el mismo hombre, fuera quien fuera tu padre.

Él asintió.

—Lo sé. Pero eso no es justo para Timothy. Él es el hijo de mi padre. Debería ser el conde de Radbourne, no yo. Él habría sido el conde si Rochford no me hubiera encontrado. Tengo que decírselo. Tengo que rechazar el título.

—Eres muy buen hombre —le dijo Irene, tomándolo de la mano.

—Pocas veces me habían acusado de eso —respondió él con una sonrisa triste. Después le soltó la mano y se alejó de ella unos pasos—. Ya no seré conde. Y nunca sabré quién es mi padre en realidad. Yo... no puedo obligarte a que cumplas tu promesa de casarte conmigo. Afortunadamente, no se lo hemos contado a nadie más que a mi familia, así que no tendrás que preocuparte por que el escándalo manche tu nombre.

A Irene se le quedó helado el corazón. Lo miró durante un instante, intentando hablar sin estallar en sollozos.

—¿Cómo? ¿Ya no quieres casarte conmigo?

—¡Sí! Por supuesto que sí. Pero no puedo obligarte a cumplir tu promesa si ya no puedo darte la vida que te había ofrecido. No serías la condesa de Radbourne, sino sólo la esposa de un hombre de negocios, y sé lo poco que vale la riqueza que yo tengo comparada con el nombre y la familia.

—¡Oh!

Irene estaba furiosa. Dio un paso adelante y lo abofeteó.

Gideon abrió unos ojos como platos.

—¿Qué demonios? —preguntó, y se llevó la mano a la mejilla dolorida.

—¿Cómo te atreves a sugerir que yo... después de todo lo que te he dicho... ¡después de lo que sucedió anoche! —le gritó Irene—. ¿Es que piensas que mi amor tiene precio? ¿Que me entregué a ti por tu título? ¡A mí me importa un comino tu título! ¡Y tu riqueza! ¡No me habría importado que fueras un conde o un chatarrero! ¡Me entregué a ti porque te quiero!

Después se dio la vuelta y montó a caballo. Salió cabalgando como una exhalación, y Gideon se quedó mirándola con la boca abierta.

Irene volvió a la casa encolerizada, sin prestar atención a Gideon, que la seguía a distancia, llamándola. Dejó al caballo en el establo y subió corriendo las escaleras hacia su habitación, con la esperanza de llegar antes de echarse a llorar y que alguien la viera. Sin embargo, lord Jasper oyó sus pasos y salió de una pequeña salita que estaba junto al dormitorio de su madre, con el ceño fruncido de preocupación.

—¡Lady Irene! —le dijo—. ¿Dónde está Gideon?

—Está bien —respondió Irene—. Lo siento, si me disculpáis...

Intentó volver hacia su habitación, pero se oyó el sonido de los pasos de alguien que corría, y Gideon apareció en el pasillo.

—¡Irene!

—¡Gideon! —exclamó su tío—. Gracias a Dios. Estás bien.

Gideon se detuvo y miró a lord Jasper, y después a Irene. Finalmente, dijo:

—Sí, estoy bien. Siento haberos preocupado.

—Rochford nos ha contado lo que dijo Owenby —continuó Jasper—. Tu abuela y lady Odelia están en la salita. Por favor, pasa a hablar con nosotros un momento.

—Yo los dejaré para que hablen en privado —dijo Irene, intentando nuevamente marcharse a su habitación.

—¡No! —Gideon la tomó firmemente del brazo—. Vendrás con nosotros.

Jasper parpadeó ante las palabras de Gideon y su fiera expresión.

—¿Disculpad? —dijo Irene, echando chispas por los ojos.

—Por favor, no me arrojes tu veneno todavía —le pidió Gideon—. Te prometo que tendrás oportunidad de hacerlo en unos minutos. Pero primero debo resolver esto. Y no tengo intención de permitir que te encierres en tu habitación para no enfrentarte a mí.

Irene arqueó las cejas y respondió cáusticamente:

—¿Es que piensas que me das miedo?

Gideon sonrió durante un instante.

—No. No lo pienso. Por eso lo he dicho. Por favor, ven conmigo mientras se lo cuento todo. Después hablaremos.

Irene accedió de mala gana, y acompañó a los dos hombres a la habitación donde esperaban lady Odelia y lady Pansy. La abuela de Gideon estaba sentada en una esquina del sofá, con aspecto de agotada. Tenía las mejillas llenas de lágrimas, y de vez en cuando se secaba los ojos con un pañuelo.

—Oh, Gideon —gimoteó al verlo—. No puede ser cierto. Ese hombre horrible. Está mintiendo, lo sé.

Gideon suspiró y se pasó una mano por el pelo.

—Lord Jasper me ha dicho que Rochford os ha contado lo que dijo Owenby —declaró. Después de un titubeo, continuó—: ¿Os ha relatado lo que dijo de mi... padre?

Lady Odelia arqueó las cejas, y su hermana lo miró sin comprender nada.

—¿De tu padre? —repitió Pansy—. No lo entiendo.

Lord Jasper dio un paso hacia él.

—¿A qué te refieres? El duque dijo sólo que Owenby confesó haber ocultado el cuerpo de Selene después de que Cecil la matara. ¿Qué más te dijo?

—Que lord Cecil no era mi padre —respondió Gideon—. Lo siento. No quiero causaros más angustia, pero es lo que dijo. Y probablemente... sea cierto.

Lady Pansy emitió un gemido de consternación.

—¡No! ¡No! No es cierto. Esos rumores son falsos. Es cierto que pasaron unos años hasta que Selene quedó embarazada. Pero está claro que eres el hijo de Cecil. Cualquiera con ojos en la cara puede verlo.

—Sí, te pareces mucho a los Lilles —dijo lady Odelia con autoridad—. Mira a Rochford. O a tu tío.

Irene se volvió automáticamente a mirar a lord Jasper. Se puso rígida, con los ojos entornados. Jasper estaba mirando a Gideon con una expresión de dolor y arrepentimiento tan aguda que ella lo entendió todo.

—¡Por supuesto! —exclamó sin pensar. Se preguntó cómo no se había dado cuenta antes.

Todos se volvieron a mirarla, e Irene se ruborizó.

—Lo... lo siento. Pero Gideon...

—¿Qué? —preguntó él, preocupado—. ¿Te ocurre algo?

—Bueno... yo... creo que... ¿podríamos hablar en privado?

—Claro. Pero primero debo terminar lo que he venido a hacer.

—Creo que lo que tu futura esposa quiere decirte es lo siguiente —dijo de repente Jasper—: se ha dado cuenta de por qué te pareces a los Lilles y a los Bankes. Mírame y sabrás cómo vas a ser dentro de veintitantos años.

Gideon lo miró sin decir nada.

—Owenby dijo la verdad. Cecil no era tu padre. Soy yo.

—Tú... —repitió Gideon.

Jasper asintió.

—Sí. He querido decírtelo muchas veces desde que volviste. Sin embargo, sabía lo que pensabas de nosotros. Temía que esa noticia hiciera que nos despreciaras aún más. Sobre todo a mí. Yo me marché y te dejé con él. Os dejé a los dos con él. Fui un idiota y un cobarde. Te juro que no lo habría hecho si hubiera tenido la más leve sospecha de lo que era capaz de hacer. Nunca pensé que... Cecil no te quería. Creo que sabía que no eras suyo. Sospechaba que yo era tu padre. Cualquiera se habría dado cuenta de que me enamoré de Selene en cuanto la vi.

—¡Jasper! —exclamó su madre, mirándolo con horror—. ¿Qué estás diciendo? ¿Traicionaste a Cecil? ¿Cómo pudiste hacerlo?

—¿Cecil? ¿Estás enfadada porque me atreví a querer a la esposa de Cecil? Cecil era un bruto. Mató a Selene. Era un autoritario y un violento. Nunca tuvo la inteligencia de apreciar a su esposa, que era una joya. La traicionó mil veces, pero la reprendía si sonreía a otro hombre. Ella lo quería cuando se casaron. Nunca habría tenido un amante si él no hubiera hecho añicos sus esperanzas. Cecil tenía una amante en Londres, para sus visitas a la ciudad. Sin embargo, nunca permitió que Selene fuera a Londres por miedo a que un hombre le llamara la atención. Se acostaba con las muchachas de las tabernas del pueblo, y frecuentaba prostitutas en Londres o en Bath cuando se cansaba de su esposa y su amante. Sin embargo, le gritaba a Selene si ella bailaba con otro señor, o si saludaba al doctor del pueblo por la calle.

Jasper se volvió hacia Gideon, intentando mantener la compostura.

—Tu madre era una mujer buena, Gideon. No pienses mal de ella, te lo ruego. Fue fiel a mi hermano durante seis largos años. Yo fui el que la persiguió. Y ella no se apoyó en mí hasta que mi hermano le hubo roto el corazón completamente, demasiadas veces. Incluso entonces, detestaba el pecado, lo deshonroso, y me dejó. Yo me ocupé de todas las maneras posibles, estudié, viajé... y no pensé en volver a casa hasta que tú tenías tres años. Mi madre me había escrito sobre tu nacimiento, pero yo no me di cuenta de que eras mi hijo hasta que Selene me lo dijo, cuando volví. Entonces le rogué que dejara a Cecil y que nos fuéramos los tres juntos. Sin embargo, ella me dijo que no podía alejarte de Cecil, que él creía que eras hijo suyo. No podía arrebatarte tu herencia. Nosotros... durante un tiempo, tuvimos toda la felicidad que pudimos, pero yo no pude soportar más que fuera la esposa de mi hermano. Entonces, la dejé por segunda vez. Ya sabes el resto de la historia.

—Dios mío —susurró Gideon, sin apartar la vista de él—. No sé qué decir.

—Di que me perdonas.

—Te perdono —respondió Gideon—. Yo... la verdad es que estoy contento de saberlo. Me alegro de saber quién es mi padre. De saber que no es un asesino.

Jasper sonrió con alivio.

—Gracias a Dios. Temía que podía perderte para siempre.

—Bueno, ahora todo está claro —dijo lady Odelia con un suspiro—. Es escandaloso, sí, pero nadie tiene por qué saberlo. He estado pensando, y creo que lo mejor que podemos hacer es seguir manteniendo la historia del secuestro. Diremos que lady Radbourne fue secuestrado y que los malhechores que se la llevaron la asesinaron y la enterraron en la cueva. Y todo el mundo pensará que es de justicia que haya sido su hijo quien la haya encontrado y le haya proporcionado, por fin, el descanso.

—Pero no todo está arreglado, tía Odelia —dijo Gideon—. Yo soy el hijo de lord Jasper, no del conde, y ni siquiera soy hijo legítimo. Timothy sí.

—Nadie tiene por qué saberlo —respondió su tía—. Después de todo, nadie puede saberlo, ¿no? Cecil te aceptó como hijo suyo. Su esposa te trajo al mundo dentro del matrimonio. No veo por qué la sucesión debe ser de otro modo.

—No puedo privar a Timothy de lo que debería ser suyo por derecho —argumentó Gideon—. Él es su hijo. Él debería heredar el título y el patrimonio, y no yo.

Lady Odelia soltó un gruñido.

—Bueno, no hay duda de que eres un Lilles. Eres tan testarudo como tu bisabuelo.

Pansy asintió.

—Sí, se parece mucho a papá, pero, Odelia, eso no es lo importante, ¿no?

—No. Lo importante es... ¿por qué vamos a dejar que esa odiosa Teresa vuelva a regir la casa? Timothy es un buen niño, supongo. Quizá crezca siendo un buen hombre, aunque lo dudo, teniendo a Teresa por influencia. Sin embargo, no tiene nada de los Lilles. Ni de los Bankes.

—Eso —dijo Jasper con firmeza— es porque no es Lilles, ni Bankes.

De nuevo, obtuvo la atención de todos. Él se encogió de hombros.

—Sólo tenéis que mirarlo. Lady Odelia tiene razón. No sé quién es el padre de Timothy, pero no es mi hermano. Cecil no podía tener hijos.

—¡Jasper, no! Ése es un rumor cruel —le reprochó su madre—. ¿Cómo puedes repetirlo?

—No es un rumor, madre, y tú lo sabes. Es la verdad. Selene tardó más de seis años en quedar embarazada, y el único hijo que le dio a Cecil era mío. Cecil lo sabía, pero no lo admitió por orgullo. ¿Por qué crees que fingió que Gideon era hijo suyo? Sabía que no podría tener un heredero, y un hijo mío era lo más cercano que conseguiría. Por eso tardó tanto en casarse de nuevo después de la desaparición de Selene. No podía ser porque la quisiera, ni tampoco porque pensara que estaba viva; Fue porque no tenía deseos de demostrar nuevamente que era estéril. Ninguna de sus amantes vino a la casa a decir que estaba embarazada de él. Y no tengo idea de cómo consiguió Teresa casarse con él, pero pasaron dos años antes de que quedara en estado. Estoy segura de que fue menos ingenua que Selene, que pensó que era culpa suya no quedarse embarazada, tal y como le repetía Cecil. Así que Teresa resolvió el problema mucho antes con cualquier otro hombre que sí pudo darle un hijo.

Pansy lo miró con enfado.

—¿Cómo puedes decir todo esto? ¿Es que no tienes respeto por la familia ni por los muertos?

—No tengo respeto por los asesinos —respondió Jasper—. Y estoy cansado de nuestros secretos. La verdad, y tú lo sabes, es que Cecil y yo enfermamos de paperas cuando éramos pequeños. A mí no me ocurrió nada; sólo tenía seis años. Sin embargo, Cecil tenía doce, y cuando se recuperó, había quedado estéril.

Su madre comenzó a llorar de nuevo, y lady Odelia saltó.

—Oh, cállate, Pansy. Sé que era tu hijo, pero todos sabíamos que era un sinvergüenza incluso antes de conocer la noticia de que asesinó a su esposa y de que entregó a Gideon a unos ladrones. Si yo fuera tú, me secaría las lágrimas y pensaría mucho en todo el mal que le hiciste a tu nieto y a Jasper manteniéndote en silencio durante todos estos años.

Pansy abrió mucho los ojos, horrorizada.

—¡Pero yo no lo sabía!

—Claro que no. Tú siempre tienes cuidado de no saber nada —replicó Odelia. Su hermana tenía los ojos llenos de lágrimas, y Odelia dijo—: Oh, no empieces otra vez, por favor.

Lady Odelia se puso en pie.

—Bien, Gideon, aquí tienes. Puede que no sea mucho, pero ésta es tu familia. Lo mejor que puedes hacer por ese niño es darle una casa a su madre en la ciudad y mantener aquí a Timothy. Te aseguro que Teresa estará feliz de dejarlo crecer en el campo mientras ella disfruta de la vida en Londres. Y tú, sin duda, te asegurarás de que Timothy tenga todas las ventajas. Con suerte, se convertirá en alguien mucho mejor que su madre o que... bueno, que quien fuera su padre. Y me temo que tú tendrás que aprender a vivir con el hecho de ser conde.

—Te prometo que me esforzaré en ello —respondió Gideon.

Jasper se adelantó para hablar con él, e Irene aprovechó la oportunidad para escabullirse. Sin embargo, no había llegado a la puerta cuando Gideon la llamó. Ella no se volvió y continuó su camino.

—Excúsame —le pidió Gideon a lord Jasper—. Me gustaría hablar contigo, pero primero tengo que resolver algunos asuntos.

Después salió corriendo al pasillo, esperando ver a Irene entrando en su habitación. Sin embargo, la encontró allí, esperándolo. Su expresión ya no era de ira, sino de cansancio.

—Irene, por favor... deja que te explique...

—Está bien. Pero al menos, vayamos al jardín. No quiero que nadie se entere de mis asuntos privados.

Él asintió y la siguió por las escaleras hacia el piso de abajo. Salieron a la terraza y de allí, bajaron al jardín, hasta que llegaron a un banco alejado y se sentaron.

Irene se volvió a mirarlo con los hombros muy erguidos.

—Siento haberte abofeteado. Espero que me perdones.

Él sonrió ligeramente.

—Claro que te perdono... si tú me perdonas por ser un tonto.

Ella arqueó una ceja.

—Supongo que no puedes evitarlo.

Él se rió.

—Siempre puedo contar contigo, ¿no es así? Nunca le pones las cosas fáciles a uno.

Irene se encogió de hombros.

—Bueno, ya te has librado de eso.

—No quiero librarme de eso. Lo que quiero es casarme contigo.

—Entonces, me temo que te llevarás una decepción.

—¿Me dijiste en serio que me quieres?

Ella elevó la barbilla.

—No tengo costumbre de mentir. Sí, te quiero, pero eso no significa que tenga intención de casarme contigo.

La sonrisa le tiraba a Gideon de las comisuras de los labios.

—¿Ni siquiera si me convierto en chatarrero?

—¡No te burles de mí! Yo te ofrecí mi amor, y tú me ofreciste... dinero y... títulos y...

—Mi amor —dijo Gideon, y la abrazó—. Te ofrezco mi amor. Ahora y siempre. Todo lo que tengo es tuyo. Me parece que nada de ello me valdría si ti. Pero sobre todo, tienes mi corazón. Lo tienes desde el primer momento en que te vi, apuntándome al pecho con aquella pistola.

—Pero yo... —Irene comenzó a temblar debido a todas las emociones que había experimentado aquella tarde—. Dijiste... —se le llenaron los ojos de lágrimas, y tuvo que interrumpirse.

—Te ofrecí liberarte de tu promesa porque no podía mantener la mía. Eso no significa que quisiera que aceptaras. Lo que esperaba que hicieras es lo que hiciste... —dijo Gideon y, sonriendo, se llevó la mano a la mejilla—. Aunque quizá con un poco menos de fuerza. Tenía que darte la oportunidad de elegir sabiéndolo todo.

Ella emitió un pequeño sonido, medio sollozo, medio carcajada, y se abandonó a su abrazo.

—Por favor, no vuelvas a ofrecerme semejante oportunidad.

—No lo haré, créeme. No tengo intención de volver a darte la oportunidad de que te alejes de mí. Eres mía, y nunca me separaré de ti.

Irene le rodeó la cintura con los brazos y posó la mejilla en su pecho, empapándose de su calor, de su fuerza, de su olor. Después de un momento se inclinó hacia atrás y lo miró.

—Pero dijiste... anoche me dijiste que no podías quererme. Que...

—Sin duda, dije muchas tonterías —la interrumpió él—. Me decía que no te quería, que lo que sentía por ti era deseo, hambre, amistad, admiración... y eran todas esas cosas.

Pero esta tarde, al ver a mi tío... a mi padre, inclinado sobre el cuerpo de mi madre con los ojos llenos de lágrimas... lo supe. Supe que era así como yo me sentiría si alguien te alejara de mí. Veinte, treinta años después... el resto de mi vida sufriría por ti. Y supe que te quiero.

–¡Gideon! –Irene le rodeó el cuello con los brazos y se puso de puntillas para besarlo–. Yo también te quiero.

Después de un instante, él la soltó, la miró a la cara y sonrió.

–Creo –le dijo en voz baja–, que deberíamos dejar a la tía Odelia que extienda su versión de la historia sin nuestra ayuda.

–Me parece una buena idea –respondió ella.

–También pienso que deberíamos pedirles a los criados que nos envíen la cena a la torre. Me temo que esta noche no me encuentro lo suficientemente bien como para atender a nuestros invitados.

Irene sonrió.

–¿Sabes? Yo tampoco me encuentro perfectamente.

–¿Así que estamos de acuerdo? Creo que ésta puede ser la segunda vez.

–Y la última –puntualizó Irene.

–Entonces, deberíamos celebrar la ocasión.

Gideon la besó hasta que ella se derritió contra su cuerpo. Después le pasó el brazo por los hombros y los dos comenzaron a pasear hacia las ruinas.

EPÍLOGO

Todo el mundo convino en que la boda del conde de Radbourne y lady Irene Wyngate fue la boda del año. Quizá no fuera la más grande, porque se celebró con gran apresuramiento. Sin embargo, no se reparó en gastos, y no se había celebrado una boda en muchos años que estuviera rodeada de tanto drama y tantos rumores.

La ciudad entera fue un hervidero de cuchicheos desde que se anunció el compromiso hasta que se celebró la boda, a principios de noviembre. Se habló del heredero que volvió a la familia después de años, de un secuestro que podía no haber sido un secuestro, y del horrible descubrimiento del cuerpo de la madre del conde, muerta desde hacía mucho tiempo, durante una semana de fiestas en Radbourne Park, precisamente. Y se habló de otras muchas cosas, muy oscuras, aunque nadie se atreviera a mencionarlas por encima de un susurro, con una mirada de complicidad.

Se dijo que la boda era una boda por amor. Y aunque muy pocos conocían en realidad al novio, lo cual le confería a todo un aire de misterio, había bastantes que conocían a la novia, y quedaron asombrados al saber que tanto él como ella habían caído enamorados a primera vista.

Sin embargo, ninguno de los que asistieron a la boda pudieron negar el amor que se reflejaba en las caras del conde y de su flamante esposa mientras recitaban sus votos. Y cuando salieron a bailar por primera vez como marido y mujer, ni siquiera el corazón más duro puedo negar una punzada de alegría.

Lady Francesca Haughston, que estaba un poco alejada de la zona de baile, los observaba con un placer que en muy poca medida se debía al precioso centro de mesa de plata con que le había obsequiado lady Odelia, en gratitud por propiciar el compromiso. Aquel centro mantendría la casa de Francesca funcionando durante todo el invierno. Sin embargo, la verdadera razón de la satisfacción de lady Haughston era que había llegado a apreciar mucho a Irene Wyngate y a lord Radbourne, y que estaba segura de que aquel matrimonio sería muy dichoso.

El baile terminó y la pareja se acercó a ella sonriendo.

—¡Francesca! —exclamó Irene, tendiéndole ambas manos—. ¡Me alegro mucho de verte!

Irene estaba un poco ruborizada, y tenía los ojos brillantes de felicidad. Era la imagen de la novia más bella. Y claramente, Gideon pensaba lo mismo, porque no podía apartar la mirada de su nueva esposa.

—Lady Haughston —le dijo, haciéndole una cortés reverencia.

—Os deseo toda la felicidad del mundo —les dijo ella—, aunque está claro que no necesitáis mis deseos. Vuestra alegría es evidente.

—No puede ser de otra manera —dijo Gideon—. Soy el más afortunado de los hombres. Y sé que tengo que daros las gracias a vos.

Ella sonrió.

—No, yo sólo os di la oportunidad. Vos fuisteis quien la conquistó.

—Pese a la gran resistencia que opuso —dijo Gideon.

—Tonterías. Yo sólo me estaba comportando de una forma lógica —respondió Irene con una gran sonrisa.

—¿Lógica? Oh, ¿de veras?

—Sí. Era bastante lógico no querer casarme, con los ejemplos de matrimonio que tenía a mi alrededor. Pero claro, me di cuenta de que era más lógico decir que sí a tu propuesta —le dijo, lanzándole una mirada de coquetería.

—¿De veras? —le preguntó Gideon—. ¿Y cómo es eso?

—Cualquiera puede explicarte que no es lógico luchar contra el amor.

—Mi inteligentísima esposa —dijo Gideon y, sin miramientos, la abrazó y la besó frente a todo el mundo.

—¡Gideon! —exclamó ella, cuando emergió de entre sus brazos—. ¡Estamos en público!

Gideon se acercó a Irene y le susurró al oído:

—Entonces, sugiero que nos vayamos ahora mismo.

Con una última sonrisa para Francesca, Irene lo tomó del brazo y ambos caminaron por entre la multitud. Francesca los observó con cariño mientras se dirigían a la salida, detenidos frecuentemente por quienes querían felicitarlos.

—Qué pareja tan encantadora —dijo una voz a su lado.

Francesca se giró sonriendo y vio a lady Bainbridge y a su hermana, lady Fennelton.

—Sí, debéis estar muy orgullosa, lady Haughston —intervino lady Fennelton—. Todo el mundo dice que sois la responsable del compromiso.

—Gracias —dijo Francesca amablemente—, pero yo tuve poco que ver. No hice más que presentarlos.

—Vamos, vamos —comentó una voz masculina a su espalda.

El duque de Rochford se había acercado a ellas.

Las dos hermanas sonrieron tontamente al verse saludadas por un personaje tan importante.

El duque les dedicó una sonrisa general mientras continuaba hablando.

—Lady Haughston sólo está siendo modesta. Después de todo, éste es su segundo triunfo del año. También presentó a su hermano, el vizconde Leighton, y a su esposa.

—Oh, sí, por supuesto —dijo lady Bainbridge—. Se casaron al final de la temporada. ¿Y no he oído decir que... hay una buena noticia?

Francesca sonrió agradablemente, pero no se explicó demasiado.

—Sí, la familia ha hecho un anuncio.

—Qué maravilla —añadió la señora Fennelton, sin inmutarse por la ligera reserva del tono de Francesca—. Bueno, está claro que tenéis un toque mágico, lady Haughston. Ya me lo había dicho lady Fornbridge, pero no tenía ni idea de que fuerais tan competente.

—Vaya, Su Señoría —dijo lady Bainbridge con una enorme sonrisa—, quizá debáis pedirle ayuda a lady Haughston. Lleváis muchos años de soltería.

Lady Haughston se puso rígida y miró de reojo a Rochford.

—¿De veras? —respondió el duque con una sonrisa fría. Después se volvió hacia Francesca y dijo de manera insulsa—: Me temo que lady Haughston no desearía ayudarme. Ella sabe lo mal preparado que estoy para el matrimonio. ¿No es así, lady Haughston?

Sus miradas se cruzaron durante un instante antes de que ella se volviera hacia sus interlocutoras con una suave carcajada.

—Por supuesto. Todo el mundo sabe que el duque de Rochford es un soltero confirmado. Y ahora, si me disculpan...

Francesca les dedicó a todos una sonrisa forzada y se dio la vuelta.

El duque observó cómo se alejaba y, por un instante, algo que podría haber sido arrepentimiento le ensombreció la mirada.

Títulos publicados en Top Novel

El premio — Brenda Joyce
Esencia de rosas — Kat Martin
Ojos de zafiro — Rosemary Rogers
Luz en la tormenta — Nora Roberts
Ladrón de corazones — Shannon Drake
Nuevas oportunidades — Debbie Macomber
El vals del diablo — Anne Stuart
Secretos — Diana Palmer
Un hombre peligroso — Candace Camp
La rosa de cristal — Rebecca Brandewyne
Volver a ti — Carly Phillips
Amor temerario — Elizabeth Lowell
La farsa — Brenda Joyce
Lejos de todo — Nora Roberts
La isla — Heather Graham
Lacy — Diana Palmer
Mundos opuestos — Nora Roberts
Apuesta de amor — Candace Camp
En sus sueños — Kat Martin
La novia robada — Brenda Joyce
Dos extraños — Sandra Brown
Cautiva del amor — Rosemary Rogers
La dama de la reina — Shannon Drake
Raintree — Howard, Winstead Jones y Barton
Lo mejor de la vida — Debbie Macomber
Deseos ocultos — Ann Stuart

www.ingramcontent.com/pod-product-compliance
Lightning Source LLC
LaVergne TN
LVHW030341070526
838199LV00067B/6385